KAROLINA HALBACH

Das Weihnachtspferd

Weitere Titel der Autorin:

Die Wandersängerin

Titel in der Regel auch als E-Book erhältlich

KAROLINA HALBACH

Das Weihnachtspferd

Roman

Lübbe Ehrenwirth

FSC
www.fsc.org
MIX
Papier aus verantwortungsvollen Quellen
FSC® C006701

Dieser Titel ist auch als E-Book erschienen

Originalausgabe

Lektorat: Judith Mandt
Illustrator: Stephan Pricken
Umschlaggestaltung: Tanja Østlyngen unter Verwendung einer Illustration von Stephan Pricken
Einbandmotiv: Stephan Pricken, Münster
Satz: Dörlemann Satz, Lemförde
Gesetzt aus der Adobe Garamond Pro
Druck und Einband: CPI – Ebner & Spiegel, Ulm

Printed in Germany
ISBN 978-3-431-03858-3

5 4 3 2 1

Sie finden uns im Internt unter www.luebbe.de
Bitte beachten Sie auch: www.lesejury.de

Prolog

White Pony's Home

Klack, Klack, klack. Vivian liebte das Geräusch, das der schwingende Schaukelstuhl auf den Dielenbrettern verursachte. Es erinnerte an das Klappern von Stricknadeln, den Geschmack von Lammeintopf und an geheimnisvolle Geschichten vor einem rötlich schimmernden Torffeuer, die den Herzschlag beschleunigten. Jedes Mal, wenn Vivian ihren Kopf durch die zerkratzte Tür aus hellem Birkenholz streckte, kam es ihr vor, als würde sie eine unbekannte Welt entdecken, obwohl sie genau wusste, was sie erwartete: Grandma würde ihren Kopf heben und sie aus ihren hellgrauen Augen anblinzeln. Danach würde sie ihr die Arme entgegenstrecken und verwundert ausrufen: »Wie groß du geworden bist!«

Vorsichtig legte das Mädchen die Hand an den alten rostigen Türknopf und atmete tief ein. Es inhalierte den Geruch nach Pferd und gefettetem Leder, der durch eine kleine Ritze zwischen Tür und Türstock drang, gemischt mit dem Aroma von getrockneten Kräutern, die in grau-grünen Büscheln sauber aufgereiht an einer Schnur an der Wand hingen. Seit Vivian denken konnte, war das so, also im Grunde schon immer, denn es hatte noch nie ein Weihnachtsfest gegeben, an dem sie nicht gemeinsam mit ihrer Mutter Grandma besucht hatte. Kein Wind, kein Regen und kein Schneesturm hatten die beiden je davon abgehalten, die

»Zeit zwischen den Jahren« am Moor zu verbringen. Es war fast so, als befehle sie eine unhörbare Stimme zu jener knorrigen Farmershütte, die sich an die sanften und von Heidekraut und Ginster bedeckten Hügel schmiegte. Kurz vor jedem Besuch fühlte Vivian eine Unruhe in sich aufsteigen, ein Kribbeln, das allmählich den Körper hochfuhr, sich tief im Herzen einnistete und erst nachließ, wenn sie über die Schwelle von *White Pony's Home* – so nannten die hiesigen Bauern Grandmas Farm – getreten waren. Ihr Vater meinte spöttisch, es läge im Moorlander Blut. Die Moorlander bräuchten zuweilen eine Nase voll Torfgeruch, um nicht zu verdorren. Und so winkte er ihnen einfach hinterher, wenn sie sich in der Nacht nach Heiligabend mit gepackten Koffern auf den Weg machten.

Vivians Mutter bestand stets auf einen zeitigen Aufbruch, möglichst kurz nach dem Morgengrauen, damit die Dunkelheit sie nicht auf dem Weg durch das Ödland überraschen konnte. Vivian spürte eine dumpfe Angst, die sich hinter der Eile verbarg. Ihre Fragen wurden jedoch immer mit der barschen Antwort abgefertigt, dass man sich des Nachts im Ödland leicht verirren konnte, besonders in dieser Zeit des Jahres. »Raunächte« nannte sie Grandma mit ehrfürchtiger Stimme, wobei ihre Hand nach dem Anhänger tastete, den sie stets um den Hals trug. Er hatte eine rundliche Form und schien nicht wertvoll zu sein – zumindest nicht, wenn man den Wert eines Gegenstandes danach bemaß, welchen Preis man beim Trödel erzielen konnte. Das Schmuckstück war einfach gearbeitet und wirkte, als hätte ihn ein Anfänger ohne ordentliches Werkzeug gefertigt. Außerdem war es schon ganz abgegriffen und schien Gefahr zu laufen, unter der nächsten Berührung einfach zu zerbröseln. Aber der Anhänger baumelte auch heute von Grandmas faltigem Hals, als sie sich mit leuchtenden Augen zu Vivian herunterbeugte, um deren stürmische Begrüßung über sich ergehen zu lassen.

»Da seid ihr ja!«, rief die alte Frau und gab ihrer Enkeltochter einen dicken Kuss auf die Wange.

Verlegen wischte sich Vivian mit dem Handrücken darüber und sagte: »Aber Grandma, ich bin doch schon fast erwachsen!«

»Gewachsen bist du in der Tat. Ich will beinahe annehmen, du bist weit größer, als ich es in deinem Alter gewesen bin.« Sie senkte ihre Stimme, sodass Vivians Mutter ihre nächsten Worte nicht verstehen konnte, und flüsterte: »Aber eines merke dir: Man ist nie zu groß, um geküsst zu werden, und nie zu alt, um Küsse zu vergeben.«

»Das hab ich gehört, Mama«, kommentierte Vivians Mutter, die nun ebenfalls hereingekommen war und ihren prall gefüllten Schweinslederkoffer neben der Tür abstellte. Ihr Gesicht war gerötet von der anstrengenden Reise, und in ihren Augen zeichnete sich ein Ausdruck ab, der irgendwo zwischen Tadel und Erleichterung lag.

Grandma erwiderte ihn mit einem Lächeln. »Diane, ich freue mich so, dass ihr kommen konntet.«

Die Miene ihrer Tochter wurde sanfter. Sie ging auf die alte Frau zu und umarmte sie: »Ich wünschte, du würdest dich endlich dazu entschließen, zu uns in die Stadt zu ziehen. Hier im Moor in deiner zugigen Hütte, das ist doch nichts mehr in deinem Alter. Und mir wird es auch langsam zu anstrengend, jedes Weihnachten hierherzukommen …«

Grandma überhörte den unüberhörbaren Vorwurf geflissentlich, denn beide wussten, dass alles so bleiben würde, wie es war – zumindest solange *White Pony's Home* noch existierte. »Du weißt doch, um diese Zeit kann ich die Farm unmöglich allein lassen. Und überhaupt, was sollte aus Chip werden und all den anderen Tieren?«, wischte Grandma den leisen Tadel beiseite, während sie versuchte, den betagten schwarz-weißen Border-Collie von seinem Schlafplatz am Ofen vorzulocken.

»Genau darin liegt das Problem«, seufzte Vivians Mutter. »Du betreibst hier ein Tierasyl und keine Farm.«

Vivian wusste genau, was ihre Mutter meinte: Steifbeinig erhob sich Chip, stakste quer durch das Zimmer und leckte seiner Herrin über die mit Altersflecken bedeckten Hände. Zum Hüten der Schafe taugte der alte Knabe längst nicht mehr. Jeder andere Farmer hätte dem »nutzlosen Köter« längst eine Kugel durch den Kopf gejagt und all die anderen Tiere dem Schlachter mitgegeben. Wer wollte schon ein klappriges Schaf, dessen braunes Fell aussah, als hätten sich's die Motten schon bei Lebzeiten darin gemütlich gemacht? Vivian war froh, dass ihre Grandma anders dachte und liebte sie genau deshalb.

»Was hältst du davon, wenn du heute für uns kochst, Diane?«, schlug Grandma vor. »Seit Tagen läuft mir beim Gedanken an dein Hammelstew das Wasser im Mund zusammen. Ich zeige Vivian derweil, was sich auf der Farm getan hat.«

»Als ob sich da jemals etwas verändern würde«, glaubte das Mädchen seine Mutter murmeln zu hören.

»Oh ja, darf ich?«, bettelte Vivian begeistert. Sie brannte auf diese Rundgänge und war neugierig auf all die Tiere, die Grandma diesmal bei sich aufgenommen hatte. Sie fand sie irgendwo im Moor, oder sie standen plötzlich vor ihrer Tür. Dann ließ sie sie herein und päppelte sie wieder auf. Manche blieben für immer, so wie die einäugige Eule, die es sich im Giebel bequem gemacht hatte, andere verschwanden genauso plötzlich, wie sie gekommen waren. Grandma behauptete, es wären die Nebel, die sie wie Strandgut anspülten und wieder forttrugen.

»Ich möchte Donkey besuchen!«, drängte Vivian. »Ich hab ihm extra einen Apfel mitgebracht.«

Den Esel gab es schon, seit das Mädchen denken konnte. Sein Fell hatte inzwischen Form und Struktur der torfbraunen Erde angenommen, in der er sich mit Vorliebe wälzte. Er blinzelte das Mädchen immer mit einem Ausdruck an, als wolle er ihr unbedingt alle Weisheiten der Welt anvertrauen, doch jedes Mal, wenn er sein Maul öffnete, kam nur dieses alberne Geschrei heraus.

»Bitte, bitte«, quengelte Vivian weiter.

»Na gut«, gab Diane nach, warf ihrer Mutter jedoch einen strengen Blick zu. »Aber dass du mir dem Kind nicht wieder irgendwelche Schauergeschichten erzählst. Letztes Weihnachten hat sie nach dem Besuch hier ihre Klassenkameraden mit deinen Geschichten tagelang in Angst und Schrecken versetzt! Die Kinder können Märchen nicht von Wahrheit unterscheiden.«

»Das stimmt doch gar nicht«, protestierte Vivian, »ich habe höchstens …«

Grandma legte verschwörerisch den Zeigefinger auf den Mund, und das Mädchen verstummte.

»Ich will ihr bloß das Fohlen zeigen«, erklärte die alte Frau.

Diane stöhnte. »Noch ein Maul, das du durchfüttern musst. Du weißt doch so schon kaum, wo du die Gerste für all die Viecher hernehmen sollst. Und dann ein Jungtier, mitten im Winter. Wahrscheinlich übersteht es die Kälte nicht.«

»Es ist ein besonderes Fohlen«, deutete Grandma an. »Komm, Vivian, wir besuchen es.«

Das Mädchen verstand, behielt ihren nächsten Kommentar für sich und huschte aus der Tür. Sie hörte, wie Grandma in ihre Holzpantinen schlüpfte und wunderte sich wieder einmal, dass sich die alte Frau hartnäckig weigerte, die pelzgefütterten Stiefel zu tragen, die sie letztes Jahr geschenkt bekommen hatte. Aber Grandma hielt eben nicht viel von Veränderungen, nicht einmal, wenn es Schuhe betraf. Die Tür fiel polternd ins Schloss.

»Ja, ja, es ist wirklich ein besonderes Fohlen«, wiederholte Grandma.

»Was ist denn daran so besonders?«, wollte das Mädchen wissen.

»Wirst schon sehen, Kind. Kannst du dich noch an Isa erinnern?«

Selbstverständlich konnte Vivian das. Kurz vor ihrer Abreise letzte Weihnacht hatte es um die sandfarbene Ponystute große Aufregung gegeben. Eines Morgens war Grandma vollkommen aufgelöst in die Küche gekommen und hatte berichtet, dass sie den kleinen Stall, den sie doch am Abend höchstpersönlich verriegelt hatte, unverschlossen und leer vorgefunden hatte. Sie hatten sich alle auf die Suche gemacht, doch Isa stand weder auf einer der mit wackeligen Mauern umzäunten Weiden von *White Pony's Home* noch fand sie sich bei einem Nachbarn. Schließlich hatte man die Suche nach dem Pony aufgegeben und angenommen, dass es ins Moor geraten war. Vivian hatte sehr geweint, doch Grandma hatte lediglich gesagt, dass die Moore sich nähmen, was sie wollten, aber wenn es sich um eine unschuldige Seele handele, würden sie sie eines Tages zurückgeben.

»Willst du sagen, Isa ist wieder da?«, fragte Vivian und strahlte.

Grandma nickte. »Sie stand am Sankt-Nikolaustag einfach vor dem Stall und scharrte ungeduldig wie immer mit den Vorderhufen, dass ich sie endlich reinlassen sollte.«

Nun gab es für Vivian kein Halten mehr. Ihre Füße flogen nur so, und ihr Mantel flatterte wie eine wild gewordene

Fahne, bis sie den kleinen Stall erreicht hatte, der seit dem letzten Mal noch maroder geworden zu sein schien. Jemand hatte ein paar Bretter kreuz und quer genagelt, um ihn notdürftig zu stabilisieren, und hatte anschließend ein paar neue Ziegel aufs Dach gelegt, die allerdings weder farblich noch von der Machart zu den restlichen passten. Vivian wartete nicht, bis ihre Großmutter gekommen war, das Schloss aufzusperren, das seit jener Nacht vor dem Tor hing, sondern schlüpfte einfach durch den Lattenzaun. Sie schnappte sich einen Eimer, auf den sie sich stellen konnte, um über die halbhohe Tür zu sehen, hinter der das sandfarbene Pony untergebracht war. Sie kletterte hinauf und spähte in die Dunkelheit. Zunächst hörte sie lediglich Isas freundliches »Blubbern«, ein Ton, in dem so viel mehr Zärtlichkeit lag als in jedem Liebesschwur der Erwachsenen. Vivian schnalzte mit der Zunge. Isa zögerte, dann trippelte sie jedoch heran und schnupperte an Vivians Hand. Das Mädchen spähte an der kleinen Stute vorbei – und tatsächlich, ganz hinten im Stroh rührte sich etwas. Zunächst sah es nur lange Beine, die rasch wieder verschwanden. Dann tauchte ein Kopf mit witziger Lockenfrisur zwischen den Ohren auf. Energisch stemmte das Fohlen seine Vorderbeine ins Stroh, gab sich einen Ruck und stand endlich auf den viel zu langen Beinen. Es schüttelte sich die Strohhalme ab, die sich in seinem Fell verfangen hatten, und tappte nach vorne. Vivian wollte ihren Augen nicht trauen.

»Das gibt's doch nicht!«, stammelte sie.

»Kaum zu glauben nach all den Jahren«, flüsterte Grandma in ihr Ohr. Der Schlüsselbund klirrte leise, als sie ihn aus der Manteltasche hob. Sie seufzte, bevor sie fortfuhr. »Es ist schon so lange her, dass ein weißes Pony in diesem Stall stand.«

»Das, nach dem die Farm benannt wurde, nicht wahr?«

»Ganz genau.«

»Würdest du mir die Geschichte erzählen, Grandma?«, fragte Vivian. »Ich meine, ich verrate Mama natürlich nichts. Ich kann schweigen.«

Sie legte ihren Finger auf den Mund, genau wie es ihre Großmutter vorhin getan hatte. Die lächelte verschwörerisch.

»Nun, ich glaube, du bist alt genug dafür. Allerdings dauert sie etwas länger. Ich denke, wir machen es uns da drin im Stroh gemütlich.«

Sie schob den Riegel beiseite und schob das Mädchen hinein. Dann schloss sie die Tür wieder. Seite an Seite ließen sie sich in der Ecke nieder, in der bis vor Kurzem das Fohlen geschlafen hatte. Das Stroh fühlte sich noch warm an. Erwartungsvoll kuschelte sich das Mädchen an seine Großmutter.

Kapitel 1

London, 1860

»Nun schau doch mal kläglich drein!«

Agnes' Stimme war kaum mehr als ein Raunen. Es war zum Verzweifeln! Die Abendmesse war gelesen. Die eifrigen Kirchgänger stoben auseinander, während der eisgraue, verregnete erste Adventssonntag allmählich verblasste, aber noch immer klimperte keine einzige Münze in ihrer Tasche. Agnes und Peter reckten den aus der Kirche stampfenden Bürgern ihre schmutzigen Hände entgegen. Dass man sie nicht zur Seite schlug, war schon alles. Schnaufend schoben sich die Leute an ihnen vorbei, drängten die grauen Granitstufen hinunter und hasteten davon. Zwei Atemzüge später waren sie alle verschwunden. Nur die Kinder kauerten noch vor der Kirche. Das eherne Kirchenportal schlug dröhnend ins Schloss und fauchte einen Hauch Weihrauchduft die Stufen herab. Einen Moment hielt sich der Duft. Dann war er auch schon im allgegenwärtigen Gestank von Pferdemist und Schweiß verpufft. Agnes senkte den Arm, während sie zusah, wie der letzte Kirchgänger in eine wartende Droschke sprang. Das war's dann wohl. Sie blickte zu ihrem Bruder und zupfte ihm notdürftig den viel zu kurzen Mantel über die Knie. Der Kleine schaute sie an wie ein verlorenes Kätzchen. Als ob sie wüsste, was zu tun sei. Almosen hatten sie keine bekommen – nicht mal einen Kanten trockenes Brot, geschweige denn Münzen. Agnes knurrte der Magen, und das würde wohl auch so bleiben, denn es war nicht zu erwarten, dass sie heute von Mrs. Bones etwas zu essen bekamen. Die Heimleiterin war hart: Zu essen bekam nur, wer ihr Geld nach Hause brachte. John, der bucklige Kirchendiener, schlurfte von seinem kleinen, schrumpeligen Häuschen herüber, einen Reisigbesen fest in der Hand. Er musste die steinernen Stufen abfegen, bevor die Nacht ihr undurchdringliches Tintenblau über den Giebeln Londons ausschüttete.

»Jetzt aber husch, husch und ab mit euch«, forderte der alte Mann die beiden freundlich auf. »Wenn euch die nächtlichen Ratten nicht die Zehen anknabbern sollen, müsst ihr die Beine in die Hand nehmen.«

»Wer hat schon Angst vor Ratten?«, bemerkte Agnes.

John stützte sich nachdenklich auf seinen Besen und sah auf das Mädchen und den bibbernden Jungen herunter. Seit beinahe einem Monat hockten die beiden an diesem Platz und versuchten, die Herzen der Kirchgänger zu erweichen. Aber die Menschen in dieser Gegend wollten lieber den eigenen Reichtum mehren, statt ihn mit anderen zu teilen.

»Kluge Tierchen«, erklärte der alte Kirchendiener, während er die beiden Kinder mit einem Gebiss angrinste, das mehr aus Lücken als aus Zähnen bestand. »Sie kommen bloß raus, wenn's dunkel ist, beißen dir die Zehen ab und huschen damit schneller davon, als ein kleiner Junge wie du laufen kann.«

»Sie ahnen wahrscheinlich, dass sie sonst auf Mrs. Bones' Bratspieß landen«, bemerkte Agnes trocken.

»Wenn sie uns nur wenigstens etwas davon abgeben würde«, jammerte Peter. »Ich hab solchen Hunger.«

John runzelte die Stirn. Er mochte das blonde Mädchen, dessen Augen in hellblauem Samt schimmerten. Es war viel zu hübsch, als dass es nicht irgendwann die Gefahr der Straße zu spüren bekommen würde … Er fasste in seine Tasche und holte etwas Kleines, Rundes heraus. Verstohlen schaute er sich um, um sicherzugehen, dass ihn niemand beobachtete.

»Hier, ihr beiden.«

John ließ den Gegenstand in die Hand des Mädchens gleiten.

Agnes ertastete schrumpelige Haut und einen kurzen Stil. »Ein Apfel!«, flüsterte sie glücklich. »Danke.«

»Den hab ich vorhin der Pfarrersköchin stibitzt.«

John kicherte hinter vorgehaltener Hand wie ein Schuljunge. Dann machte er wieder ein strenges Gesicht. »Jetzt verschwindet ihr aber, bevor ich euch mit dem Besen wegscheuche. Ihr wisst, ich muss das.«

»Das würdest du niemals tun«, sagte Peter ernst. »Du bist ein guter Mensch.«

»Hast du eine Ahnung.« John hob seinen Reisigbesen und schwenkte ihn scheinbar drohend, während er die Augen rollte. Dann piekte er den Kleinen vorsichtig mit dem Stil unter den Achseln. Peter gluckste vergnügt. Schließlich aber machte der alte Mann ein ernstes Gesicht. »Es bringt sowieso nichts, länger hier herumzusitzen. Schaut, die Straße ist leer. Unsere wohlbetuchten Mitbürger haben sich an die Kaminfeuer ihrer Stuben zurückgezogen, wo sie heißen Tee mit Milch schlürfen.«

Agnes nickte. Sie kannte das Fünf-Uhr-Ritual. In ihrer Vorstellung glaubte sie, das Schmatzen der feinen Bürger zu hören, wenn sie den Tee über Zunge und Gaumen rinnen ließen, während sie von Ländern träumten, in denen eine freundliche Sonne Herz und Verstand wärmte. Sie redeten über Politik, über die gestrenge Königin Viktoria und tauschten sich über die großen und kleinen Ereignisse des Tages aus, glucksend, gackernd oder grollend, belauscht von Kindern, denen Gebäckkrümel in den Mundwinkeln klebten oder die sich den Milchbart von den Lippen leckten. Für einen winzigen Augenblick erlaubte sich Agnes die Erinnerung, in der sie eine von ihnen war und still am Tisch neben den Eltern saß. Sie bildete sich ein, Teeduft zu schnuppern und die auf der Zunge explodierende Süße von Kandis zu schmecken. Eine Hand streifte zärtlich ihre Wange, während ihre Zehenspitzen behutsam die Wiege zum Schwingen brachte, in der ein blonder Säugling an seinem Daumen nuckelte. Er funkelte sie an, als stünde der Weihnachtsengel höchstpersönlich vor seinem Bettchen …

Agnes schüttelte sich. Das war vorbei. Für immer. Innerhalb weniger Tage war ihr Leben dahingeschmolzen wie die Schneeflocken auf den Mänteln vorm Kaminfeuer. Die schwarzen Pocken hatten ihr Viertel einer Springflut gleich heimgesucht, hatte die Straßen mit Toten überschwemmt, bis selbst Wimmern und Wehgeschrei verstummten, weil niemand mehr da war, um zu klagen. Das Kreischen und Pfeifen des Herbstwindes bildete die letzte Erinnerung an ein entfremdetes Zuhause, eine kalte, leere Stube mit erloschenem Kamin. Fremde Arme hatten sie hochgehoben und fortgebracht, glühend vor Fieber und mit tränennassen Augen. Agnes überlebte die Krankheit, und Peter hatte sie merkwürdigerweise gar nicht erst bekommen. Die Schwestern im Hospiz murmelten etwas von einem Wunder und großem Glück, doch als die beiden Kinder vor der klapprigen Tür des Waisenhauses standen, mit nichts als den Kleidern, die sie am Leib trugen, wusste Agnes, die Nonnen hatten unrecht. Sie hielt die Hand des kleinen Peter, sah in Mrs. Bones' abschätzende Augen und die Erkenntnis, dass es niemanden gab, der sie vor dieser Hexe beschützen würde, ergoss sich über sie, wie ein Schwall Eiswasser. Sie umklammerte die Hand ihres Bruders, entschlossen ihn nicht loszulassen – komme, was da wolle.

Jetzt blinzelte Peter seine Schwester an. Er wirkte entsetzlich mager, was seine an sich schon zierliche Gestalt noch feingliedriger machte. Die blauen Adern traten unter der porzellanfarbenen Haut hervor, und seine Augen lagen tief in den Höhlen. Er musste etwas essen, unbedingt. Entschlossen drückte sie ihm die Frucht in die Hand. »Nimm«, sagte sie.

Der Kleine schüttelte den Kopf: »Dann bekommst du ja nichts.«

»Doch, später, im Heim.«

Peter verneinte noch energischer, ließ den Apfel dann aber doch in seiner Hosentasche verschwinden. Zu John gewandt, der seine Arbeit wieder aufgenommen hatte, sagte er: »Agnes wird verhungern. Mrs. Bones ist eine Hexe. Für sie zählt nur, wer ihr Geld bringt.«

Der alte Mann nickte im Rhythmus des Besenschwungs. »Es ist schon ein Kreuz: Die Herzen so mancher Menschen sind fester verschlossen als die hölzernen Läden ihrer Häuser im Winter. Dabei naht doch das Christfest, was uns eigentlich milde stimmen sollte. Aber ihr habt immerhin Glück. Sie tut euch nichts.«

»Doch, sie schlägt uns«, widersprach Peter.

Der alte Mann schaute ihn traurig an. »Ach, Kindchen, ich hab viel Schlimmeres erlebt, damals, als ich selbst im Heim war.«

Peter blinzelte den Kirchendiener fast mitleidig an. Agnes wusste, was er meinte. Die Kinder im Heim tuschelten des Nachts leise miteinander. Agnes hatte die Berichte mit wachsendem Entsetzen vernommen. Die alte Bones schien keinerlei Hemmungen zu haben, auch einmal ein Kind dem einen oder anderen Seemann zu verkaufen, und es war ihr egal, was der tat, solange er sie nur mit klingender Münze dafür entschädigte. Erst letzte Woche war ein

Junge, kaum älter als Peter, plötzlich nicht mehr da gewesen. Angeblich hatte er ein neues Zuhause gefunden. Die anderen Kinder jedoch hatten gemeint, ihn an Deck eines Schiffes an der Reling stehen und bitterlich weinen gesehen zu haben.

In diesem Moment trat ein feiner Herr mit dunklem Gehrock, jung an Jahren, einen Stock mit silbernem Knauf in der Hand, auf den Kirchplatz. Einen Moment blieb er zögernd stehen, dann wandte er sich dem Portal der Kirche zu, während seine Rechte nach einer Börse griff, die er offen am Mantel trug.

»Na, vielleicht habt ihr doch noch Glück«, flüsterte John verschwörerisch.

»Wer ist das?«, wollte Agnes wissen.

John zuckte mit den Schultern. »Kenne ich nicht, aber jemand mit einer offenen Börse, wie mir scheint. Ich drück die Daumen, dass eure Ausdauer doch noch belohnt wird. Nun streng dich mal an, Peter, und mach ein Gesicht, das einem reichen Mann um sein Seelenheil fürchten lässt, wenn er sich nicht mildtätig zeigt.«

Agnes stupste ihren Bruder an. Der Fünfjährige nickte. Er streckte seine mageren Ärmchen aus und öffnete die Hand. John beugte sich erneut zu ihnen herab und flüsterte. »Aber danach verschwindet ihr!«

Agnes' Blick huschte zwischen John und dem Fremden hin und her. Irgendetwas war seltsam an dem Mann. Sie erhob sich. Auch Peter sprang auf. Plötzlich rannte er auf den Mann zu. Der Junge warf sich ihm förmlich vor die Füße, klammerte sich an sein Bein und wimmerte: »Ein Almosen für die Waisen!«

»He, bist du verrückt geworden?«, schimpfte der Fremde. Agnes stürzte herbei.

»Entschuldigung, mein Herr«, stammelte sie, während

sie sich darum bemühte, Peters Finger vom Hosenbein zu lösen.

»Was soll das!«, schnaufte der Mann ärgerlich. Sein Atem schwebte grau über Agnes' Nacken.

Endlich gelang es ihr, Peter zur Seite zu zerren. Sie sah auf, eine weitere Entschuldigung auf den Lippen, da fing sie einen Blick ein, der ihr eisig durch Mark und Bein fuhr. Die Augen des Mannes flackerten wie glühende Kohlen. Unglaubliche Wut loderte darin und tiefe Abscheu. Das Mädchen erwartete den unweigerlich folgenden Tritt fast bereitwillig, in der Hoffnung, der Mann würde sie im selben Augenblick vergessen. Doch keines von beidem geschah. Stattdessen musterte der Mann die beiden Kinder nun. Instinktiv schlang Agnes beschützend die Arme um ihren Bruder. Weitere eisige Atemwölkchen schwebten auf die Kinder herab, vermischten sich mit hartem, rundem Graupelschnee. Die Spitze des Stockes bohrte sich in Agnes' Rippen, zwängte sich zwischen sie und Peter, der sich nun an sie zu klammern suchte.

»Wenn du Geld willst, steh auf«, befahl der Mann und klimperte mit seiner Börse. Agnes blinzelte zwischen den Schneeflocken zu ihm hoch und raffte sich auf.

»Nicht du! Der Junge.«

Vorsichtig löste sich Peter aus ihrer Umklammerung und krabbelte auf die Füße. Ganz verloren stand er da in seinen inzwischen viel zu kurzen Hosen und auf strumpflosen Füßen, die in grob behauene Holzpantinen eingekeilt waren. Der Mann schritt um den Jungen herum, während er ihn aufmerksam betrachtete.

»Ihr seid Waisen«, stellte er fest.

»Ja, Sir«, hauchte Peter.

»Und woher?«

»Das Heim unten an der Themse«, gab der Junge treuherzig Auskunft. Agnes hätte ihm am liebsten den Mund zugehalten. Ihr wurde dieser Mann immer unheimlicher.

»Mrs. Bones' Haus?«, erkundigte sich der Mann, während er Peters Oberarm prüfend mit Daumen und Zeigefinger umfasste.

Nun konnte es Agnes nicht mehr aushalten. Sie sprang vor und streckte fordernd ihre Hand aus.

»Das geht Euch nichts an.«

Sie erntete einen giftigen Blick. »Du hast hier gar nichts zu bestimmen, freche Göre.« Grob stieß er sie mit seinem Gehstock zur Seite. Dann hielt er ihn an Peters Körper, ganz so wie ein Schneider seine Elle. Dabei nickte er und murmelte sichtlich zufrieden mit dem, was er herausgefunden hatte: »Ja, du scheinst mir geeignet. Also sag schon, hab ich recht?«

»Ja, Sir, Mrs. Bones«, antwortete Peter mit zitternder Stimme, woraufhin der Fremde ihn mit einem anerkennenden Klaps belohnte.

»Braver Junge. Das ist gut so.«

Gemächlich zog er seine Handschuhe aus. Seine Hände versanken in seiner Börse, die dem Klimpern nach wohlgefüllt war. Als er sie wieder herauszog, glänzte ein kupfernes Geldstück zwischen seinen Fingern, die rabenschwarz waren. Ihr Bruder öffnete die Hand, um danach zu greifen, da riss Agnes ihn zurück. Das Geldstück fiel klimpernd zu Boden, rollte noch ein Stück und blieb im matschigen Schnee liegen. Wie aus dem Nichts schoss plötzlich ein Junge heran. Agnes erkannte ihn. Er war aus dem Heim. Einer der Großen, Starken. Walter, sein Name war Walter, erinnerte sich das Mädchen. Er musste ihnen heimlich gefolgt sein und sie beobachtet haben. Katzengleich sprang er auf das Geldstück zu, ergriff es und war im nächsten Moment verschwunden.

Selbst der Fremde starrte dem Burschen ungläubig nach.

Dann verzerrte sich seine Miene. Er wandte sich Agnes zu und knurrte: »Ungeschicktes Ding! Dann eben nicht.«

Harsch drehte er sich um. Mit wenigen Sprüngen hatte er die Treppenstufen bis zum Kirchenportal überwunden. Seine Hand bereits am Türknopf, drehte er sich noch einmal um. Sein Blick fiel auf Peter, und er lächelte zufrieden.

Dann verschwand er im Inneren der Kirche.

Den ganzen Weg über machte Peter seiner Schwester Vorwürfe. »Warum hast du das getan?«, wollte der Kleine wissen, während er hastig den erbeuteten Apfel herunterschlang. Agnes konnte ihm keine Antwort geben. Sie konnte nicht erklären, woher dieses Gefühl gekommen war, dass sie Peter für immer verloren hätte, hätte er nach der Münze gegriffen. Stattdessen versuchte sie sich einzureden, dass es schon nicht so schlimm sein würde, wenn sie wie so oft mit leeren Händen zurückkamen. Doch sie sollte sich irren.

Hoch aufgerichtet funkelte Mrs. Bones die beiden Kinder aus wässrigen Schweinsäuglein an. Ihr massiger Körper nahm den gesamten Raum des Portals ein, sodass es nicht einmal dem schmächtigen Peter gelingen konnte, an ihr vorbeizuhuschen, ohne gepackt und ordentlich durchgeschüttelt zu werden. Die Heimleiterin zog laut und deutlich den Rotz hoch, fingerte nach einem unglaublich schmutzigen Leinen und hielt es sich vor die hässliche Knollennase, an deren rechtem Flügel eine mächtige Warze prangte. Dann holte sie tief Luft und trompetete mit einer Lautstärke in das Taschentuch, die Big Ben alle Ehre gemacht hätte. Agnes schauderte. Gleich würde ihr die Alte mit ihren klebrigen Wurstfingern in die Taschen fassen, um nach verborgenen Münzen zu suchen.

»Eure Börsen müssen ja prall gefüllt sein, so lange, wie ihr euch in der Stadt herumgetrieben habt.« Grob langte

Mrs. Bones den Kindern in die Taschen. Als sie nichts fand, verzog sich ihr Gesicht zu einer wütenden Grimasse. »Wo habt ihr's?« Ihre Stimme war so schrill, dass es Agnes schmerzte. Sie hielt sich die Ohren zu, empfing jedoch im selben Moment eine Ohrfeige, die sie in den kalten Matsch taumeln ließ. Dann packte die Alte den kleinen Peter am Kragen und schüttelte ihn, bis dieser laut zu schreien anfing. Mrs. Bones ließ das kalt. »Wo habt ihr's versteckt, ihr Ratten? Ich weiß doch genau, dass ihr es vor mir verbergt! Aber nicht mit mir, sag ich euch, mich betrügt man nicht um mein Geld.«

Agnes sprang wieder auf die Füße. Ihr schwindelte. Trotzdem warf sie sich auf die alte Hexe und zerrte an ihren Röcken. »Aufhören!«, rief sie verzweifelt. »Lass ihn sofort los.«

Einen Moment schien Mrs. Bones nicht zu wissen, ob sie Peter weiter schütteln oder Agnes eine zweite Ohrfeige geben sollte.

»Walter hat uns das Geld abgenommen«, erklärte das Mädchen hastig und erreichte damit immerhin, dass Mrs. Bones Peter losließ. Der Kleine plumpste zu Boden, wo er schniefend sitzen blieb.

»Walter?«, wiederholte Mrs. Bones. Ihr Gesicht verzog sich zu einem schiefen Grinsen, wobei bräunliche Zahnstummel sichtbar wurden. Dann rief sie laut den Jungen.

»Wie viel war's?«

»Eine Kupfermünze«, gestand Agnes.

»Eine ganze Kupfermünze? Wie kann das sein, er gab mir doch nur …«

Erneut brüllte sie den Namen des Jungen, wobei es diesmal eher wie das Fauchen eines Raubtieres klang. Agnes dachte, dass sie lieber nicht in Walters Haut stecken wollte, und fühlte sich schlecht, weil sie ihn angeschwärzt hatte. Andererseits war es seine eigene Schuld. Er hätte einfach

Mrs. Bones gegenüber ehrlich sein müssen oder noch besser, das Geld gar nicht erst stehlen sollen.

»Wo steckt diese Kröte bloß!«, schimpfte Mrs. Bones. Dann fiel ihr Blick wieder auf die beiden Kinder.

»Dürfen wir jetzt hineingehen?« erkundigte sich Agnes schüchtern. »Wir haben Hunger.«

Damit hatte sie jedoch in ein Wespennest gestochen, denn nun kam Mrs. Bones erst richtig in Fahrt. »Was bildest du dir eigentlich ein, du Taugenichts? Mit leeren Taschen kommen und mir die Haare vom Kopf fressen wollen? Wer hier essen will, muss es sich verdienen.«

Agnes schaute auf die fettigen Zausen der Heimleiterin, die graubraun vom Dreck waren, und stellte sich vor, wie sie eines davon in der wässrigen Linsensuppe finden würde. Da verging ihr der Appetit. Schnell senkte sie wieder den Blick.

»Aber wir hätten doch …«, stammelte das Mädchen.

»Nichts habt ihr, gar nichts habt ihr!«, schrie Mrs. Bones und zerrte die Kinder in Richtung des zugigen Holzschuppens, in dem die Kinder die Nacht verbrachten, die erfolglos vom Betteln zurückkamen. »Und deshalb bekommt ihr genau das, was ihr verdient.«

»Die Leute haben ein hartes Herz«, versuchte Agnes sich zu entschuldigen, Peters Wimmern im Ohr.

»Dann musst du eben andere Möglichkeiten finden, ihnen die Börsen zu öffnen«, erklärte die Alte ungerührt, während sie die beiden Kinder in den zugigen Schuppen schubste. Agnes wusste genau, was sie meinte, aber sie hatte sich bislang nie überwinden können zu stehlen. Das metallische Klicken des schweren Schlosses dröhnte ein herzloses Wiegenlied. Noch nie hatte sich Agnes so sehr nach der leisen Stimme ihrer Mutter gesehnt, wie in diesem Augenblick. Sie hätte alles darum gegeben, ihre Hand zu halten und ihr sagen zu können, wie lieb sie sie hatte und wie sehr sie

sie vermisste. Tränen stiegen dem Mädchen in die Augen. Draußen hörte sie Mrs. Bones zetern, die sich mit stapfenden Schritten davonmachte, um sich Walter vorzuknöpfen: »Warte nur Bürschlein, wenn ich dich erwische, sollst du den Ochsenziemen spüren.«

Mit aller Kraft rüttelte Agnes an den Holzlatten der Tür, wohlwissend, dass es zwecklos war. Die Bretter würden nicht nachgeben. Sie hatte es schon oft genug versucht. Es blieb nichts anderes zu tun, als hier zu warten, bis die alte Hexe sie herausließ. Langsam setzte sie sich neben ihren Bruder, der immer noch schluchzte. Die Kälte kroch ihr langsam in die Glieder – und es würde heute Nacht noch kälter werden. Wenn sie sich nicht gegenseitig wärmten, würden sie womöglich erfrieren. Sie wollte ihren Arm um Peter legen, der aber stieß sie wütend von sich.

»Geh weg!«, rief er zornig. »Du bist schuld, dass wir wieder hier festsitzen. Du ganz allein.«

Die Stimme versagte ihm, und Agnes war es, als zerquetschte jemand ihr Herz. Sie hob die Hand, um ihrem Bruder übers Haar zu streichen, zuckte jedoch zurück aus Angst vor einer weiteren Abweisung.

»Warum hast du mir bloß das Geldstück aus der Hand geschlagen?«, jammerte der Junge.

»Der Mann war mir unheimlich.«

»Wir könnten jetzt da drin sein, Suppe bekommen und einen warmen Strohsack! Du hast es verpatzt.« Peters sonst so sanfte Kinderstimme war schrill geworden. So hatte er noch nie mit seiner Schwester gesprochen.

Agnes senkte den Kopf. Sie konnte sich ja auch nicht erklären, was in sie gefahren war. »Ich hatte irgendwie das Gefühl, als ob du im Moment, wo du es ergreifst, einen Vertrag abschließt, der nicht mehr zu lösen gewesen wäre«, sagte sie verzweifelt. »Ich fürchtete, dass du für immer fortgehst.«

Jetzt sah Peter hoch. Er blinzelte die Tränen von seinen blonden Wimpern. »Ich würde dich doch niemals allein lassen«, flüsterte er.

»Es tut mir leid«, antwortete Agnes und schlang die Arme um ihn.

»Zu essen haben wir trotzdem nichts«, stellte er fest, wobei sein Magen lauter knurrte als ein wütender Bär.

»Wenigstens hast du den Apfel gegessen. Der gibt dir bestimmt ein bisschen Kraft.«

»Ich hab aber immer noch Hunger«, wimmerte der Kleine, »riesig großen. Und du hast gar nix bekommen.«

»Ich weiß«, versuchte seine Schwester ihn zu trösten, darum bemüht, nicht ebenfalls in Tränen auszubrechen. »Morgen ist Markttag. Da sind die Menschen spendabel. Du wirst sehen, wir kommen mit vollen Mägen und schweren Taschen zurück.«

»Glaubst du wirklich?«

Peter lehnte seinen Kopf an ihre Schultern. Seine blonden Locken kitzelten sie unter der Nase. Sanft strich sie die Strähnen zur Seite und nickte.

Peter seufzte. »Weißt du, ich wünsche mir so sehr, wieder ein richtiges Zuhause zu haben, so wie früher, verstehst du?«

Wie könnte sie nicht? Jede Nacht vor dem Einschlafen betete sie, dass ein Engel käme und sie von diesem schrecklichen Ort fortführte. Doch jeden Morgen wachte sie auf, und nichts hatte sich geändert.

»Wir dürfen die Hoffnung nicht aufgeben, Peter. Schau dort«, Agnes deutete zu einem Spalt zwischen zwei Brettern, durch den ein kleines Stück lichtloser Himmel zu erkennen war, »hinter all den Wolken versteckt, steht ein Stern am Himmelszelt. Noch können wir ihn nicht sehen, aber er leuchtet für uns, und eines Tages wird er uns den Weg zu einem Ort weisen, an dem wir wieder glücklich sein werden.«

»Ich hab aber jetzt Hunger«, schluchzte Peter.

Agnes zog ihn an sich, wiegte den Jungen sanft und begann das Lied zu summen, das ihre Mutter immer gesungen hatte.

Peter war gerade eingeschlafen, als Agnes ein lautes Schnaufen und Husten hörte, das vom Hof hereindrang. Im Schuppen war es jetzt stockdunkel. Vorsichtig löste sie sich von dem Jungen und kroch zum Spalt, um nach draußen zu spähen. Links vom Schuppen war nichts zu sehen außer tiefschwarze Nacht. Das Mädchen kniff die Augen zusammen. Da, am Eingang des Hofs, zeichneten sich im schummrigen Licht einer Straßenlaterne die Umrisse eines Mannes ab. Er trug einen weiten, dunklen Mantel, aus dem lange, dürre Beine wie Gräten herausragten. Sie pendelten mal nach vorne, mal zur Seite, bevor sie sich für einen Tritt entschieden. Es sah fast aus, als vollführte der Fremde einen kuriosen Tanz, aber in Wirklichkeit versuchte er lediglich den schlierigen Pfützen auszuweichen, ohne auf dem glitschigen Boden auszurutschen. Dabei schwenkte er eine schwach leuchtende Laterne hin und her, was die mageren Ratten, die im Schutz der Dunkelheit in allem stöberten, was irgendwie fressbar erschien, erschrocken flüchten ließ. Hier unten an der Themse gab es die Nager zu Hunderten, manche so groß und wild, dass selbst die Katzen sie mieden.

Agnes hörte, wie der Fremde einen gewaltigen Fluch ausstieß, als sich ein solches Tier empört quietschend vor ihm aufrichtete. Er hob abwehrend seinen Gehstock und schien sich tatsächlich vor dem Tier zu fürchten. Das Mädchen musste fast ein wenig lächeln. Auch Agnes waren die Ratten anfangs nicht geheuer gewesen. Mittlerweile hatte sie jedoch die Klugheit der Tiere zu schätzen gelernt. Ihre feinen Nasen ersetzten ihnen die Augen und ließen sie jeden noch so kleinen Bissen erschnuppern. Und obwohl sie ständig in Müll und Unrat stöberten, war ihr Fell niemals ungepflegt, weil sie es unablässig putzten und ordneten. Die Ratte begann nun genau das zu tun, woraufhin der Fremde einen höchst unchristlichen Fluch knurrte und den Stiefel hob, bereit, den Nager unter seiner Sohle zu zerquetschen. Doch er hatte sich verrechnet. Todesmutig sprang das kleine Tier vorwärts und verbiss sich in der Hose des Mannes. Der ließ seine Laterne fallen und stieß einen panischen Schrei aus. Zischend verlosch das gelbliche Licht, während die Laterne polternd Richtung Schuppen rollte.

Peter wurde wach und fuhr erschrocken hoch. Agnes raunte ihm zu, er solle zum Spalt kommen. Die beiden Kinder beobachteten, wie der Mann schreiend und auf einem Bein hüpfend mit seinem Stock nach der Ratte schlug, die einfach nicht loslassen wollte. Er taumelte und ging dann mitten in einer Pfütze aus Schneematsch zu Boden.

Agnes stieß ihren Bruder mit dem Ellbogen an und kicherte leise. Der stimmte mit ein, verstummte jedoch augenblicklich, als die Tür zum Heim mit ungeheurem Knall aufschlug. Die Ratte huschte erschrocken davon. Mrs. Bones' stämmige Gestalt walzte sich schnaufend in den Türstock. Sie stemmte die Fäuste in die Hüften und brüllte quer über den Hof: »Was ist denn das für ein Radau mitten in der Nacht?«

Sie bückte sich, um nach dem Topf mit Unrat zu greifen, den sie für solche Fälle stets parat hielt, wog das Geschoss prüfend in ihren Händen und begann bereits auszuholen, als der Mann rief: »Beruhig dich, Weib, und es soll dein Schaden nicht sein!«

Mrs. Bones hielt inne. Sie stellte den Blecheimer tatsächlich ab, griff stattdessen zu ihrer Laterne und hielt sie so, dass das flackernde Licht zuckende Schatten in dem verwinkelten Hof zum Leben erweckte. Sie entdeckte den Mann, der nach wie vor mit dem Stock um sich schlug, obwohl die Ratte längst von ihm abgelassen hatte.

»Seid ihr vom Veitstanz besessen oder einfach nur vollkommen betrunken, Sir?«, zeterte die Heimleiterin.

Als der Mann im Schein der Lampe erkannte, dass sich kein Nager mehr in der Nähe befand, rappelte er sich hoch, tastete nach seiner zerrissenen Hose und blickte sich schließlich nach seiner Laterne um. Er entdeckte sie und kam geradewegs auf den Schuppen zu. Agnes schreckte zurück, als sie sein Gesicht erkannte. Der Mann von der Kirche! Der unheimliche Fremde war gekommen, ihren Bruder zu holen. Hastig schob sie Peter hinter sich. Eitel zupfte der Kerl sich den Mantel zurecht und rückte die Kapuze zurück auf ihren Platz. Seine Nasenflügel blähten sich, der rechte Mundwinkel zuckte. Für einen Moment hatte Agnes das Gefühl, er hätte sie entdeckt, denn sein Blick verharrte auf dem Schuppen, und seine finsteren Augen flammten auf wie glimmende Kohlen unter dem Schürbalg. Zum ersten Mal war sie froh um die Bretter, die sich jetzt fast beschützend zwischen sie und den Fremden stellten. Ihre Finger krallten sich in die raue Oberfläche der Holzlatten. Sie begann zu zittern, doch hielt sie dem Blick stand.

Du wirst ihn nie bekommen!, schwor sie ihm wortlos.

Der Fremde verharrte noch einen Moment, dann wischte er sich mit der Hand die Dreckspritzer aus dem Gesicht und hob die Laterne auf. Er straffte den Rücken, reckte das Kinn und wendete sich wieder der Heimleiterin zu, wobei er eine würdevolle Haltung einnahm.

»Seid Ihr Mrs. Bones?«, erkundigte er sich.

Agnes stockte der Atem. Nun schien auch Peter klar zu werden, wer dort im Hof stand. Er schob sich wieder nach vorne und drückte seine Nase so fest an die Holzlatten und an den Spalt, dass sein Atem leise pfiff. Agnes versuchte ihn wegzuzerren, aber Peter blieb hartnäckig.

»Er ist gekommen, uns zu retten«, flüsterte der Kleine ganz aufgeregt. »Du hast recht gehabt. Unser Stern, er lässt uns nicht in Stich.«

»Sei doch leise«, zischte Agnes. »So kann man doch nichts verstehen.«

Sie zitterte immer noch und hatte das untrügliche Gefühl, als sollte ihr besser kein Wort entgehen.

»Wer will das wissen?«, keifte die Heimleiterin und nahm den Ankömmling genauer in Augenschein.

»Jemand, der es gut mit ihr meint und ihr das Christfest ein wenig versüßen möchte.«

Agnes hörte das Klirren von Münzen. Mrs. Bones strich sich das schmutzig-graue Haar glatt. »Hm, könnt schon sein, dass ich diese Mrs. Bones bin«, brummelte sie. Agnes konnte sich gut vorstellen, wie die Gier die kleinen Schweinsäuglein zum Leuchten brachte.

»Wollt Ihr mich nicht hereinbitten? Ein Geschäft bespricht man schließlich nicht auf der Straße.«

Mrs. Bones schnalzte mit der Zunge. Bereitwillig trat sie zur Seite und wies mit der Hand zur Tür.

»Mit Vergnügen, Sir.«

Zufrieden nickend folgte der Fremde der Einladung. Als er die Tür erreicht hatte, wandte er noch einmal den Kopf, sah zurück zum Schuppen und lächelte.

»Unserer Rettung«, jauchzte Peter aufgeregt. »Hast du gehört, wie seine Börse geklimpert hat? Er holt uns hier raus und wird uns warme Kleidung kaufen. Vielleicht gehen wir sogar in ein Wirtshaus und können uns endlich wieder richtig satt essen.«

Agnes brach es fast das Herz, aber sie war sich sicher, dass sich Peters Erwartungen nicht erfüllen würden. Bang hingen ihre Augen an der Tür.

Es dauerte eine gefühlte Ewigkeit, bis die Gestalt des Fremden erneut im Türstock auftauchte. Nun kam auch die Heimleiterin zum Vorschein, und die beiden unterhielten sich angeregt. Agnes konnte zwar die Worte nicht verstehen, aber Mrs. Bones machte ein über und über zufriedenes Gesicht, was sie nur tat, wenn sie sich ein gutes Geschäft mit fettem Gewinn von einer Sache versprach. Das Gesicht des Fremden dagegen war ausdruckslos. Schließlich nickte er kurz zum Abschied, warf Mrs. Bones ein »Bis zum Heiligabend. Und dass du mir das Kostgeld ja nicht selber verfrisst, Alte!« über die Schulter zu und stakste über den Hof zur Straße hinaus. Agnes bemerkte, wie Peter an ihrer Seite zusammensackte.

»Er hat uns nicht mitgenommen«, hauchte der Junge maßlos enttäuscht.

Agnes schüttelte den Kopf und zog Peter an sich. »Morgen«, flüsterte sie erleichtert, »morgen ist Markttag, da sind die Leute großzügig, und wir werden satt.« Statt einer Antwort kam nur herzerweichendes Schluchzen. Diesmal konnte Agnes nicht anders, als ebenfalls zu weinen, so sehr schmerzte sie die Verzweiflung des Bruders.

Agnes zuckte zusammen, als sie einen Schlüssel klimpern hörte, der mit Gewalt in das Schloss gestoßen wurde. Dann sprang es auch schon quietschend auf, und die Tür wurde zur Seite gehievt. Bevor Agnes recht wusste, wie ihr geschah, langte der fette Arm der Heimleiterin herein wie der Tentakel eines Kraken, tastete nach Peter und packte ihn am Kragen. Die fetten Wurstfinger schlossen sich um den Stoff und zerrten Peter mit sich, als wäre er nicht mehr als ein flatterndes Hühnchen.

»Aufstehen und mitkommen«, krächzte Mrs. Bones, während sie Peter auf die Füße hob. Auch Agnes raffte sich hoch. Sie zitterte, und ihre Lippen bebten.

Mrs. Bones' Schweinsäuglein glitzerten boshaft, während sie sich an Peter wandte: »Du bekommst etwas zu essen! Es wurde für dich bezahlt.«

Peter warf seiner Schwester einen triumphierenden Blick zu. Ein flüchtiges Lächeln zeichnete sich auf seinen Lippen ab. Mrs. Bones schubste ihn aus dem Verschlag heraus. Agnes versuchte ihrem Bruder zu folgen, bekam jedoch einen rüden Rüffel.

»Du bleibst hier«, fauchte die Heimleiterin und sprühte dem Mädchen dabei eine Ladung Speichel ins Gesicht.

Erschrocken drehte Peter sich um und versuchte die Hand seiner Schwester zu packen. Doch die Tür war bereits zugeworfen und Mrs. Bones damit beschäftigt, das Schloss wieder zu versperren. Der Kleine begann an den Holzlatten zu rütteln. »Ohne Agnes geh ich nicht«, protestierte er, erntete aber lediglich ein höhnisches Lachen von Mrs. Bones, die ihn dabei schmerzhaft am Ohr packte. Der Junge schrie auf und versuchte ihre Hand wegzuziehen. Dazu musste er jedoch die Latten loslassen, und genau das hatte die Alte erreichen wollen. Sie packte ihn am Arm und zerrte ihn vom Verschlag weg. Doch Peter riss sich los und stürzte zurück.

»Peter, Peter!«, rief Agnes und streckte eine Hand durch den Spalt zwischen den Latten. Sie bekam seine Finger zu fassen und hielt sie so fest sie konnte. Auch ihr Bruder klammerte sich an sie. Ihre Finger verschränkten sich ineinander, und doch konnten sie ihn nicht festhalten. Ihre Finger glitten auseinander, bis sie sich schließlich nur noch an den Spitzen berührten. Agnes schrie auf, als Peter erneut fortgerissen wurde. Mrs. Bones musste ihre ganze Kraft aufwenden, ihn über den Hof zu schleifen.

»Nein!«, kreischte er Junge, so schrill und verzweifelt, dass es Agnes ins Herz schnitt. »Ich will nicht.«

Panisch trommelte Agnes mit den Fäusten gegen die Holzlatten, trat mit den Füßen dagegen, rief den Namen ihres Bruders, und wie durch ein Wunder gelang es ihm tatsächlich, ein zweites Mal zu ihr zurückzulaufen. Die Heimleiterin stürzte hinter ihm her. Ihr Kopf war purpurrot, und sie schnaufte wie ein zorniger Stier, als sie dem Jungen eine derbe Kopfnuss verpasste, wonach er zu Boden ging.

»Das dürft Ihr nicht!«, protestierte Agnes atemlos.

Die Antwort war ein Blick voller Hass und Verachtung.

»Hast du eine Ahnung, was ich alles darf«, keifte die Alte und packte sich den Kleinen unter den fetten Arm.

»Bitte nicht!«, flehte das Mädchen und bekam einen Zipfel von Mrs. Bones Schürze zu fassen. »Ich werde alles tun, wirklich alles.«

»Wirst du wohl loslassen!«, fauchte Mrs. Bones, während sie gleichzeitig versuchte, den sich sträubenden Peter festzuhalten. Schweißperlen traten ihr auf die Stirn. »Kleines Miststück, ich werf dich in die Themse!«, drohte sie. Sie gab Peter frei, um nach einer Mistgabel zu greifen, die neben ihr im Dreck lag.

»Lauf, Peter!«, rief das Mädchen.

Im nächsten Moment fuhren die Zinken in ihre Richtung und stachen sie mitten in die Hand. Erschrocken zuckte Agnes zurück. Der Stoff zerriss ächzend. Mrs. Bones fluchte. Das Mädchen hörte die Mistgabel zu Boden fallen und beobachtete, wie Mrs. Bones hinter Peter herstürmte, der sich tatsächlich aufgerafft hatte und Richtung Hoftor gerannt war. Während der Schmerz durch ihren Arm pochte, betete das Mädchen, dass seinem Bruder die Flucht gelingen möge. Da draußen in der Stadt wäre er immer noch besser aufgehoben als hinter diesen Mauern. Tatsächlich erreichte der Kleine das Tor. Panisch versuchte er es zu öffnen, doch die Gitter rührten sich nicht. Hämisch grinsend verlangsamte Mrs. Bones ihre Schritte. Sie griff nach dem Schlüssel und ließ ihn laut klirren. Peters Augen weiteten sich, als er das große Vorhängeschloss bemerkte, das im Tor hing.

»Hier läuft man nicht einfach weg, Bürschlein«, knurrte sie.

Agnes fühlte, wie ihre Beine nachgaben. Dem Mädchen schwanden die Sinne, während sich die verzweifelten Schreie ihres Bruders langsam entfernten. Dann umfing es gnädige Dunkelheit.

Kapitel 2

Agnes erwachte von einem heftigen Schütteln. »Nun komm schon, lass dich nicht so hängen!«, quakte Walter mit seinem breiten Akzent, an dem ein Kind des Hafenviertels auf tausend Meilen zu erkennen war. »Wir müssen los.«

Agnes krabbelte mühsam auf die Beine. »Was ist mit meinem Bruder?«, stöhnte sie. »Wo ist Peter?« Ein fahlgrauer Himmel mit Wolken, aus denen unaufhörlich Schnee rieselte, empfing sie draußen.

Walter kratzte sich mit seinen nackten Zehen an der schmutzigen Wade. Auch seine Hosen waren viel zu kurz. Zweimal schniefte er laut, dann meinte er: »Nur keine Sorge, der alten Heulsuse geht es gut, bis jetzt jedenfalls.«

Mit einem Sprung war das Mädchen bei Walter, bereute es jedoch im selben Augenblick. Die Welt um sie fuhr Karussell, während die Stichverletzung an ihrer Hand schmerzhaft pochte. Ihr wurde schlecht, und hätte sich etwas in ihrem Magen befunden, hätte sie sich ohne Zweifel übergeben müssen. So aber würgte sie lediglich gelblichen Saft hervor. Endlich hörten die Krämpfe auf.

»Was willst du damit sagen?«, ächzte sie.

»Dass die alte Bones ihn gefüttert hat, als wäre er ihr eigenes Junges. Und jetzt komm schon. Hab keine Lust, schon wieder wegen dir Prügel zu beziehen. Mir schmerzt der Buckel noch von der gestrigen Abreibung. War nicht nett von dir, mich zu verpetzen.«

Agnes betrachtete ihre Hand. Es hatte sich Schorf über der Wunde gebildet, aber die Ränder waren rot und geschwollen. Sie konnte Walter nicht ausstehen. Er war ein grober Klotz, der die jüngeren Kinder gängelte und ihnen das Essen stahl. Am liebsten hätte sie ihm gehörig die Meinung gegeigt. Andererseits brauchte sie einen Verbündeten, wenn sie ihrem Bruder helfen wollte. Deshalb war es vermutlich besser, sich zurückzuhalten. Agnes legte die Nase kraus und sagte milde: »Es war auch nicht nett von *dir*, die Münze zu stehlen.«

Ein spitzbübisches Grinsen trat auf Walters Gesicht. Er zuckte mit den Schultern. »Man tut, was man tun muss. Besser ihr verhungert als ich.«

»Wenn wir zusammenhalten würden, hätten alle genug.«

»Und morgen kommt der Weihnachtsmann, klar«, spottete der Junge. »Lass uns lieber endlich gehen. Heute ist Markttag, da können wir fette Beute machen. Allerdings solltest du dich geschickter anstellen als gestern.«

Unwirsch packte der Junge sie am Arm. Agnes riss sich los. »Ich gehe nirgendwo hin ohne Peter!«

Walter baute sich vor ihr auf und äffte sie nach, indem er die Hände in die Hüfte stemmte und mit übertrieben hoher Stimme fiepte: »Ich gehe nirgendwohin ohne Peter … Papperlapapp. Du tust, was ich dir sage, sonst setzt es was, weil ich ganz bestimmt nicht wegen dir hier in diesem Loch übernachten werde.«

Da aber kam er bei ihr gerade an die Richtige. Wütend funkelte sie ihn an und piekte ihm mit ihrem Zeigefinger ins Auge. »Du denkst immer nur an dich. Ich habe einen Bruder, und ich hab geschworen, mich um ihn zu kümmern. Bevor ich ihn allein bei dieser Hexe lasse, musst du mich schon totschlagen.«

»Das kannst du gerne haben, du wertlose Kröte …«, grollte eine boshafte Stimme hinter ihr. Agnes fuhr herum und stieß mit der Nase gegen Mrs. Bones dicken Bauch. Langsam hob das Mädchen den Blick. Die Heimleiterin hatte sich »stadtfein« gemacht, wie sie es nannte, was nichts anderes hieß, als dass sie ihren albernen violetten Hut mit Hahnenfeder aufgesetzt hatte, der in einem künstlichen Vogelnest auf ihren hochgesteckten, verfilzten Haaren thronte. Ihre schmutzigen Finger steckten in schmierigen, alten Lederhandschuhen, deren vormals helles Ziegenleder nur noch erahnt werden konnte. Jetzt schwebte ihre Rechte über Agnes, bereit zuzuschlagen. Das Mädchen hielt den Atem an, unschlüssig, ob es Sinn machen würde, sich zu ducken. Doch der Schlag blieb aus. Stattdessen machte sich ein fieses Grinsen im Gesicht der Heimleiterin breit.

»Nein, oh nein, so leicht mache ich es dir nicht, kleine Agnes.« Mrs. Bones' Atem pfiff, und ihr nun folgendes Lachen hatte etwas Dämonisches.

»Das kleine Fräulein ist ja so besorgt um sein Brüderlein. Nun,dann will ich dir raten, dass du heute nicht mit leeren Händen nach Hause kommst, weil ich's den kleinen Peter sonst büßen lassen werde. So wie ab jetzt an jedem Tag. Du sollst aus deinem Holzverschlag dabei zusehen, wie ich ihm den Ochsenziemer zu schmecken gebe und sein Jaulen hören. Dann überlegst du dir, wie du mir meine Mildtätigkeit vergeltest.«

Sie ließ die Peitsche, die sie stets an ihrem Gürtel trug, durch die Luft sausen. Gleich neben Agnes' Ohr ging der Schlag nieder, so dicht, dass das Leder noch ihre Schulter streifte.

»Nein, oh nein«, hauchte das Mädchen totenblass. »Ich werde alles tun, nur lasst Peter in Ruhe.«

»Dann sind wir uns ja einig, und jetzt geh mir aus den

Augen, undankbares Balg. Walter bleibt an deiner Seite, nicht wahr?«

Der Junge nickte, während Mrs. Bones ihre Fingernägel in seine hohlen Wangen grub.

»Gut.«

Ihr Blick weilte viel zu lange auf dem hoch aufgeschossenen Jungen, als hätte sie ihn noch nie zuvor gesehen.

»Schade, dass du schon so ein großer Bursche bist. Du hättest Master Chimneys bestimmt gefallen.«

Dann drehte sie sich um und stolzierte zum Tor hinaus. Agnes kam es so vor, als wäre Walter bei der Nennung des Namens kurz zusammengezuckt. Doch sobald ihm Mrs. Bones den Rücken zuwandte, machte er ihr eine lange Nase und stieß sie mit dem Ellbogen.

»Hey, das war ganz schön mutig«, sagte Walter anerkennend. »Aber nun komm schon, dumme Gans. Ich zeig dir, wie man stiehlt.«

»Aber Peter«, flüsterte das Mädchen.

»Du hast die Alte doch gehört. So lange wir ordentlich Kohle heranschaffen, geschieht ihm nichts. Und mit dir zusammen sollte das ein Kinderspiel werden. Ich hab schon einen Plan. Weißt du, deine Idee mit den Kirchen war gar nicht schlecht. Doch statt zu warten, bis die noblen Herrschaften ihre Groschen in unsere Hände fallen lassen, nehmen wir sie uns einfach selbst.«

Ungeduldig zerrte der Junge an ihrem Ärmel. Er war voller Tatendrang. Sie folgte ihm ein Stückchen, um ihn zu besänftigen.

»Weißt du, wo sie Peter hingebracht hat?«

Ohne auf ihre Frage zu achten, ging Walter einfach weiter.

»Du weißt es, ja? Sag's mir bitte.«

»Nur wenn du dann endlich Ruhe gibst.«

»Ich versprech's.«

»Er ist im Rübenkeller.«

»Lass ihn uns herausholen, jetzt sofort. Es ist die Gelegenheit. Mrs. Bones ist fortgegangen.«

»Unmöglich. Es liegt ein schweres Schloss davor, und den Schlüssel trägt die Alte am Gürtel.«

»Dann muss ich wenigstens hingehen und Peter sagen, dass ich ihn da rausholen werde.«

»Kommt nicht in Frage! Wir bewegen uns jetzt in diese Richtung und nirgendwo anders hin.«

Er wies mit dem Finger zur Straße, packte sie am Arm und zog sie mit sich, während er sich zu ihr herunterbeugte und ihr ins Ohr flüsterte. »Die Alte lauert bestimmt da draußen. Sie will sehen, ob wir an die Arbeit gehen, um ihr die Taschen zu füllen. Wenn wir jetzt nicht aufbrechen, wird's dein Brüderlein büßen.«

Agnes schluckte. Walter hatte sicher recht. Mrs. Bones war gerissen, und die Sache mit dem Schlüssel stimmte auch. Das Mädchen hatte ihn selbst an ihrem Gürtel gesehen. Er hing am selben Bund wie alle anderen, und die Heimleiterin wachte darüber wie eine Bulldogge. Walter ließ Agnes keine Zeit, weitere Pläne zu schmieden, sondern legte den Arm um ihre Hüften und zog sie auf die Straße hinaus. Er legte ein solches Tempo vor, dass Agnes beinahe eine ihrer Holzpantinen verlor, als der im Morast stecken blieb. Es war genau die Stelle, an der der unheimliche Fremde zu Boden gegangen war. Sie schlüpfte erneut in den Schuh, als ihr ein metallisch glänzender Gegenstand auffiel. Hastig bückte sie sich und hob den Gegenstand auf. Es war ein Knopf, in den merkwürdige Zeichen eingraviert waren. Sie würde ihn sich später genauer ansehen.

»Also, wir machen es folgendermaßen«, plante Walter laut. »Du wirfst dich den Leuten vor die Füße, tust so, als wärst du hingefallen. Du musst sie nur einen kurzen Moment ablenken. Ich kralle mir die Börsen. Am Abend teilen wir: neun zu eins. Jeder entscheidet selbst, wie viel er davon der Alten aushändigt.«

Agnes riss die Augen auf. »Aber wir können die Leute doch nicht im Schatten einer Kirche bestehlen. Das ist Sünde!«

»Wer sagt denn so etwas?« Walter grinste. »Wir sorgen dafür, dass sie in den Himmel kommen, weil wir ihnen zur Mildtätigkeit verhelfen. Und bei den reichen Leuten kommt's doch nicht drauf an. Die haben genug.«

»Also erstens bin ich mir ziemlich sicher, dass Gott und der Richter von London das ganz anders sehen werden. Zweitens weißt du doch gar nicht, ob du einen reichen Mann bestiehlst. Am Ende raubst du jemanden aus, der sein ganzes Erspartes dabei hat, und seine Familie leidet danach genauso Hunger wie wir.«

Walter winkte ab. »Dann muss er eben besser darauf aufpassen.«

Agnes' Gesicht nahm einen entschlossenen Ausdruck an. »Es ist Unrecht. So was mach ich nicht.«

Walters Miene wurde ärgerlich. »Du willst wohl einen größeren Anteil rausschlagen.« Er schüttelte den Kopf. »So sind die Weiber: Erst tun sie ganz unschuldig, und dann entpuppen sie sich als richtige Luder. Also gut: acht zu zwei.«

»Walter, …« Weiter kam Agnes nicht.

»Sechs zu vier. Mehr ist für dich nicht drin. Ich bin's schließlich, der ihnen die Börsen abschneidet und den sie in den Tower werfen, wenn sie uns erwischen. Und ich sag nie wieder, dass du eine dumme Gans bist.«

»Wie wär's, wenn wir es mit ehrlicher Arbeit versuchen? Du bist doch ein starker Bursche, warum fragst du nicht mal am Hafen. Die brauchen immer Träger. Ich probier's mal in den Spelunken. Vielleicht kann ich eine Stellung als Küchenmagd bekommen.«

Unvermittelt grölte der Junge los. »Du spinnst doch! Mädchen, wenn ich mir am Hafen den ganzen Tag den Buckel schinde und du Rüben schälst, haben wir abends viel weniger in der Tasche, als wenn wir uns eine Stunde vor der Kirche auf die Lauer legen.«

»Doch es wäre ehrlich verdient«, antwortete das Mädchen.

Walter spuckte auf die Erde. »Ein Gewissen ist was für Leute, die es sich leisten können.«

Er bewegte das Kinn zu einem der kleinen Läden. Genau, wie er es vorausgesagt hatte, blitzte dort scheinbar zufällig ein lila Hut zwischen einer Gruppe von Frauen, die sich um die Auslage eines Hutmachers geschart hatten. Agnes glaubte, die kleinen Schweinsäuglein aufblitzen zu sehen. Walters Griff wurde entschlossener und eine Spur grober. Erst als sie hinter der nächsten Ecke aus dem Blickfeld der Alten verschwunden waren, ließ er sie los.

»Jetzt will ich dir mal was verraten, mein Engel. Mein Vater war ein solcher Hafenarbeiter, hat geschuftet für seinen Lebensunterhalt wie ein Müllersesel, bis es plötzlich ›Knack‹ gemacht hat und er sich vor Schmerz im Dreck wälzte. Der Reeder meinte nur, für einen Mann mit kaputtem Kreuz gäb's bei ihm keine Arbeit. Genau wie bei all den anderen. Niemand nimmt einen solchen Mann in Stellung. Jämmerlich ist er verreckt, mein Alter, und meine Mutter stand allein da, mit neun Mäulern, die zu stopfen waren. Also sind wir ›Großen‹ stehlen gegangen. Glaube mir, du findest in ganz London keinen besseren Taschendieb als mich. Prompt hatten wir wieder Essen auf dem Tisch, reichlicher und besser als damals mit meinem ›ehrlichen‹ Vater. Alles war gut, bis die Pocken kamen. Sie sind alle tot. Ich bin als Einziger übrig geblieben, also hat man mich zu Mrs. Bones gebracht. Die hat mich genommen, weil ich gut stehlen kann, ansonsten hätte sie mich in die Gosse gestoßen.« Er lachte freudlos.

Das also war Walters Geschichte. Mitfühlend sah ihn Agnes an. Dann legte sie ihre Hand auf seinen Arm. »Unsere Eltern sind auch daran gestorben, an den Pocken, meine ich, und alle meine Verwandten.«

Mehr wollte sie nicht erzählen. Sie befürchtete, Walter würde sie hassen, wenn er erfuhr, welch gütige, warmherzige Menschen ihre Eltern gewesen waren.

»Das hab ich mir schon gedacht«, antwortete der Junge. »In jedem Fall müssen sie dir was hinterlassen haben. Sonst hätte die Alte euch längst ersäuft. Bloß auf die Dauer wird dir das nichts nützen.«

Plötzlich stellte er sich vor sie, packte sie an den Oberarmen und sagte ernst: »Wirf alles über Bord, was man dir beigebracht hat. Das mit dem Gewissen und so, meine ich. Schließ dich uns an, Agnes, sonst wird es dir schlimm ergehen. Und du willst doch nicht verkauft werden wie dein Bruder?«

Agnes' Augen weiteten sich vor Entsetzen. »Was meinst du damit? Verkauft?«

Walter kniff die Lippen zusammen. Er hatte sich offensichtlich verplappert, aber nun war es zu spät. Agnes rüttelte an seinen Schultern und war so außer sich, dass die Leute auf sie aufmerksam wurden. Erschrocken zog der Junge sie in eine kleine Seitengasse. Mit ausgestrecktem Arm hielt er sie von sich und ließ sie toben. Irgendwann schluchzte sie nur noch und flüsterte: »Du musst es mir sagen, Walter, bitte.«

»Der Mann gestern, das war Mr. Chimneys.«

Sie nickte schwach.

»Er kommt jeden Winter zu den Waisenheimen und

sucht sich ein oder zwei Jungen aus – für die Schornsteinfeger.«

»Du meinst, sie brauchen Lehrlinge?«, erkundigte sich Agnes mit schwacher Hoffnung.

Walter schüttelte den Kopf. »Nein, es sind Jungen, die in die Züge klettern und dort kehren.«

»Aber wenn er jedes Jahr kommt, dann müsste er doch längst genug Helfer haben.«

»Du verstehst es einfach nicht«, seufzte Walter. »Stell dir doch einfach einmal vor, wie es in so einem Kamin ist.«

»Staubig, schmutzig und warm.«

»Nicht staubig, sondern rußig, nicht warm, sondern heiß. Ich hab keinen Jungen gekannt, der länger als zwei, drei Jahre durchgehalten hätte. So sieht's aus.«

Agnes wurde totenblass. Die Beine drohten ihr zu versagen. »Peter«, flüsterte sie tonlos. »Du sagst, er hat ihn gekauft?«

Walter nickte.

»Mrs. Bones braucht einen neuen Hut.«

»Herr im Himmel, hilf«, hauchte Agnes.

»Wenn du dich auf den verlässt, bist du aufgeschmissen, denn weißt du, wen sie an den nächsten Hurenwirt verkaufen wird, wenn sie neue Schuhe haben möchte? – Ein hübsches junges Mädchen namens Agnes, das sich ansonsten als nutzlos erweist. Also fang endlich an, ihr dieses löchrige Dach über dem Kopf und den Teller Steckrübensuppe in barer Münze zu vergelten.«

Er zog die Augenbrauen zusammen. Agnes schluchzte erneut auf. Es war ihr egal, was aus ihr wurde, aber die Aussicht, Peter müsse mit Mr. Chimneys gehen, war für sie unerträglich.

»Wir dürfen das nicht zulassen«, stammelte das Mädchen verzweifelt. »Wir müssen Peter befreien, und dann laufen wir weg.«

Energisch befreite sie sich aus Walters Griff, doch der stand nur da und schüttelte den Kopf.

»Hör auf herumzuspinnen, Mädchen. Die Sache ist gelaufen. Niemand kann deinen Bruder mehr retten. Die Alte hat die Anzahlung bereits kassiert. Sie wird auf deinen Peter besser aufpassen als auf ihren Augapfel. Darauf kannst du wetten. Wenn sie's nämlich nicht tut, dann brennt unsere Bretterbude demnächst lichterloh. Mr. Chimneys prellt man nämlich nicht um sein Geld, und das weiß die Alte ganz genau.«

»Sie soll es ihm zurückgeben.«

»Ach Mädchen, sie hat sich doch schon ihren neuen Hut gekauft.«

Agnes erinnerte sich daran, dass Mrs. Bones einen Hut in Händen gehalten hatte, als sie sie eben am Stand gesehen hatte. Diesmal war er zitronengelb gewesen, mit zwei Federn, die seitlich abstanden wie die Flügel eines Falters.

Entschlossen schob Agnes die Unterlippe vor: »Gut, dann werde eben ich Mr. Chimneys das Geld für Peter zurückzahlen.«

Walter rollte mit den Augen, klopfte ihr dann jedoch kumpelhaft auf die Schultern. »Dann bist du also bereit für unser kleines Abenteuer. Du wirst sehen, es kann sogar richtig Spaß machen. Allein wenn ich an die dummen Gesichter denke, wenn die fetten Bürger merken, dass sie Weihnachten den Gürtel etwas enger schnallen müssen.«

Agnes schüttelte energisch den Kopf. »Ich werde eine ehrliche Möglichkeit finden, Geld zu verdienen.«

In diesem Moment fiel ihr Blick auf eine Gruppe Gaukler, die auf dem Weg zum Markt waren. Ein knochiges, schwarz-weißes Pferd zog den mit bunten Sternen verzierten

Karren. Als es Agnes sah, schien es kurz den Kopf zu heben und ihr zuzuzwinkern. Im nächsten Moment zischte die Peitsche über seinen Ohren und trieb es weiter.

Gaukler, dachte Agnes, und die Erinnerung, wie sie an der Hand ihres Vaters die Vorstellung bestaunt und mit offenem Mund die Künste der Seiltänzerin bewundert hatte, zog vor ihren Augen auf. Kaum wieder zu Hause hatte sie ein dickes Tau quer durchs Zimmer gespannt und so lange geübt, bis es ihr gelungen war, darauf zu balancieren. Peter war ein leidenschaftlicher Zuschauer gewesen. Er hatte gelacht und begeistert in die Hände geklatscht, wenn sie sich mit dem Schirm ihrer Mutter in der Hand an kuriosen Sprüngen versucht hatte, ohne dabei herunterzufallen. Er hatte gemeint, sie würde besser tanzen als eine Prinzessin. Agnes schluckte und zwinkerte sich in die Wirklichkeit zurück. Während sie dem Wagen nachschaute, kam ihr eine Idee. Sie sah zu Walter hoch und rief aufgeregt: »Ein Zirkus, Walter. Wir müssen hinterher!«

Sie rannte einfach los. Walter blieb nichts anderes übrig, als ihr fluchend nachzusetzen, was gar nicht so einfach war, denn das Mädchen schlüpfte mit der Leichtigkeit eines Eichhörnchens zwischen der dichter werdenden Menschenmenge durch, während er seine Ellbogen einsetzen musste, um sich eine Lücke zu erarbeiten.

Der bunte Wagen hielt schnurstracks auf den Marktplatz zu und stand sofort im Mittelpunkt des Interesses. Kinder mit glänzenden Augen deuteten zu dem bunten Wagen und zerrten bettelnd an den Ärmeln ihrer Eltern, im Glauben, die Vorstellung würde sogleich beginnen. Jeder schob und schubste, um möglichst einen Platz ganz vorne zu ergattern.

»Jetzt verstehe ich dich«, rief Walter atemlos, als die stehen blieb. Er brachte seinen Mund ganz dicht an Agnes'

Ohr. »In dem Gedränge ist es ein Kinderspiel, den Leuten die Börsen zu leeren. Das war eine tolle Idee.«

Agnes lachte und meinte nur: »Ich hab noch eine viel bessere.«

Energisch zwängte sie sich bis zur Rückseite des Zirkuswagens durch, wo die Artisten begannen, Bretter für eine kleine Bühne auszuladen. Eine sonore Stimme mit fremdländischem Akzent kündigte schreiend das fantastischste Programm aller Zeiten an: Zauberkünstler, Feuerspucker, ein Schlangenmensch, und – für jeden, der einen Blick in seine Zukunft werfen wollte – die Wahrsagerin »Lolo«. Erste Vorstellung in einer Stunde. Die Leute warfen die Hüte, johlten und klatschten.

Agnes atmete tief durch. Das Herz klopfte ihr in der Brust. Sie nahm ihren gesamten Mut zusammen und trat zu dem Mann, der ohne Zweifel hier das Sagen hatte.

Kapitel 3

»Eine Seiltänzerin bist du also?« Der Tonfall des Zirkusdirektors ließ keinen Zweifel daran, dass er ihr kein Wort glaubte. »Und du?«, wandte er sich nun an Walter.

»Er ist ein, ein Taschenkünstler«, antwortete Agnes, bevor der Junge auch nur den Mund aufmachen konnte. Der Zirkusdirektor kratzte sich an seinem ausladenden Schnurrbart, der an den Enden hochgezwirbelt war. Dabei legte er den Kopf schief wie eine Katze, die sich hinterm Ohr kratzte. Jetzt vibrierten auch noch die Enden des Schnurrbarts, und Agnes musste sich beherrschen, um nicht zu kichern.

»Ein Taschenkünstler«, wiederholte der Direktor und zog die Brauen hoch. »Von so etwas habe ich ja noch nie gehört. Und ich kann mir auch nicht vorstellen, dass Leute Geld dafür bezahlen. Ich schätze, du bist nicht mehr als ein kleiner Langfinger, dem der Boden in London zu heiß wird, oder?«

Walter wurde rot im Gesicht. Agnes wusste nicht, ob es aus Zorn oder Verlegenheit geschah, doch bevor er antworten konnte, sagte sie: »Ein Langfinger ist er schon, aber der beste, den Ihr je zu Gesicht bekommen habt. Ich meine, er stellt sich auf die Bühne, sucht sich jemanden aus dem Publikum und dem nimmt er dann vor allen Augen sein gesamtes Hab und Gut ab. Die Leute biegen sich vor Lachen.

Am Ende der Vorstellung gibt's natürlich alles zurück. Wir sind schließlich ehrliche Künstler, nicht wahr, Walter?«

Der Junge stand stumm und mit offenem Mund da. Er hielt Agnes ganz offensichtlich für vollkommen übergeschnappt.

»Hm, die Nummer wäre mal was Neues, Prinzipal«, sagte eine weibliche Stimme. Agnes schaute sich um. Inzwischen waren auch andere Mitglieder des Gauklertrupps herangekommen und beäugten die beiden Kinder neugierig. Agnes versuchte selbstbewusst zurückzustarren, wobei sie feststellte, dass irgendwie alle in der Truppe gleich aussahen: die gleiche ins Olive gehende Hautfarbe, die gleichen dunklen, lockigen Haare und braunen Augen von der Farbe reifer Haselnüsse. Eine Truppe wie aus einem Guss – und dann verstand Agnes. Sie waren eine Familie und wollten bestimmt keine Fremden bei sich. Ihre Hoffnung schwand.

»Lass sie ihre Kunst zeigen, damit wir sehen, wie viel Wahrheit in ihren Worten steckt«, meinte dieselbe Stimme wie eben. Eine schlanke Frau drängte sich nach vorne. Die anderen nickten und brummten zustimmende Worte.

»Es ist nämlich so, dass uns gerade eine Seiltänzerin ausgefallen ist«, erklärte die Frau.

»Nur für kurze Zeit«, murrte der Prinzipal. »Und überhaupt: Was mischt du dich ein, Weib!«

»Ein paar Wochen wird's wohl dauern, bis sie wieder elegante Sprünge machen kann. Und als Ehefrau habe ich jedes Recht, mich einzumischen.«

Ihre Augen funkelten zornig. Tatsächlich schien der Direktor ein wenig zu schrumpfen und gab nach: »Meinetwegen, aber erst wird die Bühne aufgestellt. Wenn dann noch Zeit ist, will ich mir das Gehopse anschauen – und mehr als das wird's kaum sein. Sieht doch ein Blinder, dass das armselige Waisen sind.«

Die Frau nickte und wandte sich an die Kinder. »Dann packt mal mit an, ihr beiden, und sollte eure Kunst für die Arena nicht reichen, so verdient ihr euch damit doch ein ordentliches Mittagessen. Ihr seht wahrhaft so aus, als hättet ihr's bitter nötig.«

Die Aussicht auf eine Mahlzeit ließ Agnes das Wasser im Mund zusammenlaufen. Diesmal war sie es, die Walter in die Rippen stieß. »Na los doch!«, spornte sie ihn an.

Der Junge schüttelte den Kopf, und für einen kurzen Moment dachte Agnes, er würde sich aus dem Staub machen. Dann aber sagte er lediglich: »Du spinnst doch komplett. Das klappt nie. Du kannst nicht auf dem Seil tanzen, und ich hab noch nie auf einer Bühne gestanden.«

»Irgendwann ist immer das erste Mal!«, rief Agnes, während sie bereits nach ein paar Brettern griff, um sich den anderen anzuschließen. Walter tappte ihr kopfschüttelnd hinterher.

Im Handumdrehen war die kleine Arena fertig und auch das Seil angebracht. Eine junge Frau drückte Agnes einen Schirm in die Hand.

»Ich bin Dolores«, erklärte sie. »Eigentlich stehe ich auf dem Seil, aber im Moment geht das nicht.«

Agnes schaute die Seilkünstlerin an, und jetzt war ihr auch klar, weshalb sie derzeit nicht auftreten konnte: Sie stand kurz vor der Niederkunft.

»Ich heiße Agnes«, stellte sie sich vor und lächelte freundlich, »und so gut wie du bin ich ganz bestimmt nicht.«

»Willst du das Seil schon mal probieren? Ich könnte dir auch ein paar Tipps geben, was dem Prinzipal so gefällt zum Beispiel.«

»Prinzipal?«, erkundigte sie sich.

»So nennt sich unser Direktor, und Principessa heißt seine Frau.«

»Das ist italienisch, nicht wahr? Kommt ihr denn aus dem Süden?«

»Natürlich nicht. Ich weiß nicht, woher wir kommen. Ich für meinen Teil wurde hier auf dem Wagen geboren und die anderen, glaube ich, auch. Keiner von uns hat je einen Fuß auf italienischen Boden gesetzt, aber der Prinzipal meint, es sei gut fürs Geschäft, wenn die Leute das glauben.«

Agnes nickte ernst, während sie sich hastig die Holzschuhe auszog. Mit bloßen Füßen stieg sie auf das Podest, von dem aus man das Seil betrat. Dann setzte sie den ersten Fuß darauf. Es war viel dünner, als das Tau, mit dem sie zu Hause geübt hatte, aber dafür straff gespannt. Zuerst ging das Mädchen nur von einem Ende zum nächsten. Es klappte ganz gut.

Dolores nickte ihr aufmunternd zu. »Du musst lächeln, ›Hoppla‹ rufen und dem Publikum zuwinken«, riet sie.

Auch das stellte keinen besonderen Schwierigkeitsgrad dar.

Dolores klatschte in die Hände und rief: »Bravo, bravo, und jetzt allez hopp!«

Agnes hielt den Atem an. Natürlich war sie zu Hause auch gesprungen, aber da kümmerte es niemanden, wenn sie herunterfiel. Hier aber würde sie sich bis auf die Knochen blamieren. Sie nahm ihren ganzen Mut zusammen und sprang hoch. Das Seil schwankte gefährlich, als sie wieder darauf landete. Agnes ruderte mit den Händen, blieb aber oben.

»Was soll das denn sein?«, tönte die Stimme des Prinzipals. »Spielst du den komischen August oder was? Elegant muss das aussehen. Schweben musst du. Das Publikum muss glauben, du wärst ein Engel. Versuch es noch mal. Kopf gerade, Schultern durchdrücken und dann allez hopp.«

Agnes schluckte. Sie war froh gewesen, den Sprung irgendwie hinbekommen zu haben. Von einem schwebenden Engel war sie weit entfernt. Zudem verunsicherte sie jetzt die Anwesenheit des Prinzipals Er würde sie nicht auftreten lassen, wenn sie etwas verkehrt machte. Agnes schaute zu Dolores. Die streckte die Finger in die Mundwinkel und zog die Lippen zu einem übertriebenen Grinsen breit. Das Mädchen verstand und lächelte. Entschlossen balancierte sie zur Mitte des Seils, ging kurz in die Hocke, ließ ein Bein baumeln. Dann richtete sie sich auf, straffte die Schultern, drehte sich um und sprang hoch in die Luft. Tatsächlich klappte es sehr viel besser als vorhin. Sie landete exakt auf dem Seil, das diesmal auch viel weniger schwang. Inzwischen hatten auch die anderen Artisten das Seil umringt. Sie klatschten anerkennend.

»Den Reifen!«, befahl der Prinzipal nun.

»Das ist viel zu schwierig«, widersprach seine Frau. »Am Ende fällt sie herunter und bricht sich den Hals.«

»Noch bin ich der Direktor, und ich sage: Sie kann bei uns bleiben, wenn sie es schafft, durch den Reifen zu springen und auf dem Seil zu bleiben.«

Agnes hatte die Worte genau verstanden. Das Herz schlug ihr bis zum Halse. Das war ihre Chance. Der Direktor würde sein Wort halten müssen, wenn er es vor aller Ohren gab. Sie ging zum Podest zurück, nahm ihren ganzen Mut zusammen und forderte: »Wenn ich durch den Reifen springen kann, dann darf mein Bruder auch mitkommen.«

Die Augen des Direktors wanderten hinüber zu Walter. Agnes ging auf, dass er annahm, es ginge um ihn. Kurz überlegte sie, ob sie den Irrtum aufklären sollte, doch da drückte ihr bereits Dolores den Reifen in die Hand.

»Mach für den Anfang nur einen kleinen Hüpfer«, riet sie, »dann kannst du es schaffen.«

Agnes nickte dankbar.

»Abgemacht«, brummte der Prinzipal.

»Dann also gut«, rief Agnes mit fester Stimme und blickte in die Runde, während sie sich selbst zuflüsterte, dass dieses Kunststück so schwer nicht sein konnte. Agnes schloss kurz die Augen und zählte bis drei. Dann ging sie zurück aufs Seil. Die ersten Passanten wurden auf das Mädchen aufmerksam und blieben stehen. Das Publikum schien das blonde Engelchen zu mögen, das jetzt langsam und durchaus anmutig zur Mitte des Seils schritt. Der Direktor lächelte zufrieden. Seine Augen hafteten gebannt an Agnes. Sie konzentrierte sich, versuchte nur noch an das Seil zu denken. Es musste gelingen. Für Peter. Für seine Freiheit. Tief atmete sie ein, spannte die Muskeln. Dann schwebte sie einen Moment über dem Seil, schwang den Reifen unter sich durch. Ihre Füße tasteten nach dem Seil, fanden es, aber sie kam nicht genau in der Mitte auf. Sie schwankte, ging in die Hocke und ließ den Reifen fallen, aber sie blieb oben.

Das Publikum klatschte begeistert, und der Prinzipal grölte: »Kommen Sie, sehen Sie! Wundersame Dinge erwarten Sie, meine Damen und Herren. Die erste Vorstellung findet um Schlag zehn Uhr statt.«

Agnes hastete zurück zum Podest. Sie atmete erleichtert auf, nachdem sie es erreicht hatte.

»Gut gemacht!«, lobte Dolores und zwinkerte ihr zu.

Plötzlich war auch Walter hinter ihr und schlug ihr anerkennend auf die Schultern. »Das hätte ich dir nicht zugetraut.«

»Und jetzt bist du dran«, rief der Prinzipal. »Mal sehen, ob du deiner Schwester das Wasser reichen kannst.«

»Zeig ihnen, dass du der beste Taschendieb von ganz London bist«, flüsterte Agnes.

Die Männer verdrückten sich mit Walter hinter den Wagen, und nun entdeckte Agnes auch das Pferd, das vorhin den Wagen gezogen hatte. Es war ein knochiger Gaul mit langer zottiger Mähne und großen, vorstehenden Zähnen. Vorsichtig berührte das Mädchen das breite Maul. Gutmütig senkte das Tier den Kopf und leckte an Agnes' Händen. Das Mädchen glaubte zu verstehen.

»Ich hätte dir gern ein bisschen Brot gegeben, aber ich habe selber nichts«, erklärte es leise.

Das Pferd bewegte die Lippen und schnaubte.

»Sie würd's auch nicht beißen können«, erklärte die Frau des Direktors. »Ist schon recht alt, unsere Mary, und hat kaum mehr Zähne.«

Sie trat nun ebenfalls zu dem großen Schecken und klopfte ihm den Hals.

»Aber sie ist eine treue Seele und schont sich nicht, wenn sie den alten Karren ziehen muss.«

Das Pferd schnaubte, als würde es zustimmen.

»Früher war sie ein stolzes Ross. Ich habe Kunststücke auf ihr gezeigt, bin im Galopp auf ihrem Rücken gestanden und habe Salti geschlagen.« Eine Weile starrte die Frau das Pferd nachdenklich an. Unvermittelt schnalzte sie mit der Zunge. Der Schecke spitzte die Ohren, und seine Augen leuchteten auf. Kurz machte es den Eindruck, als würden die beiden im nächsten Moment losstürmen, um ihre waghalsigen Kunststücke zu vollführen. Dann aber senkte das alte Pferd wieder den Kopf, und seine Augen wurden trübe. »Tja, das waren noch Zeiten«, schwärmte die Direktorin.

Im Hintergrund lachten die Männer. Agnes hoffte, dass das ein gutes Zeichen war. Zum ersten Mal seit Langem wurde ihr warm ums Herz. Bei diesen Menschen würde sie sich wohlfühlen können. Sie dachte an Peter, der sich in seinem finsteren Kellerloch gewiss zu Tode ängstigte, und überlegte, wie sie ihn befreien und zu den Gauklern schaffen konnte.

»Was ist mit dir?«, erkundigte sich die Frau des Direktors.

Agnes schluckte. Sie war versucht, alles zu erzählen, doch würde man Peter auch mitnehmen, wenn bekannt wurde, dass er eigentlich Mr. Chimneys gehörte? Andererseits, war ein solcher Kauf überhaupt rechtens? Wie auch immer, der Mann würde sich wohl kaum damit abfinden, dass er sein Geld in den Sand gesetzt hatte. Agnes beschloss, auf jeden Fall dem finsteren Mann alles Geld, das sie in den nächsten Tagen verdiente, zukommen zu lassen. Was waren ein paar Groschen gegen Peters Freiheit?

»Du zitterst ja wie Espenlaub, Mädchen«, stellte die Principessa fest, betrachtete Agnes und seufzte. »Kein Wunder, du fällst ja fast um vor Hunger. Und deine Kleidung! Liebe Güte, du hast ja nicht einmal ein Wolltuch.«

Energisch fasste sie nach Agnes' Hand, ging mit ihr zum Heck des Wagens. Blecherne Pfannen und Töpfe versperrten den Eingang. Die Direktorin schob das Geschirr beiseite und kletterte hinein.

»Nun komm schon!«, forderte sie das Mädchen auf.

Erneut ertönte schallendes Gelächter. Walter machte seine Sache wohl ziemlich gut. Mit einem letzten Blick auf die Männer zog sich das Mädchen den Wagen hinauf und schlüpfte ins Innere. Ein solches Chaos aus Gegenständen hatte sie noch nie gesehen. Unter der Plane transportierten die Gaukler all ihre Habseligkeiten von Kostümen bis hin zum Messer. Genau dies ergriff die Direktorin und schnitt damit eine große Scheibe von einem riesigen Brotlaib ab. Dann drückte sie Agnes ein hart gekochtes Ei in die Hand. Bei dem Anblick begann ihr Magen zu knurren. Welche Köstlichkeiten! So etwas Gutes hatte sie seit dem Tod ihrer Eltern nicht mehr bekommen. Das Mädchen konnte sein Glück kaum fassen.

»Das ist für dich. Iss nur.«

»Danke!«, murmelte Agnes und starrte die Frau ungläubig an.

»Du hast es dir verdient. Du warst wirklich gut da oben auf dem Seil – dafür dass du aus keiner Gauklerfamilie stammst. So ist es doch, oder?«

Vorsichtig biss Agnes ins Brot und pellte das Ei. Sehr vorsichtig knabberte sie daran. Sie wollte jeden Bissen genießen. So lange hatte sie verzichten müssen. Dabei vergaß sie einfach die Frage, die ihr gestellt worden war.

»Du musst mir schon die Wahrheit sagen, Engelchen«, mahnte die Direktorin. »Weißt du, wenn du eine Ausreißerin wärst, dann würde man uns unterstellen, wir hätten dich entführt. Das könnte böse für uns enden. Mit Gauklern macht man kurzen Prozess. Man würde uns am nächsten Baum aufknüpfen.«

Ohne zu fragen, griff sie nach der Hand des Mädchens, öffnete seine Finger und betrachtete die Linien auf der Innenseite. Die Principessa schloss für einen Augenblick die Augen und murmelte Unverständliches. Dann blickte sie Agnes fest in die Augen und stellte fest: »Dein Leben wird nie mehr so sorglos sein, wie es gewesen ist, aber du wirst Zufriedenheit finden und einen Platz, an den du gehörst. Dennoch stehen dir Prüfungen bevor. Du wirst dich entscheiden müssen, und das wird über dein weiteres Schicksal bestimmen.«

Agnes entzog ihr ängstlich die Hand. Besaß die Principessa etwa das »Zweite Gesicht«?

»Wir sind Waisen«, gestand sie.

»Und es gibt niemanden, der euch vermissen wird?«

»Ich schätze Mrs. Bones ist froh, wenn sie mich los ist. Ich bin nicht gut im Betteln und Stehlen und ihr zudem ein Dorn im Auge.«

Sie erntete ein verständnisvolles Nicken. »Was Walter angeht, bin ich mir nicht sicher. Er hat geschickte Finger, aber er ist auch schon groß. Er würde sowieso nicht mehr lange im Heim bleiben.«

»In einem Heim seid ihr also untergebracht«, brummelte die Principessa und machte ein nachdenkliches Gesicht.

»Ist das ein Problem?«, fragte Agnes ängstlich.

Die dunkelhäutige Frau schloss die Augen und wiegte den Kopf. »Ich werde es mit dem Prinzipal besprechen, Engelchen. In jedem Fall solltet ihr beiden heute Abend wieder zurückgehen, aber habt keine Angst, ihr werdet nicht mit leeren Händen kommen. Wir Artisten teilen alles miteinander. Jetzt iss auf. Die Vorstellung fängt gleich an. Dann brauchen wir den Wagen.«

»Ich heb's mir auf«, antwortete Agnes und ließ den Brotkanten und das halbe Ei in ihre Tasche gleiten. Peter würde Augen machen. Dann fiel ihr ein, dass sie noch nicht einmal wusste, wie sie zu ihm gelangen konnte. Traurig sprang sie aus dem Wagen, direkt in Walters Arme. Der fing sie auf und wirbelte sie mit leuchtenden Augen herum.

»Stell dir vor, Agnes«, rief er aufgeregt. »Der Prinzipal war ganz begeistert von meinem Auftritt. Ich habe ihm vor den Augen aller den Gürtel von der Hose stibitzt und ihm das Augenglas von der Nase gestohlen. Die anderen haben sich halb totgelacht. Sie meinen, ich sollte eine eigene Nummer bekommen.«

»Das ist unglaublich, Walter«, freute sich Agnes mit ihm. »Darfst du gleich nachher auftreten?«

Der Junge machte ein ernstes Gesicht. »Der Prinzipal meint, ich soll zunächst als Bühnenarbeiter aushelfen. Bevor ich vor Publikum auftreten kann, bräuchte ich ein Kostüm und man müsste meine Nummer arran … arritieren oder so ähnlich.«

Verlegen kratzte er sich am Ohr.

»Weiß nicht so genau, was er meinte.«

»Arrangieren – ausarbeiten«, half Agnes aus.

Peter schaute sie fragend an.

»Er meint, dass du nicht irgendwie deine Späße treiben sollst«, erklärte das Mädchen, »sondern in einer bestimmten Reihenfolge, wie in einem Theaterstück eben. Da laufen die Schauspieler ja auch nicht kreuz und quer und reden, wie ihnen der Schnabel gewachsen ist.«

Walter schluckte. »So was kann ich nicht.«

»Das bekommen wir schon hin. Ich helfe dir dabei.« Agnes klopfte dem Jungen aufmunternd auf die Schulter. Dann hielt sie inne und schenkte ihm einen anerkennenden Blick. »Du hast es also geschafft, Walter. Ab heute bist du ein ehrlicher Artist. Du kannst stolz auf dich sein.«

Er grinste breit. »Du warst aber auch nicht schlecht. Ich hätte einen vollen Teller Linsensuppe darauf gewettet, dass du mit deinen Seiltanzkünsten bloß angibst und wie ein Klotz zu Boden fällst. Aber du bist wirklich gut. Nein, du bist wundervoll, ein Engel.«

Seine Stimme hörte sich irgendwie anders an als sonst, ganz weich, fast sanft. Verwirrt sah Agnes zu Boden. Ihre Ohren fühlten sich plötzlich ganz heiß an.

»Jetzt müssen wir nur noch Peter befreien«, flüsterte sie.

Der magische Moment verflog.

»Bist du verrückt? Das würde alles kaputt machen. Was glaubst du denn, was die Alte für ein Gezeter macht, wenn der Kleine plötzlich fort ist und ihr Mr. Chimneys im Nacken sitzt?«

»Wir müssen das Geld für Peter ersetzen, dann ist alles gut.«

»Wir müssen das Geld für Peter ersetzen, dann ist alles gut«, äffte der Junge und wackelte dabei albern mit dem

Kopf. »Erstens, woher sollten wir es nehmen. Noch haben wir nicht einen Groschen bekommen. Zweitens, die Alte leert uns sowieso die Taschen, wenn wir zurückkommen. Drittens, sobald sie die Sache mit den Gauklern spitz bekommt, sperrt sie uns ein, bis die Truppe weitergezogen ist. Und dann: aus der Traum.« Er fasste sie an den Oberarmen und schüttelte sie. »Agnes, wach auf. Wir sind Mrs. Bones' täglich Brot. Sie wird uns niemals gehen lassen. Also: Besser wir halten hübsch den Mund, und sobald die Gaukler weiterziehen, pfft – und weg sind wir.« Er tat so, als würde er eine Feder von seiner Handfläche pusten.

Heiße Tränen stiegen in Agnes hoch. Wütend stieß sie Walter zur Seite. »Du hast kein bisschen Anstand! Immer denkst du nur an dich.«

»Richtig, und das solltest du auch tun, wenn du nicht auf der Strecke bleiben willst. Du bist nämlich nicht mehr die kleine Mistress von früher. Komm endlich mal in der Wirklichkeit an, oder geh vor die Hunde. Mir ist's egal.«

»Ich lass meinen Bruder nicht im Stich!«, beharrte das Mädchen und ließ ihn einfach stehen.

Im Gegensatz zu Walter durfte Agnes sofort in die Arena. Man überließ ihr ein Kostüm mit steifem Röckchen, das ihr allerdings zu groß war. Dolores gestand ihr, dass es ihr eigenes war, und half mit einigen Bändern aus, die sie kunstvoll um Agnes' Oberkörper schlang, damit das Kleid nicht allzu sackartig wirkte. Dann schminkte sie sie mit weißem und rotem Puder und zog ihre Lippen nach. Zuletzt kämmte sie Agnes' blonde Locken. Als das Mädchen in den Spiegel sah, erkannte es sich selbst nicht wieder. Es sah vollkommen verwandelt und vor allen Dingen viel älter aus.

»Und jetzt viel Glück für deinen ersten Auftritt.«

Dolores spuckte ihr dreimal über die Schulter. Gleich danach ertönte ein Tusch. Der Prinzipal stupste sie behutsam auf die Bühne und flüsterte: »Denk dran, die Leute müssen glauben, sie würden dem Weihnachtsengel persönlich begegnen.«

Agnes gab ihr Bestes, und tatsächlich hatte es den Anschein, als würden die Leute staunend zu ihr aufsehen, als sie zur Musik einer einzelnen Piccolo-Flöte auf dem Seil tanzte. Tosender Applaus kam auf, und Hüte flogen in die Luft, als sie zum Abschied knickste. Sie sah noch, wie der dumme August rasch mit seinem Hut herumging, und hörte zahlreiche Münzen klimpern. Der Prinzipal machte ein zufriedenes Gesicht, und das blieb auch bis zum Abend so.

Als die Dämmerung hereinbrach, drängte Agnes zum Aufbruch. Zu ihrem größten Erstaunen nickte der Prinzipal einfach und ließ zu, dass Dolores sein »Engelchen«, wie er sie die ganze Zeit nannte, abschminkte. Seine Frau hatte ganz offensichtlich bereits mit ihm gesprochen. Als das Mädchen endlich wieder in seinem zerrissenen Kleid und den Holzschuhen vor ihm stand, griff er tief in seine Tasche und holte eine Handvoll Münzen hervor.

»Die hast du dir verdient«, meinte er mit wohltätiger Miene. Auch Walter bekam seinen Lohn in die Hand gedrückt.

Agnes starrte verwundert auf die Münzen. Sie hatte noch nie so viel Geld ihr Eigen nennen können. Trotzdem schüttelte sie den Kopf. »Bitte bewahrt das für mich auf. Ich brauch nur ein paar Münzen, um nicht mit leeren Händen zu kommen.«

Walter nickte und gab ebenfalls den größten Teil seines Lohnes zurück. »Mrs. Bones würde es uns sowieso abnehmen. Und wenn wir morgen mit weniger nach Hause kämen, würde sie uns grün und blau schlagen. Und dann hätten wir noch Glück.«

Die Principessa stieß einen Ruf der Empörung aus, hielt sich aber sofort den Mund zu. Ihr Mann zuckte mit der Oberlippe, was seinen enormen Bart wieder einmal zum Vibrieren brachte. Er fasste nach den Enden und kontrollierte, ob sie noch ordentlich nach oben gezwirbelt waren. »Und was, wenn wir morgen weg sind? Wir sind Gaukler! Uns traut niemand.« Er beobachtete die beiden Kinder fast lauernd, sah, wie Walter zuckte.

Agnes aber lächelte lediglich und schüttelte den Kopf: »Das mögt ihr sein, aber ihr habt das Herz am rechten Fleck.«

Die Principessa zog den rot geschminkten Mund in die Breite. Agnes glaubte eine Träne im Augenwinkel glitzern zu sehen. »Kind, natürlich sind wir morgen noch da. Der Prinzipal wollte euch nur auf die Probe stellen. Gib mir dieses Geld. An meinem Busen ist es sicherer als in Abrahams Schoß.«

Ohne zu zögern, legte das Mädchen die Münzen in ihre Hand. Nach einem langen, bohrenden Blick zum Prinzipal tat Walter es ihr gleich.

Die Gaukler lachten und schlugen sich auf die Schultern. »Willkommen!«, riefen sie durcheinander. »Willkommen bei der Truppe! Bis morgen!«

Die Rufe hallten in Agnes' Ohren, bis sie in die Straße einbogen, in der das Kinderheim lag. Sie hielt Walter mit den Worten »Halt, warte!« auf. Verwundert blieb der Junge stehen.

»Es ist schon fast dunkel«, meinte er. »Wir müssen uns sputen.«

Agnes holte das halbe Ei und das Brot aus ihrer Tasche. »Das ist für Peter.«

Sie sah, wie Walter innerlich aufstöhnte.

»Mir wird's Mrs. Bones sofort wegnehmen. Versuch du, es ihm zu bringen. Das tust du doch für mich, oder?«

»Wie soll das denn gehen? Ich komm nicht an den Schlüssel. Niemand kommt dran.«

»Du schaffst das. Du bist doch ein Meisterdieb.«

Ihre Augen hingen bettelnd an ihm.

»Bitte, bitte. Er ist doch noch so klein, und er hat bestimmt schreckliche Angst.«

Knurrend nahm Walter das Essen an sich und verbarg es unter seinem schmutzigen Hemd. »Na gut, aber ich verspreche nichts, höchstens, dass ich mir nicht selbst den Bauch vollschlage.«

Sie waren noch nicht richtig durch das Hoftor, als Mrs. Bones ihnen schnaufend entgegenstampfte.

»Da seid ihr ja endlich, Herumtreiber!« Grob packte sie Walter am Ohr und hielt die Hand auf.

Er ließ die Münzen, die er behalten hatte, zu Boden fallen.

»Und der Rest?«, keifte sie.

Walter machte eine Bewegung mit dem Kopf, verzog jedoch dabei das Gesicht vor Schmerz.

»Hat die feine Dame also endlich kapiert, dass sie etwas für ihr Essen tun muss«, stellte Mrs. Bones fest. »Wurde auch Zeit.«

Agnes wich einen Schritt zurück, doch Mrs. Bones hatte sie blitzschnell am Kragen gepackt. »Her damit, kleine Diebin.« Dabei lachte sie hämisch. Ihre Hand fuhr in Agnes' Schürze und holte die drei Kupfermünzen heraus, die darin klimperten. Zufrieden betrachtete sie die Geldstücke. »Gut, für den Anfang. Aber morgen bringst du mir mehr. Verstanden.«

»Ich weiß nicht, ob ich das schaffe«, wimmerte Agnes kläglich. »Sie hätten mich beinahe erwischt.«

»Dann musst du dich halt geschickter anstellen.« Stolz klopfte sie Walter auf die Schulter und wandte sich erneut an das Mädchen: »Du hast einen guten Lehrmeister. Einen geschickteren Taschendieb als diesen hier hab ich noch nie großgezogen.«

»Darf ich jetzt Peter sehen?«, bettelte Agnes.

Sie erwischte die Alte wohl in guter Stimmung, denn zum Erstaunen aller grummelte diese: »Meinetwegen, du kannst heute Nacht bei ihm im Kellerloch schlafen, und einen Teller Suppe kannst du dir auch mit ihm teilen. Ich will nicht undankbar erscheinen.«

Walter und Agnes sahen sich überrascht an, aber es blieb keine Zeit, dass der Junge ihr das Brot wieder zustecken konnte. Lediglich das Ei ließ er von Mrs. Bones unbemerkt in ihre Hand gleiten. Agnes' Herz schlug heftig, als sie es in ihre Tasche schob.

Das Kellerloch lag in der hintersten Ecke des Hauses unterhalb der Speisekammer. Es war winzig klein, gerade so groß, dass die beiden Kinder nebeneinanderhocken konnten. Peter kauerte blass und verängstigt am Boden. Er warf sich augenblicklich in Agnes' Arme. Das Mädchen horchte darauf, ob sich die schweren Schritte wieder entfernten, aber das taten sie nicht. Mrs. Bones hatte vor, sie zu belauschen. Nun, dann sollte sie ihre neugierigen Ohren mal spitzen.

»Peter«, flüsterte sie. »Es wird alles gut. Mrs. Bones hat versprochen, dir nichts zu tun und dir ausreichend zu essen zu geben, wenn ich nur genug Geld heranschaffe.«

»Du hast doch nicht etwa gestohlen?«, erkundigte sich der Kleine entsetzt. »Das darfst du nicht tun, auch nicht für mich.«

»Jetzt iss erst mal. Da ist ein Teller Linsensuppe. Lass ihn dir schmecken.«

Ihr Bruder war so verängstigt und ausgehungert, dass er nicht weiter nachfragte. Der Holzlöffel klackte in dem

Schüsselchen. Als es halb leer war, warf Peter einen sehnsüchtigen Blick darauf, schob es aber entschlossen zu Agnes rüber.

»Für dich«, meinte er. Seine Schwester schüttelte den Kopf.

»Lass mir nur zwei Happen übrig. Ich bin schon viel größer und brauch nicht mehr so viel.«

Während Peter die Suppe schlürfte, erfand sie eine aufregende Geschichte, in der sie einer gemeinen Frau mit Walters Hilfe die Börse stahl.

»Sie hatte es einfach nicht besser verdient«, schloss Agnes und atmete auf, als sie endlich Schritte vernahm, die sich entfernten. Mrs. Bones schien zufrieden zu sein.

Agnes schüttelte den Kopf, legte jedoch den Zeigefinger vor den Mund, als Zeichen für Peter zu schweigen. Dann fischte sie das halbe Ei aus der Tasche, putzte es ein wenig und reichte es ihrem Bruder. Der bekam große Augen.

»Für mich?«, flüsterte er fast unhörbar.

Agnes nickte. Sie nahm Peter die Schüssel mit den Linsen ab und aß ein wenig. Den Rest überließ sie wieder ihm.

»Aber wie …?«

Agnes schüttelte den Kopf und brachte ihren Bruder damit augenblicklich zum Schweigen. Sie neigte sich so weit zu ihm hinüber, dass ihr Mund Peters Ohr berührte. Trotzdem war ihre Stimme so leise, dass er sogar aufhören musste zu kauen, um die Worte zu verstehen.

»Du bist in großer Gefahr, Peter. Mrs. Bones hat dich an Mr. Chimneys, den Mann an der Kirche, verkauft. Du musst versuchen, dich zu befreien. Überliste sie irgendwie. Wenn es dir gelingt, dann frag nach der Gauklertruppe mit der blonden Seiltänzerin. Dort werde ich dich erwarten, und wir werden fortgehen, weit fort. So weit, dass uns niemand findet.«

Peter nickte, aber über sein kleines Gesicht rollten Tränen.

»Ich hab Angst«, gestand er nahezu tonlos.

Agnes schloss ihn in die Arme. »Ich weiß«, flüsterte sie.

»Erzählst du mir noch einmal von dem Stern?«

Seine Schwester erzählte und erzählte, bis ihr Bruder endlich eingeschlafen war. Dann gönnte auch Agnes sich ein wenig Ruhe.

Kapitel 4

Die Tage verstrichen. Die Gauklertruppe zog von Markt zu Markt, und davon gab es in London eine ganze Menge. Manche dauerten nur einen einzigen Tag. Dann bauten die Artisten noch in der Nacht ihre kleine Arena ab, packten ihre Siebensachen, um am nächsten Morgen zum nächsten Platz zu ziehen. Es kam vor, dass Agnes und Walter weit laufen mussten, um dem Wagen zu folgen, doch sie taten es gern. Die Principessa empfing sie jedes Mal mit einem Lächeln und einer Schüssel warmem Haferbrei, genauso wie sie darauf bestand, dass sie mittags einen Kanten Brot mit Wurst oder Käse aßen. Am siebten Tag jedoch zog die Direktorin Agnes zur Seite.

»Jetzt ist es so weit, Engelchen. Wir werden London morgen verlassen, sobald die Torwärter uns durchwinken. Wenn ihr mit uns kommen wollt, haltet euch bereit.«

Agnes erblasste. »Jetzt schon?«, flüsterte sie.

»Wir verbringen die Raunächte stets bei unserer Sippe in Exmoor. Es ist besser, nicht durch die Lande zu ziehen, wenn die Seelenlosen umgehen.«

Agnes schaute sie fragend an. Sie hatte noch nie etwas von Raunächten und Seelenlosen gehört.

»Elfen und Wichte«, erklärte die Principessa. »Sie durchstreifen in dieser Zeit die Wälder und greifen sich schutzlose Reisende. Da hilft nicht einmal ein Schutzzauber.«

Die Hand der Principessa tastete nach einem der unzähligen Amulette, die sie um den Hals trug, fischte das heraus, das Agnes entfernt an ein springendes Pferd erinnerte, und murmelte etwas. Danach berührte sie das Amulett kurz mit den Lippen. Ihr Blick haftete an dem Mädchen. Kurz entschlossen nahm sie den Anhänger vom Hals und drückte ihn Agnes in die Hand. Die schaute verwundert drein und öffnete den Mund, um das Geschenk dankend abzulehnen. Wenn Mrs. Bones es bei ihr fand, würde sie misstrauisch werden.

»Ich spüre, dass du das dringender brauchen wirst als ich, Engelchen«, sagte die Principessa in einem Ton, der keinen Widerspruch aufkommen ließ. »Pass gut darauf auf.«

Agnes nickte langsam und bedankte sich.

Die Direktorin gab ihr einen aufmunternden Klaps und wandte sich nun auch an Walter, der die beiden beobachtet hatte. »Also dann kommt ihr zum Südtor, denn durch dieses werden wir die Stadt verlassen. Wartet dort, denn ich weiß nicht genau, wann wir da sein werden. Klettert einfach hinten in den Wagen, sobald ihr uns seht. Wir werden nicht anhalten und auch nicht auf euch warten.«

Hastig drehte sie sich um. Ihre Ohrringe und Armreifen klirrten. Im nächsten Moment war sie verschwunden.

»Jetzt ist es also so weit«, sagte Walter, während sie Seite an Seite durch die engen Straßen liefen, den unzähligen Kutschen und Reitern ausweichend. »Also was mich angeht, mein Entschluss steht fest. Ich hau ab.«

»Wirst du mir helfen, Peter zu befreien?«, wollte Agnes schlicht wissen.

»Wie soll das denn gehen? Die ganze Zeit haben wir es schon versucht, und es hat niemals geklappt. Die Alte passt auf wie ein Schießhund. Ich komme an die Schlüssel einfach nicht heran, und letzte Nacht durftest du nicht einmal mehr bei ihm schlafen. Es ist hoffnungslos.«

»Nicht ganz«, widersprach Agnes, während sie über eine Pfütze sprang. Sie angelte nach einem kleinen Säckchen mit Kräutern. »Baldrian, den habe ich heute auf dem Markt bei einem Kräuterweib erstanden. Sie hat gesagt, wenn man einen Tee daraus kocht und ihn trinkt, schläft man wie ein Bär. Dann könntest du Mrs. Bones den Schlüssel stibitzen und ich Peter aus dem Keller holen. Bis sie wieder aufwacht und unsere Flucht bemerkt, sind wir über alle Berge.«

»Toller Plan. Hast du auch eine Vorstellung, wie du sie dazu bringst, das Gesöff zu schlürfen? Du kannst ja schwerlich hingehen und es ihr ans Bett bringen.«

»Lass mich nur machen. Versprich mir nur einfach, dass du es wagst, den Schlüssel an dich zu nehmen, sobald sie schläft.«

Sie erntete ein lautes Schnaufen, das ebenso Zustimmung wie Ablehnung sein konnte.

»Bitte. Du kannst dir danach auch alles von mir wünschen, was du möchtest – solang ich in der Lage bin, es zu erfüllen.«

»Wirklich alles?«, versicherte sich Walter.

Agnes sah, wie er mit sich rang.

»Na gut, ich mach's. Aber wenn's schiefgeht und wir nicht mitfahren können, dann, dann …« Er rang mit den Händen, so als könnte er selbst nicht glauben, zu was er sich gerade hatte überreden lassen.

»Danke«, flüsterte Agnes und fiel ihm spontan um den Hals. Verlegen ließ er es sich gefallen, befreite sich aber gleich wieder. Er sagte kein Wort mehr, bis sie in den schmutzigen Hof einbogen.

Wie immer stand Mrs. Bones gleich am Eingang, die gelben Federn waren nass geworden und hingen traurig rechts und links neben den braun-grauen Haaren herab, die schmutzige Laufnasen auf Mrs. Bones' Mantel hinterließen. Sie versperrte den Kindern den Weg ins Trockene und forderte sie auf, erst einmal die Taschen zu leeren. Als sie sich Walters Ausbeute einsteckte, nickte sie zufrieden. Nach ihm war Agnes an der Reihe. Sie steckte die Hand in die Tasche, zögerte jedoch kurz, sie wieder herauszuziehen. Mrs. Bones' Blick wurde augenblicklich schärfer. Obwohl das Mädchen ihr diesmal vier Münzen präsentierte, wurde es grob am Kragen gepackt. Mrs. Bones gierige Finger verschwanden in Agnes' zerrissener Schürze und holten das Kräuterbüschlein hervor.

»Was ist das denn für Gestrüpp?«, herrschte die Heimleiterin sie an.

Agnes schaute betroffen drein. »Das, das ist nichts«, stammelte sie. Walter guckte schuldbewusst weg.

Mrs. Bones wurde misstrauisch. »Nichts, soso, dann kann ich es also getrost ins Feuer werfen.« Ihre Hand fing an, die trockenen Äste zu zerdrücken. Ein intensiver Duft breitete sich von den Blättern aus, und Mrs. Bones schnüffelte. »Hm, riecht nicht schlecht.«

»Bitte, bitte, gebt es mir zurück«, bettelte das Mädchen. »Es ist nichts, nur ein angenehmer Geruch.«

Mrs. Bones beugte sich zu Agnes herab, sodass der neue gelbe Hut auf dem Kopf in bedenkliche Schräglage geriet und funkelte sie böse an. »Wo hast du das her?«

Jetzt begann Agnes zu schluchzen – und empfing augenblicklich eine heftige Ohrfeige.

»Antworte gefälligst, und wehe du lügst mich an«, sagte Mrs. Bones und betonte jedes Wort, indem sie Agnes dabei einen Stoß versetzte.

»Von einer Kräuterfrau. Sie hatte es hinterm Tresen. Ich sah, wie sie es einer Frau gegen Gold aufwog.«

»Mit Gold«, wiederholte Mrs. Bones. »Und wozu soll's gut sein?«

»Weiß ich nicht«, log Agnes. »Sie sagte irgendetwas in der Art wie ›Koche einen Tee zur Mitternachtsstunde, und du kannst fliegen‹. Mehr hab ich nicht verstanden.«

»Fliegen, so ein Unsinn. Dazu müsste man schon eine Hexe sein.« Mrs. Bones unterbrach sich und starrte das Kräuterbündel an. Man sah förmlich, wie die Gedanken durch ihren Kopf ratterten. Unwirsch stieß sie Agnes von sich. »Verschwinde!«, knurrte sie.

Die Kinder trollten sich, doch sie hörten ganz deutlich, wie Mrs. Bones etwas von »Fliegen! So ein Unsinn!« murmelte. Dann rief sie ihnen hinterher: »Du hast wohl gedacht, du könntest mir das unterschlagen, kleine Kröte, um selbst eine Runde durch die Lüfte zu drehen, was?« Mit zwei Sprüngen war sie wieder bei Agnes, packte sie am Arm und fauchte: »Besser ich sperr dich heute Nacht zu deinem Brüderchen, damit du mir nicht am Ende davonflatterst.«

»Nein, ich will nicht in das Loch!«, schrie Agnes. »Bitte nicht. Es ist so eng und dunkel.«

»Dann ist's ja genau das Richtige für dich«, erwiderte Mrs. Bones und zerrte das Mädchen hinter sich her. Agnes blieb nichts mehr, als Walter einen flehentlichen Blick zuzuwerfen. Doch der Junge blieb einfach stehen und sah zu, wie Mrs. Bones mit dem Mädchen verschwand.

Die Zeit verging quälend langsam. Besonders seit die Kinder in ihren Schlafsälen eingesperrt waren und das Schlurfen von Mrs. Bones' Holzpantinen verklungen war. Agnes hatte den zitternden Peter in den Schlaf gesummt. Der Junge war inzwischen so verzweifelt, dass ihn Agnes kaum mehr beruhigen konnte. Zudem wagte sie nicht, ihn von ihrem Fluchtplan zu erzählen, aus Angst, Walter würde nicht Wort halten und sie im Loch sitzen lassen. Sie spürte, dass der Kleine die Enttäuschung nur schwer verwinden würde. Also hatte sie ihn einfach nur im Arm gehalten und ihm zärtliche Worte zugeflüstert. Nach einer Weile forderte die Erschöpfung auch von ihr den Tribut.

Sie musste tatsächlich eingenickt sein, als ein leises Scharren sie hochfahren ließ. Peter wimmerte im Traum, als er ihre Bewegung spürte. Da, jetzt hörte sie es wieder. Schritte näherten sich. Das Mädchen wagte kaum zu atmen. War es Walter? Hielt er Wort? Oder versuchte die boshafte Mrs. Bones, die Kinder mit einer List zu betrügen? Ein Schlüssel klirrte leise. Die Falltür wurde angehoben.

»He, hallo?«, flüsterte jemand. Agnes glaubte, Walters Stimme zu erkennen, war sich jedoch nicht sicher.

Eine fahle Hand reckte sich ihr entgegen. Peters Kopf bewegte sich unruhig. Er wachte auf.

»Pst, leise«, flüsterte Agnes.

»Was ist?«, kam es wieder von draußen. »Schlaft ihr etwa?«

Jetzt war sie sich fast sicher, dass es Walter war. Er kam, sie zu befreien. Am liebsten hätte sie einen Freudenschrei ausgestoßen. »Peter, wach auf.«

Der Kleine schlug die Augen auf. Agnes legte den Zeigefinger an den Mund, um ihm zu bedeuten, dass er keinen Laut von sich geben durfte. Dann richtete sie sich auf. Die Öffnung war so eng, dass immer nur einer hindurchschlüpfen konnte. Agnes streckte die Arme nach oben, stemmte die Ellbogen gegen die Bodenplatten, spannte die Muskeln und war mit einem Sprung draußen. Jetzt war ihr Bruder an der Reihe. Er streckte seine Hände aus dem Loch. Ohne Hilfe hatte er keine Chance herauszukommen. Agnes und Walter griffen sich je eine Hand und hoben ihn heraus. Der kleine Kerl war federleicht. Die Gefangenschaft hatte ihm merklich zugesetzt. Seine Haut war bleich wie der Mond,und schon nach dieser kleinen Anstrengung schien er vollkommen außer Atem zu sein. Erstaunt blinzelte er Walter an, öffnete den Mund, schwieg dann jedoch und warf Agnes lediglich einen fragenden Blick zu. Die nickte und lächelte. Peter atmete erleichtert auf. Barfuß, die Holzpantinen in der Hand, schlichen sie aus der Speisekammer und den Gang entlang, immer darauf bedacht, auf keine der zahlreichen knarrenden Dielenbretter zu treten.

Sie erreichten die Haustür. Dies war der gefährlichste Augenblick. Mrs. Bones legte stets ein schweres Schloss vor den Riegel, sobald alle Kinder von ihren Bettelgängen zurück waren. Ihre Kammer lag gleich nebenan, und normalerweise schaffte es niemand auch nur in die Nähe des Schlosses, ohne von ihr bemerkt zu werden. Heute aber trompetete ihr Schnarchen unüberhörbar. Walter grinste und zog den Schlüsselbund heraus. Sechs schwere geschmiedete Schlüssel hingen daran. Der Junge probierte den ersten. Das Rasseln des Bundes klang in der Dunkelheit viel zu laut. Ein Bett knarrte erbärmlich. Mrs. Bones drehte sich vermutlich auf die andere Seite. Walter fluchte tonlos. Er hatte den falschen Schlüssel erwischt. So leise es ging, ließ er ihn zurückgleiten und griff nach einem anderen, steckte ihn ins Schloss und versuchte es zu öffnen. Auch mit diesem ließ der Mechanismus sich nicht betätigen. Peter schmiegte sich an seine Schwester. Er zitterte am ganzen Körper. Mrs. Bones schnarchte und schmatzte abwechselnd, während Walter den nächsten Schlüssel probierte.

»Beeil dich«, hauchte Agnes. »Sie wacht auf.«

Walter nickte grimmig, während er Nummer drei ins Schlüsselloch steckte. Immerhin passte der Bart in die Öffnung. Der Junge versuchte den Schlüssel zu drehen, aber er hakte. Walter zog ihn ein Stückchen heraus und versuchte es noch einmal. Es ging immer noch nicht.

»Lass mich mal«, meinte Agnes ungeduldi, und da passierte es: Peters Holzpantine rutschte ihm aus der Hand. Polternd landete sie auf den Dielen. Ein Donnerschlag hätte nicht lauter sein können. Das Schnarchen brach abrupt ab.

»Was ist denn da draußen los?«, ertönte Mrs. Bones' schlaftrunkene Stimme.

Walter stieß Agnes zu Seite und stocherte wie wild in dem Schloss herum. Endlich sprang das Schloss auf.

Gleichzeitig quietschte die Tür von Mrs. Bones' Kammer. In Schlafrock, Zipfelmütze und mit einer Lampe in der Hand stand sie in der Tür und entdeckte die drei Kinder. »Ihr!«, rief sie erbost. »Das habt ihr euch so gedacht, euch einfach so davonzuschleichen.«

Walter schaffte es, den Bügel des Schlosses aus dem Riegel zu ziehen, zog den Schlüssel heraus und warf ihn mit voller Wucht nach der Heimleiterin. Er zischte um Haaresbreite an Agnes' Kopf vorbei, wirbelte um die eigene Achse und traf Mrs. Bones direkt auf die Nase. Die geriet ins Wanken und landete auf ihrem dicken Hintern, wobei sie überrascht aufjaulte, die Lampe aber in der Hand behielt. Walter indes rüttelte am Türriegel, bis er ihn zur Seite schieben konnte. Agnes, die nun aus ihrer Erstarrung erwachte, ließ ihre Holzpantinen fallen und half ihm.

Eiskalte Nachtluft schlug ihnen entgegen, während sich hinter ihnen Mrs. Bones fluchend wieder hochrappelte. »Das wirst du mir büßen, Walter, du Ratte.«

»Raus!«, befahl dieser.

Ohne sich umzusehen, packte Agnes Peters Hand und zog ihn mit sich ins Freie. In ihrem Nacken glaubte sie, Mrs. Bones' heißen Atem spüren zu können, aber es war nur

Walter, der die Tür hinter sich zugeworfen hatte und auf seinen flinken Beinen hinter ihnen herstürmte.

»Gib ihn mir, und lauf so schnell du kannst!«, rief er Agnes zu.

Die schaute ihn ängstlich an.

»Mach schon, sonst ist es zu spät!«

Das Mädchen warf einen kurzen Blick über die Schultern und verstand: Mrs. Bones stolperte keuchend und sich die blutige Nase haltend hinter ihnen her. Sie mochte zwar nicht die Schnellste sein, aber mit einem fünfjährigen Jungen, der überdies ausgehungert war, konnte sie es immer noch aufnehmen. Einen Stoßseufzer auf den Lippen überließ Agnes ihren Bruder Walter. Der packte den Kleinen um die Hüften, warf ihn sich über die Schulter wie einen Mehlsack und stürmte voraus. Agnes versuchte mit ihm Schritt zu halten, doch der Boden war glitschig vom Schneematsch, über den sich an manchen Stellen schon eine dünne, rutschige Eisschicht gebildet hatte. Die Ratten quiekten protestierend und sprangen rechts und links davon. Aber irgendwie kam es Agnes so vor, als würden sie den Kindern zwar ausweichen, dabei jedoch Mrs. Bones direkt vor die Füße laufen. Jedenfalls hörte sie die alte Frau laut über die »Drecksviecher« fluchen. Agnes' Lunge brannte bereits, als sie das Hoftor erreichten. Siedend heiß fiel Agnes ein, dass es bei ihrem letzten Fluchtversuch abgesperrt gewesen war. Sie rüttelten an den Stäben, und wie durch ein Wunder gaben sie nach. Das Tor war offen. »Ja!«, jubelten die Kinder.

Walter wandte sich nach links zur Themse hinunter. Kein Wunder: Dort kannte er jeden Winkel. Im Hafenviertel konnten sie sich bis morgen früh verstecken. Während sie um ihr Leben rannten, bemerkte Agnes in der Ferne den Nebel, der über dem Fluss waberte und fingerartige Ausläufer in die schmalen Straßen hineinschob. Die graue, feuchte

Masse jagte dem Mädchen einen Schauer über den Rücken, denn im schwachen Licht der Straßenbeleuchtung bot die Szene einen wahrlich gespenstischen Anblick. Doch die Furcht vor Mrs. Bones war größer.

Der Geruch von Moder und Fisch stieg Agnes in die Nase. Die Anlegeplätze für die Frachtschiffe mussten ganz in der Nähe sein. Das Mädchen würgte leicht, doch zum Stehenbleiben war keine Zeit. Der Nebel ließ Walters Gestalt verschwimmen. Sie durfte ihn nicht verlieren! Wenn nur ihre Beine nicht so schwer wären. Immerhin drang auch Mrs. Bones' Gezeter nur noch gedämpft an ihr Ohr.

»Das werdet ihr bereuen, undankbares Pack! Ich krieg euch! Verlasst euch drauf!«

Dann war es plötzlich still bis auf ein leises Plätschern. Walters Gestalt war kaum mehr als ein dunkler Schatten. Agnes nahm noch einmal alle ihre Kräfte zusammen, doch sie konnte ihn nicht erreichen. »Walter, warte!«, rief sie ihm hinterher. Da war er auch schon verschwunden. Panisch rannte sie weiter, bis ihre Lungen so sehr brannten, dass sie anhalten musste. Nach Luft japsend lehnte sie sich an eine der riesigen Holzkisten, die darauf warteten, auf die großen Schiffe verladen zu werden. Agnes' Herz klopfte, als wollte es gleich aus ihrer Brust springen. Ihr war schwindelig. Sie sackte zu Boden und verbarg das Gesicht in den Händen.

Es dauerte lange, bis sie auch nur halbwegs zu Atem kam. Dann hörte sie es. Erst war es ganz leise, ein Tappen, ein Klacken – und dann ganz deutlich Schritte. Jemand näherte sich, aber es war keiner dieser Betrunkenen, die laut grölend durch die engen Gassen schwankten. Und auch nicht Mrs. Bones, deren schlurfender Gang und keuchender Atem sie verraten hätten. Diese Schritte waren geradezu unheimlich geradlinig – und sie kamen direkt auf das Mädchen zu, ganz so, als wüsste derjenige, dass sich dort jemand befand.

Agnes tastete intuitiv nach dem Amulett der Principessa, das sie in der Naht ihres Hemds verborgen hatte. Sie schloss die Hände darum und wünschte sich, unsichtbar zu werden. Kurz sah sie sich um, ob es möglich wäre, zwischen die Kisten zu kriechen, aber gerade hier standen sie Kante an Kante.

Die Schritte kamen näher. Eine schwarze Gestalt zeichnete sich unscharf ab. Der weite, dunkle Mantel waberte im Gehen. Das Klacken kam vom Stock, der bei jedem Zusammentreffen mit dem Kopfsteinpflaster ein Geräusch machte, das dem eines Nussknackers glich. Den Kopf hatte der unheimliche Mann unter der breiten Kapuze verborgen. Keine fünf Schritt von ihr entfernt blieb er kurz stehen und sah direkt in ihre Richtung. Der Nebel verdichtete sich noch einmal, hüllte sie in sein graues Tuch. Sie verlor den Mann aus den Augen. Die Welt schrumpfte zusammen und schien nur noch wenige Fuß breit zu sein. Agnes' Hand krampfte sich um das kleine Schmuckstück. Warm verschmolz es mit ihren Fingern, schien ihr beruhigend zuzuflüstern. Urplötzlich stand die schwarze Gestalt direkt vor ihr und beugte sich zu ihr herunter. Sie blickte in seltsam glühende Augen – in die Augen von Mr. Chimneys.

»Lauf!«, schrie alles in ihr.

Sie rollte sich zur Seite, sprang auf die Füße. Doch dann sah sie Mr. Chimneys' ausgestreckte Hand, die ihr den Weg versperrte, und wich zurück. »Der Handel gilt nicht mehr. Ich werde Peter auslösen«, flüsterte sie.

»Mit mir löst man keinen Handel, Mädchen«, hauchte der Fremde und lächelte kalt.

Agnes stieß einen Schrei aus, schlug nach Mr. Chimneys' Hand und stürmte davon. Der Nebel schloss sich gnädig hinter ihr, verbarg sie und vermischte sich mit den Tränen, die ihr über die Wangen rannen. Agnes lief so lange, bis sie gegen einen Pfeiler der mächtigen Towerbridge prallte. Unter ihr versteckte sie sich zitternd. Dann und wann lauschte sie. Nichts zu hören außer dem leisen Plätschern der Themse. Mr. Chimneys schien ihre Spur verloren zu haben. Erleichterung durchströmte Agnes. Sie beschloss, sich erst einmal nicht vom Fleck zu rühren. Und das tat sie auch nicht, bis der Morgen den Nebel von der Themse leckte.

Kapitel 5

Während Agnes sich auf dem Weg Richtung Südtor befand, betete sie, dass Walter ebenfalls kommen und Peter an der Hand halten würde. Tief in ihrem Herzen vertraute sie ihm, aber da war auch eine andere Stimme, eine, die ihr zuflüsterte, dass Walter jemand sei, der Peter nur so lange bei sich behalten würde, wie er ihn nicht gefährdete. Tatsächlich waren die beiden in der Umgebung der beiden mächtigen Türme, die das schwere Londoner Stadttor in seinen Angeln hielten, nicht zu entdecken. Es herrschte bereits reger Betrieb: Rothaarige Bauern mit Lastkarren, auf denen sich Eier, Fleisch oder Würste stapelten, drängten ebenso hindurch wie Holzhändler und Köhler mit schwarzen, rußverschmierten Gesichtern. Jeder wollte der Erste in der Stadt sein und zankte sich lautstark mit seinem Nachbarn, weil der ihn angeblich genau daran hinderte.

Irgendwo hinter Agnes weinte ein Kind. Sie fuhr herum, in der Hoffnung, es könnte Peter sein. Dann aber war es nur ein kleines Mädchen, das sich rotznäsig und tränenverschmiert an seine Mutter klammerte, die es im Gewühl vermutlich für einen kurzen Augenblick aus den Augen verloren hatte. Seufzend lehnte sich Agnes an die Wand des Hauses in ihrem Rücken. Von hier aus konnte sie die Straße gut überblicken. Niemand, der das Tor passieren wollte, entging ihrer Aufmerksamkeit. Zudem war die Sicht gut. Der

Nebel der Nacht war verschwunden, und aus der dicken Wolkenwand am Himmel blitzte hin und wieder ein heiterer Sonnenstrahl hervor. Agnes wertete dies als gutes Zeichen und rieb ihre eiskalten Zehen. Ohne Schuhe würde es ein harter Winter werden.

In diesem Moment geriet ein knochiges schwarz-weißes Pferd in ihr Blickfeld. Es war die alte Mary, die sich mit dem schweren, sternenverzierten Karren abmühte. Die Gaukler zuckelten gemütlich Richtung Südtor, wobei sie den Londonern eine letzte Kostprobe ihres Könnens gaben. Der Prinzipal beherrschte die Kunst des Feuerspuckens und stieß alle paar Minuten eine heiße Fontäne in den Himmel. Der Dumme August, der zu Fuß hinter dem Wagen herging, schnitt lustige Grimassen und brachte die Kinder zum Lachen. Dolores hielt die Leinen und steuerte das Pferd, während sie fröhlich in die Menge winkte, neben ihr die Principessa in ihrem glitzernden Wahrsagerinnen-Kostüm.

Wo bleiben die beiden nur?, schoss es Agnes durch den Kopf.

Der Wagen hatte sich inzwischen in die Reihe der Wartenden gestellt. Agnes nagte an ihren Lippen. Sollte sie einfach zu den Gauklern hinüberlaufen und sich ihnen anschließen, in der Hoffnung, dass Walter und Peter noch auftauchen? Oder sollte sie die beiden suchen? Andererseits, wohin sollte sie sich wenden? Ihr Blick wanderte zurück zu den Gauklern. Der Dumme August kitzelte gerade einen grell geschminkten kleinen Jungen in viel zu weiten Hosen.

Moment mal, dachte Agnes, bei den Gauklern gibt es doch gar keinen Dummen August! Jedenfalls bislang.

Sie musterte den Clown, dann den kleinen Jungen, und ihr Mund verzog sich zu einem Grinsen. Kein Zweifel: Sie hatte Walter und Peter gefunden. Aufgeregt winkend rannte sie auf den Wagen zu. Der August hob den Arm zum Gruß, doch auf einmal schien er wie versteinert zu sein. Er stand da, eine Hand erhoben, die andere weit von sich gestreckt. Der Prinzipal ließ einen letzten Funkenregen über die Menge regnen und nahm dann auf dem Kutschbock Platz. Er klatschte die Leinen auf den Rücken des Schecken, woraufhin sich das alte Pferd wieder in Bewegung setzte. Unaufhaltsam schob sich das Gefährt Richtung Tor weiter. Die Wärter musterten die Truppe gelangweilt. Plötzlich löste sich Walter aus seiner Erstarrung und winkte aufgeregt, ganz so, als wollte er Agnes anspornen, noch schneller zu laufen. Sie blickte über die Schulter und entdeckte einen knallgelben Hut, der keine zehn Schritt hinter ihr genau auf sie zuhüpfte. Hastig zog das Mädchen den Kopf ein und beschleunigte. Geschickt schlängelte es sich zwischen den Menschen durch, nutzte jeden Handkarren, jeden unter seinem Buckelkorb stöhnenden Bauern als Deckung. Doch mit einem mal hörte es Mrs. Bones' lautes Kreischen:

»Da, haltet sie. Haltet sie auf.«

Der bunte Gauklerwagen blieb ein letztes Mal stehen, um den Zoll zu entrichten. Agnes war gute zehn Schritt entfernt. Sie meinte schon, Mrs. Bones stinkenden Atem zu riechen, und noch etwas: einen leichten Geruch nach Ruß. Sie wagte einen weiteren Blick zurück, entdeckte jedoch nur Mrs. Bones. Dabei hätte sie schwören können, dass sie diesen Geruch nur von einem einzigen Menschen kannte: Mr. Chimneys. Aber es blieb keine Zeit, weiter darüber nachzudenken, denn Mrs. Bones hatte sie in der Menge ausgemacht und hastete hinter ihr her. Wenn Agnes zu den Gauklern auf den Wagen sprang, würde sie auch Walter und Peter verraten.

»Nein!«, flüsterte sie. Wenigstens diese beiden sollten ihrem Schicksal entgehen. Sie wechselte die Richtung. Der August, der wohl verstand, was Agnes beabsichtigte, sah zu dem kleinen Jungen und flüsterte ihm etwas zu, dann rannte er zu Agnes. Seine Pritsche in der Hand kämpfte er sich in ihre Richtung, holte aus, ganz so als würde er sie niederschlagen wollen, dabei rammte er wie zufällig ein Bauernweib mit Buckelkorb. Das fuhr wütend herum, wobei der Korb einen gelben Hut vom Kopf seiner Trägerin fegte und ihn durch die Luft segeln ließ. Die verblüffte Mrs. Bones stieß einen schrillen Schrei aus. Einen Augenblick schien sie zu überlegen, was zu tun sei, dann war ihr der Hut wichtiger. Genau damit hatte der dumme August gerechnet. Er packte Agnes' Hand und zog sie an sich.

»Wo bleibst du denn«, sagte Walter. »Ich dachte schon, du hättest es nicht geschafft.«

Im nächsten Moment waren die beiden am Wagen.

»Mir ging's genauso«, antwortete Agnes und lächelte erleichtert. Walter hob sie hoch. Die Principessa drängte das Mädchen sofort ins Innere des Gefährts.

»Bleib bloß da drin, bis wir London hinter uns gelassen haben«, raunte sie, während sie ein paar Kostüme über das Mädchen warf. Agnes sah noch, dass der August Mary am Zaum fasste und sie antrieb, dann hörte sie für lange Zeit nur noch das Poltern der Räder.

Agnes wusste nicht, wie lange sie mit pochendem Herzen unter dem Kleiderbündel gelegen hatte. Es war ihr wie eine Ewigkeit erschienen. Zweimal hatte sie versucht, unter ihrem Versteck herauszuspähen, doch jedes Mal hatte die Principessa ihr zugezischt, um der heiligen Jungfrau willen in ihrem Versteck zu bleiben. Endlich hielt der Wagen an. Sofort klang das vertraute Durcheinander von Stimmen an Agnes' Ohr, welches das Mädchen als untrügliches Zeichen nahm, dass ein Lager aufgeschlagen wurde. Agnes krabbelte aus ihrem Versteck, und diesmal nickte die Principessa.

»Raus mit dir, und mach dich nützlich«, sagte sie freundlich schmunzelnd.

»Wo sind Peter und Walter?«, erkundigte sich das Mädchen.

Sie erntete nicht mehr als ein Schulterzucken. »Werden sich schon irgendwo herumtreiben, die beiden Bengel.« Die Principessa streckte sich. »Walter weiß ja, wo fleißige Hände gebraucht werden. Dein Bruder ist bestimmt bei ihm.«

Agnes krabbelte nach vorne auf den Kutschbock und erschrak gleichzeitig. Nicht ein einziges Haus war zu sehen. Um sie herum gab es lediglich Bäume, manche knorrig und krumm wie ein altes Weib, andere reckten ihre Krone fast hochnäsig in den Himmel. Sie hatten sich einen fein gearbeiteten Mantel aus weißer Borke zugelegt. Merkwürdige Pflanzen mit weißen Häubchen, die aussahen wie die Perücken der Richter und Adelsherren, nickten eifrig mit den Köpfen, als würden sie wichtige Neuigkeiten austauschen. Und überall roch es nach würzigem Torf, mit dem auch viele Londoner ihre Kamine befeuerten. Agnes schwankte zwischen Staunen und Angst. Noch nie zuvor war sie im »Moor«, im Ödland, gewesen. Sie drängte sich an der Direktorin vorbei, um vom Wagen zu hüpfen, als die sie noch einmal kurz am Arm fasste.

»Hättest es mir ruhig sagen können, dass da noch ein drittes Maul zu stopfen ist. Ich hätt's dir bestimmt nicht versagt.«

Schuldbewusst senkte das Mädchen den Blick. »Ich wollte ja. Anfangs. Dann hab ich mich nicht mehr getraut. Es war so wichtig, dass Peter befreit wird.«

»Befreit?« Die Principessa runzelte die Stirn.

In aller Kürze berichtete Agnes von Mr. Chimneys.

Nachdenklich wiegte die Direktorin den Kopf. »Man hört viel reden von den Schornsteinfeger-Fängern. Sie kaufen die Kinder und bringen sie über das große Wasser bis nach Venedig, wo man viel Geld für so ein Bürschlein bezahlt. Du hättest deinen Bruder bestimmt nie wiedergesehen.«

»Er ist alles, was ich an Familie noch habe«, sagte Agnes leise.

»Und die muss zusammenstehen. Da hast du recht.« Agnes erhielt einen freundschaftlichen Klaps auf die Schulter. »Also los, lauf und such die beiden«, forderte die Principessa sie auf, während sie selbst die Leinen an der Kurbel festmachte, mit der man die Bremse des Wagens betätigte.

Agnes hüpfte zu Boden und machte große Augen. Ihre Füße, die nur das mit Pferdekot verschmutzte Kopfsteinplaster Londons kannten, berührten ein weiches Kissen aus Moos und Gras, dessen Halme dünner waren als Wollfäden. Der ganze Untergrund federte. Sie tat einen weiteren Schritt in der Annahme, es müsse sich um eine Täuschung handeln, doch so war es nicht. Erschrocken hielt sie sich am Wagen fest und sah sich um. Außer ihr schien sich niemand zu fürchten. Die Männer waren ausgeschwärmt. Da und dort entdeckte Agnes einen Hut oder ein Büschel dunklen Kraushaares. Die Frauen schlugen Zelte auf und bereiteten Feuerstellen vor.

»Brauchst keine Angst zu haben«, ermunterte Dolores das Mädchen, während sie die alte Mary ausschirrte. »Hier ist es sicher, doch dort hinüber solltest du nicht gehen. Da fangen die Sümpfe an.« Sie deutete in die Richtung, in der die Gräser mit den lustigen weißen Häubchen standen.

Agnes wurde bang ums Herz. Was, wenn ihr Bruder dort hineingeriet? Er war so ein neugieriges Kind.

»Hast du Peter gesehen?« Dolores blickte sie verwundert an. Natürlich, sie kannte den Namen des Kleinen gar nicht. »Der kleine Junge, der mit Walter gekommen ist.«

»Ach der, ich schätze, der ist mit den Männern Holz sammeln gegangen. Hier hab ich ihn jedenfalls nicht gesehen.«

»Hoffentlich verirrt er sich nicht.« Unruhig knibbelte Agnes an ihren Fingernägeln.

Dolores hatte es endlich geschafft, die Zugstränge zu lösen und führte das schwarz-weiße Pferd aus der Deichselschere heraus. »Da sei beruhigt. Die Männer werden schon ein Auge auf ihn haben. Jetzt hilf mir, Mary das Geschirr abzunehmen. Sie hat sich ein paar Büschel grünes Gras redlich verdient.«

Zum Glück musste Agnes nicht mehr tun, als vorne am Kopf zu stehen, denn sie war viel zu klein, um dem Pferd die schweren Gurte über den Kopf zu heben. Trotz ihres unförmigen Körpers schien Dolores damit überhaupt keine Probleme zu haben. Geschickt drehte sie das Brustblatt nach oben und zog dann das Lederzeug in Gänze herunter. Sie hängte es an das eisenbeschlagene Rad des Wagens und kam mit zwei Bürsten zurück.

»Nun wollen wir unserer betagten Freundin mal etwas Gutes tun«, lachte die Seiltänzerin und drückte Agnes eine breite, aus festem Schweifhaar bestehende Bürste in die Hand. »Na los! Die Männer werden noch etwas brauchen, bis sie zurückkommen, aber dann haben sie bestimmt auch für unser Abendessen gesorgt.«

Mit langen Strichen begann Dolores, Marys Schulter zu bearbeiten. Erst zögerlich, dann jedoch mit sichtlicher Freude tat Agnes es ihr gleich. Trotzdem war sie auf Walter wütend, der Peter einfach in das Moor mitgenommen hatte, ohne Bescheid zu sagen. Im Stillen beschloss sie, den beiden entgegenzugehen, doch sie kam nicht dazu. Kaum war Agnes mit dem Pferd fertig, drückte die Principessa ihr ein Messer und einen Korb Steckrüben in die Hand.

»Die sind fürs Abendessen«, erklärte die Direktorin,

während ihre ausladenden Ohrringe klimperten. »Wasch sie da drüben in dem Eimer, und dann schäl sie. Wenn wir Glück haben, fangen uns die Männer ein paar Moorhühner. Dann haben wir heute ein richtiges Festmahl.« Sie atmete tief durch. »Ist das nicht herrlich? Welche Wohltat für die Nase nach dem ganzen Stadtmief. Und ruhig ist es hier. Wenn's nach mir ging, ich bräuchte gar nicht in die Stadt. Die Natur bietet uns alles, was wir zum Leben brauchen.«

Sie breitete die Arme aus, als wollte sie die ganze Welt umarmen. Agnes sah die Principessa verwundert an. Bislang hatte sie sich in der Stadt immer recht wohl gefühlt. Niemals wäre sie aus London fortgegangen, hätte es einen anderen Ausweg gegeben.

»Jetzt schau nicht so traurig«, versuchte die Principessa sie aufzumuntern. »Du wirst das Herumzigeunern schon noch lieben lernen. Und irgendwann kannst du dir gar nicht mehr vorstellen, dein Leben an einem einzigen Fleck zu verbringen.«

»Ich mach mir nur Sorgen um Peter«, gestand Agnes. »Normalerweise bleibt er nie so lange fort.«

»Die Männer kommen bald wieder.« Sie schirmte die Augen mit den Händen ab und deutete über das Moor. »Ich glaube, dort drüben sehe ich sie bereits.«

Agnes versuchte es ihr gleichzutun, und tatsächlich entdeckte sie ein paar lustig hüpfende dunkle Punkte, die sich rasch als die Hüte der Männer entpuppten. Sie gingen in kleinen Grüppchen und schienen nicht die geringste Eile zu haben. Einer nach dem anderen trudelte ein. Endlich kam auch Walter. Agnes rannte ihm entgegen. Stolz hielt er einen braun-schwarzen Vogel hoch.

»Den hab ich selbst gefangen. In einer Schlinge. Gar nicht so einfach, denn die Biester sind verdammt schlau.«

»Wo ist Peter?«, bestürmte ihn Agnes, ohne seiner Beute auch nur einen einzigen Blick zu würdigen.

Der Junge sah sie verwundert an und antwortete: »Peter? Woher soll ich das denn wissen? Mit mir ist er nicht gegangen. Ich dachte, er ist bei dir geblieben.«

»Was? Nein, natürlich nicht. Er war zu keiner Zeit im Wagen.«

Agnes' Stimme wurde so schrill, dass die anderen herankamen. Als klar war, dass niemand von ihnen wusste, wo Peter steckte, brach das Mädchen in Tränen aus.

»Wann hast du ihn denn zuletzt gesehen?«, fragte die Principessa Agnes.

»In London, als Walter mir zu Hilfe kam.«

»Ich hab ihm gesagt, er soll auf den Wagen springen«, sagte Walter sofort. »Er sollte mit euch mitfahren.«

»Aber das tat er nicht«, stellte die Principessa fest. »Ist er denn sonst mit jemandem gegangen?«

Die Artisten murmelten und schüttelten die Köpfe. Agnes wurde blass. Ihr wurde so schwindelig, dass sie sich setzen musste. Die Gedanken wirbelten in ihrem Kopf wie durcheinandergepustete Schneeflocken. »Dann ist er am Ende noch in London«, flüsterte sie, während ein eiskalter Wind durch ihr Herz fegte.

Die Feuer prasselten hell und strahlten angenehme Wärme ab, während der kleine Artistentrupp, jeder ein Schälchen Eintopf in den klammen Händen, beratschlagte. Agnes hatte ihren Standpunkt bereits klargemacht: Sie musste Peter finden! Der Gedanke, er könne wieder bei Mrs. Bones sein, die ihn dann an Heiligabend Mr. Chimneys mitgeben würde, war unerträglich. Sie hatte das Gefühl, nie wieder fröhlich sein, nie wieder lachen zu können, wenn es ihr nicht gelang, ihren Bruder seinem Schicksal zu entreißen.

»Du musst tun, was du tun musst«, sagte der Prinzipal nun, »wir aber können nicht mit dir zurückgehen.«

Agnes zuckte zusammen. Der Gedanke, den weiten Weg alleine zu machen, ängstigte sie. Der Direktor sah es. Seine Miene wurde weich. »So leid es mir tut, aber die Zeit drängt. Wir müssen nach Sommerset in unser Winterlager, und wir sind schon sehr spät dran. Es bleibt keine Zeit, noch einmal zurückzugehen und nach deinem Bruder zu suchen. Wir können auch nicht hier auf euch warten. So leid es mir tut: Hältst du an deiner Entscheidung fest, trennen sich unsere Wege für immer.«

Eine Hand legte sich Agnes schwer auf die Schultern. Sie schluckte. Das hier waren gute Menschen, zu gut, um sie in Gefahr zu bringen. Sie nickte langsam. Ihr Blick fiel auf Walter. Der hielt den Kopf gesenkt und schielte nur einmal kurz zu ihr hoch. Sie verstand. Nach all den Jahren hatte er endlich wieder so etwas wie eine Familie. Er trat nach vorne.

»Agnes«, sagte er leise, ohne sie anzusehen, »du hast gesagt, wenn ich dir helfe, Mrs. Bones den Schlüssel zu entwenden, hätte ich einen Wunsch frei. Nun, ich wünsche mir, dass du bei uns, bei mir bleibst – für immer.«

Nun konnte Agnes die Tränen nicht mehr zurückhalten. »Das ist nicht fair«, stammelte sie, ging zu Walter hinüber und hämmerte mit den Fäusten gegen seine Brust. »Es ist nicht fair, so etwas von mir zu verlangen.«

Dann drehte sie sich um und rannte einfach davon.

»Engelchen!«, hörte sie die Principessa hinter sich herrufen, aber Agnes wollte nicht hören. Sie lief und lief, bis der aufsteigende Nebel die Stimmen verschluckte und eine Gruppe Birken ihr den Weg versperrte. Dicht an dicht standen sie, aufgereiht wie die Soldaten einer Kompanie, die Äste von sich gestreckt, wie Büchsen im Anschlag. Atemlos horchte Agnes in die unheimliche Stille. Sie fühlte sich wie in einer fremden Welt. Kein Geräusch durchdrang den Nebel, und selbst die Bäume schienen nach und nach mit ihm zu verschmelzen. Eine solche Stille hatte Agnes noch nie erlebt. London kam nie zur Ruhe, schon gar nicht im Hafenviertel. Wie eine riesenhafte Orgel brummte, zischte und flötete die große Stadt in einem fort, angetrieben durch den Strom der Emsigen, der Nachtlichter und der Tunichtgute. Hier aber, im Ödland, vernahm Agnes nichts außer dem Pulsschlag ihres Herzens und dem Keuchen ihres Atems. Wieder einmal kam sie sich klein und verlassen vor. Warum verlangte das Schicksal ihr so viel ab? Sie war doch nur ein Mädchen, ein Kind, das sich nach jemandem sehnte, der es umsorgte und ihm Mut zusprach. Stattdessen saß sie hier, ganz allein, und wusste nicht, wie es weitergehen sollte.

»Was soll ich denn nur tun?«, flüsterte Agnes und blinzelte zum Firmament, während sie sich vorstellte, zu ihrem Stern hinaufzufliegen. Einen Moment glaubte sie ihn fast mit den Händen berühren zu können, doch dann verlor sie ihn im weißen Dunst. Etwas Kaltes berührte ihre Brust. Sie tastete danach: das Pferdeamulett der Principessa. Die hatte ihr auch nicht helfen wollen. Alles nur Sprüche und dummes Gerede, denn wenn man wirklich jemanden brauchte, war niemand da. Wütend riss Agnes sich das Schmuckstück vom Hals und warf es weg. Glucksend landete es in den Sümpfen. Agnes lauschte dem Geräusch hinterher, und schon tat ihr leid, was sie getan hatte. Aber nun war es zu spät.

Langsam stand Agnes auf und klopfte sich Blätter und Erdreste vom Rock. Einen Moment blieb sie unentschlossen stehen. Kälte und Feuchtigkeit krochen ihr unters Kleid und ließen sie frösteln. Wenn sie noch länger zögerte, würde sie am Ende noch erfrieren. Dabei kannte sie ihre Aufgabe genau: Sie musste zurück nach London.

Kapitel 6

Agnes wusste nicht, wie lange sie gelaufen war. Der dichte Nebel hatte die Welt um sie herum aufgelöst. Selbst den Boden schien er allmählich zu verschlucken, denn ihre Füße versanken immer weiter in diesem schwankenden, mit fahlen Pflanzen bedeckten Untergrund und machten ihr das Vorwärtskommen schwer. Mittlerweile stand sie knöcheltief in schwarzem, faulig stinkendem Wasser und wagte kaum einen weiteren Schritt.

Ich muss zurückgehen!, murmelte eine Stimme in ihrem Kopf, doch irgendetwas hielt sie genau davon ab. Sie glaubte, in ihrem Rücken etwas Furchtbares, Grausiges zu wissen, eine Art Finsternis, die hinter ihr hergeiferte wie ein tollwütiger Wolf und die sie vorwärtstrieb. Aber sie war am Ende ihrer Kräfte und hatte nur noch den Wunsch, sich auszuruhen. Ihre Hände berührten das Wasser. Mit einem Mal erschien es ihr geradezu freundlich, fast wie eine Mutter, die die Arme nach ihr ausstreckte, um sie aufzufangen und in ihr dunkles Gewand zu hüllen. Agnes schloss die Augen, sog den Geruch des Moores in ihre Lungen. Irgendwie war er ihr gar nicht mehr unangenehm. Sie merkte kaum, wie sie allmählich tiefer sank. Schon reichte ihr das Wasser bis zu den Knien. Da hörte sie so etwas wie ein Rufen.

Peter!, dachte sie sofort und schlug die Augen wieder auf.

Zuerst konnte sie nichts sehen, nur ein leichter Hauch ließ ihre Haarspitzen beben und strich über ihre Wangen. Die sanfte Brise trieb den Nebel vor sich her, bauschte ihn auf, formte ihn. Agnes glaubte, vor sich eine Art Insel zu sehen, die im gleichen Moment wieder verschwunden war. Die nächste Böe machte das Land wieder sichtbar. Bäume standen dort und langes Gras. Dort musste sie hin. Das war ein Platz zum Ausruhen. Bei Tageslicht würde es ihr gelingen zurückzufinden. Die Straße nach London konnte sich schließlich nicht in Luft aufgelöst haben. Agnes nahm sich noch einmal zusammen. Sie versuchte, einen Schritt nach vorne zu machen, aber es ging nicht. Ihr Fuß steckte fest. Stöhnend bemerkte Agnes, dass sie bereits bis zum Knie eingesunken war. Sie begann zu kämpfen, zerrte mit beiden Händen an ihrem Bein, aber es schien tonnenschwer nach unten gezogen zu werden. Panik stieg in dem Mädchen auf.

»Hilfe!«, rief Agnes. »Bitte, bitte hilf mir doch einer. Ich versinke.« Agnes rief noch lauter, immer und immer wieder, bis ihre Kehle ganz rau war und nur noch ein Krächzen herauskam. Inzwischen steckte sie fast bis zur Hüfte im Sumpf. Ihr war schrecklich kalt, und eine bleierne Müdigkeit ergriff von ihr Besitz. Hätte sie doch nur das Amulett nicht weggeworfen, dachte sie, doch selbst ihre Gedanken erlahmten allmählich. »Hilf mir«, flüsterte sie und schloss die Augen. »Hol mich hier heraus, du guter Geist. Es tut mir leid. Es tut mir ganz schrecklich leid.«

Mit einem Mal glaubte sie ein leichtes Beben zu spüren. Noch einmal, und dann war sie sicher, gedämpfte Schritte zu hören. Sie öffnete die Augen und sah sich um. Ein kräftiger Windstoß fauchte durch den Nebel und wischte ihn davon. Die Insel trat mit untrüglicher Klarheit hervor, und zwischen den Bäumen bewegte sich etwas. Für einen Moment fürchtete das Mädchen, es könnte ein böser Geist sein, der zusehen wollte, wie das Moor sich sein Opfer nahm. Dann aber wusste Agnes, dass von diesem Wesen dort drüben keinerlei Gefahr ausging, dass es rein und unschuldig war und sie retten würde. Es blinzelte hinter den weißstämmigen Birken hindurch und nahm sie scheu in Augenschein.

Ein Engel, dachte Agnes. »Hier bin ich«, flüsterte sie mit erstickter Stimme.

Die Augen verschwanden.

»Bitte geh nicht. Bleib doch. Bleib bei mir.«

Es raschelte. Das Wesen stieß einen zischenden Laut aus, der eher zu einem Irrwisch passte als zu einem Engel, und dann stampfte es auch noch heftig auf. Sollte sie sich getäuscht haben? Agnes unternahm einen letzten Versuch, sich aus der Umklammerung des Moores zu befreien – und tatsächlich: Ihr linkes Bein ließ sich bewegen. Auch war sie nicht weiter eingesunken. Das Mädchen entdeckte ein Grasbüschel. War der vorhin schon hier gewesen? Wenn ja, musste sie ihn übersehen haben. Agnes reckte sich, berührte ihn mit den Fingerspitzen, packte ihn mit der Rechten und schloss die Faust um das Gewächs. Das Wesen auf der Insel schien ein zustimmendes Schnauben auszustoßen. Das Mädchen glaubte zu verstehen. Sie spannte die Muskeln an und zog, aber es half nichts. Ihr Rock hatte sich mittlerweile mit Wasser vollgesogen. Sie musste ihn loswerden. Mit klammen Fingern löste die die Verschnürung. Dann versuchte sie es noch einmal, und diesmal war das Glück ihr hold. Millimeter für Millimeter konnte sie ihr Bein anheben. Nach einer gefühlten Ewigkeit in ständiger Angst, dieser letzte Halt könnte abreißen und sie müsste auf ewig im Moor versinken, hatte sie das Knie aus dem Sumpf befreit. Dann das ganze Bein. Sie setzte es so weit nach vorne, wie sie konnte, und sank tatsächlich nur noch ein wenig ein. Jetzt kam ihr zweites Bein an die Reihe. Agnes warf einen Kontrollblick zur Insel. Das Wesen schien sie noch immer zu beobachten. Es war von heller Gestalt und besaß Haare, die bis zum Boden reichten. Agnes zog und zerrte an ihrem anderen Bein, doch das Moor umklammerte es nicht weniger entschlossen. Endlich, mit einem letzten protestierenden Schmatzen gab es das Mädchen frei. Agnes weinte vor Erleichterung. Auf allen vieren kroch Agnes voran. Als sie endlich das rettende Ufer erreicht hatte, war das merkwürdige Wesen verschwunden und Agnes so kraftlos, dass sie zusammenbrach.

Wie lange sie dort im Gras gelegen hatte, konnte Agnes später nicht mehr sagen. Sie hob vorsichtig den Kopf und blinzelte in eine fahle Sonne, die als weißer Schemen über den in blassen Dunst gehüllten Bäumen stand. Agnes versuchte ihre Zehen zu bewegen, aber sie waren nicht weniger steif gefroren wie die kahlen Äste und Halme, die regungslos unter einer Schicht weißer Eiskristalle auf einen warmen Sonnenstrahl hofften. Auch die schwarzen Wasser rings um die Insel waren von einer leise klirrenden Eisschicht bedeckt. Nur ganz in der Mitte atmeten sie noch nebelige Dunstschwaden aus, die gespenstisch in die Lüfte stiegen. Jetzt am frühen Morgen konnte das Mädchen nicht glauben, dass es sich gestern schier zu Tode gefürchtet hatte und ihr das Moor wie ein grimmiger Feind erschienen war. Aber vielleicht war es ja auch ganz genau anders herum gewesen? Vielleicht hatten ihre finsteren Gedanken die Grausamkeit des Moors geweckt?

Agnes versuchte, sich aufzurichten und nach dem merkwürdigen Wesen Ausschau zu halten. Sie erwartete ein Gestalt gewordenes Irrlicht, ein Mädchen, vielleicht im selben Alter wie sie, oder zumindest einen Gnom, hässlich im Äußeren, aber mit einem guten Herzen. Doch am Ende der Insel entdeckte sie lediglich ein zottiges, weißes Pony, eines von der Sorte, wie es die Waliser Händler vor ihre Karren zu spannen pflegten. Ungläubig kniff Agnes die Augen zusammen. Das konnte nicht sein. Sie war sich ganz sicher gewesen, fahle Haut und langes, wallendes Haar erkannt zu haben.

Nun wurde das Tier auch auf sie aufmerksam, hob den Kopf und blinzelte sie aus großen, dunklen Augen freundlich an. Es besaß eine breite Stirn, große Nüstern, einen kräftigen Körper mit eleganten, geraden Beinen. Die langen feinen Haare um sein Maul waren nicht weniger von Raureif bedeckt wie die Pflanzen des Moores, sodass es aussah, als besäße das Tier einen lustigen Kinnbart, mit Stoppeln, die in alle Richtungen ragten. Vollkommen reglos stand das Pony da und bestaunte Agnes nicht weniger als Agnes das Pony. Seine winzigen Öhrchen drehten sich, wirbelten vor und zurück, lauschten in alle Richtungen, um sich dann wieder ganz und gar Agnes zuzuwenden. Schließlich schüttelte das Pferdchen seine Mähne, die tatsächlich so lang war, dass sie fast bis zum Boden reichte.

Agnes kniff die Augen zusammen. Hatte sie im verschwommenen Licht der Nebelnacht dieses Pony für ein Geisterwesen gehalten? Konnte sie sich so geirrt haben? Agnes rieb ihre kalten Finger aneinander, was die Neugierde des Ponys erweckte. Es kam näher, den Kopf tief gesenkt, blies Agnes seinen Atem über die nackten Füße und leckte daran. Seine Zunge war rau, aber ganz warm. Das Mädchen musste kichern.

»He, das kitzelt«, gluckste es und streckte die Hand nach dem weichen Maul aus. Das Pony zuckte zurück. Agnes' Hand verfing sich in der Mähne. Die langen Haare fühlten sich an wie Seide. Leider waren sie an vielen Stellen verfilzt.

»Du brauchst wohl jemand, der dich bürstet?«, fragte Agnes.

Das Pony trat zwei Schritte zurück und beäugte sie.

»Soll ich das übernehmen? Bring mich einfach zurück zu den Artisten. Die haben einen Striegel. Mit dem kann ich dein Fell zum Glänzen und deine Mähne zum Wallen bringen.«

Sie bekam ein lautes Schnauben zur Antwort und deutete das als Zustimmung. Langsam erhob sie sich. Ihre Beine gehorchten ihr nur widerwillig. Kaum stand Agnes, wurde ihr schwarz vor Augen, und sie fiel um. Das Pony kam zurück und stupste sie auffordernd an.

»Es geht nicht«, flüsterte das Mädchen. »Ich kann nicht aufstehen.«

Agnes erntete lediglich einen weiteren Stoß in die Rippen, diesmal energischer.

»Au, das tat weh!«, schimpfte sie und versuchte noch einmal auf die Füße zu kommen. Endlich stand sie schwankend im Gras. Geduldig blieb das Pony neben ihr stehen, so als würde es darauf warten, dass Agnes aufstieg.

»Ich trau mich das nicht«, gestand sie. »Aber wenn ich mich auf deinem Rücken abstützen kann, dann wird's schon gehen.«

Sie legte behutsam ihre Hand auf den gewölbten Nacken, griff in die Mähne, tat den ersten Schritt und stöhnte auf. Jede Bewegung schmerzte wie tausend Nadelstiche. Ihre Gelenke waren steif gefroren. Sehr langsam schlurfte Agnes neben dem Pony her. Das Tier wanderte direkt auf das moosbedeckte Wasser zu und tat den ersten Schritt hinein. Das Eis zerbrach knirschend, aber das Pony versank nicht. Ohne zu zögern, tat es Schritt um Schritt. Langsam wateten Pferd und Kind durch das Moor, einen unsichtbaren Pfad entlang, der dem Tier offensichtlich gut bekannt war. Endlich spürte Agnes wieder jenes wollweiche Gras unter den Füßen, von dem sie inzwischen wusste, dass es nur auf sicherem Grund wuchs.

Erleichtert klopfte sie dem Pony den Hals. »Gut gemacht«, flüsterte sie und sank erschöpft zu Boden. Das Pferdchen senkte den Kopf und knabberte sichtlich zufrieden mit seiner Leistung die gelblichen Halme ab. Eine Weile lauschte Agnes dem gleichmäßigen Rupfen und Kauen. Auch ihr Magen knurrte. Sie hatte keinen Proviant mitgenommen und wenn, dann wäre dieser vermutlich nun gemeinsam mit dem Rock im Moor versunken. Neugierig schaute sie sich nach etwas Essbarem um. Weiter hinten bemerkte sie niedrige Büsche, an denen vereinzelte blaue Beeren baumelten. Wenn sie sich nicht täuschte, hatte sie solche schon auf dem Markt gesehen. Sie schmeckten leicht sauer und färbten die Zähne violett, waren aber durchaus genießbar. Erleichtert lief Agnes hinüber und betrachtete die Beeren. Sie waren bereits unansehnlich und schrumpelig, doch Agnes' Hunger war viel zu groß, um wählerisch zu sein. Entschlossen steckte sie sich die erste Beere in den Mund. Sie schmeckte genauso, wie sie es in Erinnerung hatte. Gierig stopfte sich Agnes weitere Beeren hinein, und nach einer Weile hatte sie den schlimmsten Hunger gestillt.

Auch das weiße Pony hatte sein Frühstück beendet. Mit freundlichem Schnauben trippelte es zu dem Mädchen und rieb seinen Kopf an ihm, ganz so, als wären sie schon immer die allerbesten Freundinnen. Agnes begann, die verfilzten Haare auseinanderzuzupfen.

»Du möchtest, dass wir zusammenbleiben, nicht wahr?«

Die Antwort war ein tiefer Seufzer. Agnes hatte das erste Haarknäuel entwirrt und legte es auf die andere Seite des Halses. Dann griff sie nach der nächsten verfilzten Stelle.

»Ich könnte einen Freund ziemlich gut brauchen, weißt du? Ich muss dringend meinem Bruder helfen, und dabei finde ich nicht einmal zur Straße zurück. Ich weiß nicht, wo ich bin, geschweige denn, wo London ist.«

Das Pony blinzelte und schaute nachdenklich drein. Plötzlich wieherte es, tänzelte um die eigene Achse und galoppierte davon.

»Lauf nicht weg, bitte bleib bei mir«, rief Agnes und rannte ihm nach. Doch sie war viel zu langsam. Schon war das Pony nicht mehr zu sehen. Keuchend blieb sie stehen und seufzte traurig: »Bitte komm zurück.« Die Stimme versagte ihr und irgendwie auch die Beine. Die Welt begann sich um sie zu drehen. Dann umfing sie Dunkelheit.

Als Agnes die Augen aufschlug, war sie sich sicher, dass sie sich in einem Traum befand. Das Erste, was sie sah, waren grüne Augen, die sie besorgt, aber freundlich anstrahlten. Diese saßen in einem rotbackigen Gesicht, das von einem feuerroten Haarkranz umgeben war.

»Da bist du ja wieder bei uns, mein Täubchen«, gurrte es aus einem breiten Mund. »Ich fürchtete schon, ich würde dich nicht durchbekommen.« Der rote Haarkranz flirrte in der warmen Luft. »Bran, komm schnell. Sie hat die Augen aufgeschlagen.«

Das Schlurfen sich nähernder Stiefel sagte Agnes, dass sich noch jemand im Raum befand. Die Gestalt eines Riesen tauchte aus der Dunkelheit auf. Zahnlückig grinste er auf sie herunter. Agnes schloss erschrocken die Augen. Diesen Traum wollte sie nicht weiterträumen. Wahrscheinlich würde sie gleich gefressen werden, oder die rothaarige Hexe verwandelte sie in einen Frosch. Was war noch gleich geschehen? Ja, sie war eingeschlafen, irgendwo im Ödland. Die Hexe und der Riese mussten Traumgestalten sein. Vielleicht fieberte sie, genau wie ihre Mutter damals. Agnes zitterte, dann brummte die Stimme der Hexe zornig: »Musstest du sie so anstarren? Du hast sie erschreckt. Schau nur, sie zittert am ganzen Leib.«

Raue, von harter Arbeit gegerbte Hände tasteten nach ihrer, tätschelten sie und summten leise: »Musst keine Angst haben, Täubchen. Hier geschieht dir nichts. Mein Mann mag zwar ein Berg von einem Kerl sein, aber im Wesen ist er sanft wie ein Lämmchen. Wir freuen uns so, dass du jetzt bei uns bist, nicht wahr, Bran?«

»Es ist wie du sagst, Frau«, bestätigte der Mann.

»Ich bereite unserem Engelchen jetzt erst einmal einen Becher heiße Milch mit Honig.«

Holzschuhe entfernten sich. Ein protestierendes Blöken ertönte, und Agnes stieg der unverkennbare Geruch nach Schaf in die Nase. Ganz vorsichtig öffnete sie ein Auge und blinzelte durch die fast geschlossenen Wimpern hindurch. Dasselbe Bild wie eben, nur ohne Hexe und Riese: eine Hütte, dunkel, aber warm. Unter einem Koloss von Ofen glühte ein mit Torf versorgtes Feuer. In seinem rötlichen Lichtschein schimmerten blecherne Tiegel und Töpfe. Getrocknete Apfelscheiben und Büschel mit seltsam duftenden Pflanzen baumelten säuberlich aufgereiht an einer Schnur, die quer durchs Zimmer gespannt war. Agnes Fingerspitzen berührten ein Lammfell, auf das man sie gelegt hatte, und eine wollene Decke auf ihrem Körper. Das Schaf hörte auf zu blöken. Hastig schloss Agnes wieder die Augen und stellte sich schlafend. Wie war sie hierhergekommen, und wer waren diese beiden? Zähe Erinnerungsbilder bauten sich vor ihr auf: das vom Raureif verzuckerte Moor, das Pony mit seiner zotteligen Mähne. Ein Blechtopf klapperte und vertrieb ihre Gedanken. Der Duft von warmer, süßer Milch breitete sich aus, und Agnes dachte, dass dieser Traum doch gar nicht so übel war, wie sie anfangs gedacht hatte.

Rowena Swan hatte eigentlich das braun-weiße Schaf gesucht, jenes eigenwillige Tier, das niemals mit den anderen in der Herde lief und störrisch seine Hufe in den Boden stemmte, sobald man es in den warmen Stall zu sperren versuchte. Mindestens einmal pro Tag drohte Rowena, das Biest am nächsten Osterfest zu schlachten, doch es blieb bei der Androhung. Schließlich schenkte das Schaf jedes Frühjahr einem kerngesunden Lamm das Leben, das prächtig gedieh und ein so weiches Fell entwickelte, dass die Wolle Höchstpreise erzielte. Noch nie hatte »die Braune« ein Lamm verloren oder gar ein Neugeborenes verstoßen. Ganz im Gegenteil: Im vergangenen Sommer hatte sie sogar ein fremdes Lamm angenommen und zusammen mit seinem eigenen aufgezogen. Sie war das beste Muttertier im ganzen Moorland. So einem verzieh man kleine Eigenheiten.

Die Braune fand sich normalerweise pünktlich zur morgendlichen Fütterung am Pferch ein, weshalb Rowena mehr als nur beunruhigt gewesen war, als das gewohnte fordernde Blöken ausblieb. Sie warf sich ihren warmen, wollenen Mantel über und machte sich auf die Suche. Sorgenvoll durchstreifte ihr Blick die kahlen Büsche des Ödlands. Wölfe gab es zwar hier in der Gegend seit Ewigkeiten nicht mehr, aber sie stellten nicht die einzige Gefahr für ein Schaf dar. Um diese Jahreszeit waren die Sümpfe gefährlich, konnten leicht zur tödlichen Falle für Mensch und Tier werden. Rowenas Sorge wuchs, nachdem sie die mit losen Steinen eingefriedeten Weiden in der Nähe des Hauses erfolglos durchkämmt hatte. Die vage Hoffnung, die Braune könne sich beim Durchzwängen durch eine Spalte im Mauerwerk eingeklemmt haben, wich ernsthafter Sorge. Einen Moment überlegte die Farmerin, ob sie zurückgehen und Bran, ihren Mann, vom Fehlen des Schafs unterrichten sollte, aber der schnürte eben den mit Schafskäse und Wolle gefüllten Buckelkorb, um sich nach London aufzumachen. Dort war Schafmarkt, der letzte des Jahres. Bran musste ihn aufsuchen. Die Farm benötigte einen neuen Zuchtbock für die nächste Decksaison. Drei ganze lange Tage würde er fort sein. Rowena seufzte. Sie vermisste ihren sanften Riesen jetzt schon, und das nicht nur, weil seine starken Hände auf dem Hof fehlen würden, sondern auch, weil er der beste Gatte war, den man sich vorstellen konnte. Sie liebte ihn und er sie, obwohl das größte Glück in ihrem Leben fehlte: Kinder. Während ihrer gesamten Ehe war Rowena niemals schwanger geworden. Zuerst hatte sie gedacht, es läge an ihr, hatte sich von der Kräuterfrau Tinkturen und Ratschläge geholt, doch dann hatte Bran ihr gestanden, dass es in seiner Familie öfter vorkam, dass den Männern eigene Nachkommen versagt blieben. Er hatte ihr sogar freigestellt zu gehen und sich einen anderen Gatten zu suchen. Doch das war für Rowena nie in Frage gekommen. Sie waren beieinandergeblieben und noch enger zusammengerückt.

Bran würde keine Sekunde zögern, ihr bei der Suche nach dem Schaf behilflich zu sein und sich danach ohne Murren auf den langen Fußmarsch machen, aber dann erreichte er die Stadt womöglich erst nach Einbruch der Dunkelheit und wurde nicht mehr hineingelassen. Nein, sie würde die Braune auch ohne die Hilfe ihres Gatten finden. Niemand kannte das Ödland besser als sie, schließlich war sie hier geboren worden. Energisch stampfte sie weiter. Die fahle Wintersonne gab ihr Bestes, den Reif von den Birkenästen zu lecken, aber es mangelte ihr an Kraft, den steten Kampf gegen die Nebel zu gewinnen. Zäh und klebrig hingen sie über den Sümpfen und krochen ins Ödland hinein. Man musste sich schon gut auskennen, um sich nicht zu verirren, wenn man von so einer Schwade überrascht wurde. Rowena allerdings fürchtete sie nicht. Sie ließ sich von ihrem

Instinkt leiten, wenn die Augen sie trügen wollten. Dennoch, wenn der Nebel dichter würde, konnte es sehr schwer werden, die Braune aufzuspüren. Gerade als ihr dieser Gedanke durch den Kopf ging, hörte sie ein entferntes Blöken. Diese Stimme hätte sie aus Tausenden heraus erkannt. Rowena drehte den Kopf und lauschte. Ein weiteres Blöken. Es kam aus dem Strauchwerk, hinter dem sich eine der saftigsten Wiesen des Umkreises befand. Hätte sie sich doch gleich denken können: von wegen verirrt. Das Luder ließ es sich bloß schmecken. Rowena packte ihren Schäferstab und schritt aus.

»Heute Nacht bleibst du im Pferch«, schwor sie der Braunen leise. Dann rief sie das Tier mit lockender Stimme. Sie bog um die Hecke und verharrte staunend: Die Braune hatte sich Gesellschaft gesucht. Sie graste Nase an Nase mit einem Pony, dessen Fell bleich war wie der Nebel. Rowena überlegte, was sie tun sollte. Dieses Tier hatte sie hier noch nie gesehen. Ganz sicher gehörte es keinem der Nachbarn. Es trug auch weder Zaum noch Geschirr. Ein wildes Pony, schloss sie. Vielleicht war es aus dem Norden hierhergewandert. Dem Recht nach war es herrenlos, und jedem, dem es gelang, ihm ein Halfter anzulegen und es mit sich zu nehmen, durfte es sein Eigen nennen.

Ein Pony frisst nicht viel und würde Bran die Arbeit erleichtern, dachte Rowena. Ihr Gatte müsste die schweren Waren nicht mehr auf dem eigenen Rücken in die Stadt schleppen, und vielleicht konnte man dem Tier sogar beibringen, den Handkarren zu ziehen. Im nächsten Moment stand ihr Entschluss fest. Sie würde versuchen, das Tier einzufangen. Aber wie? Die wilden Ponys waren scheu und ergriffen bei der kleinsten Bedrohung die Flucht. Sie könnte versuchen, es vorsichtig in die eingefriedeten Weiden zu treiben. Futter und gutes Zureden würden es dann schon zum

Haus locken. Sehr langsam trat die Farmersfrau aus dem Gebüsch heraus.

Die beiden Tiere hoben den Kopf. Die Braune war sichtlich erfreut, und der Schimmel machte fast den Eindruck, als hätte er sie erwartet. Er wieherte und scharrte mit den Füßen. Langsam näherte sich Rowena. Das Pony ließ sie bis auf zehn Schritte heran, dann trabte es davon, blieb jedoch nach wenigen Metern stehen, sah sich um und wartete. Die Farmerin wagte ihr Glück ein zweites Mal – und genau das gleiche passierte. Rowena wunderte sich. Wie merkwürdig: Es machte fast den Eindruck, als wollte das Pony sie dazu bringen, ihm zu folgen. Kopfschüttelnd ging die Farmerin hinter dem kleinen Pferd her, das sie immer tiefer in den Nebel hineinführte, genau auf die Sümpfe zu. Rowena stieg der würzige Geruch bereits in die Nase. Sie konnten sich nicht weit von der Stelle befinden, die Bran im letzten Frühjahr trockengelegt hatte, um dort Torf zu stechen. Weiter in die Sümpfe würde sie dem Pony nicht folgen. Das Land dahinter war nicht sicher. Das Pony schien jedoch sein Ziel erreicht zu haben. Es senkte den Kopf ins Gras und schien an irgendetwas zu schnuppern. Zuerst konnte Rowena nichts erkennen, doch dann war da etwas kleines Weißes.

Ein Fohlen!, dachte sie sofort.

Sie blieb stehen und stützte sich auf ihren Schäferstock, während sie die Szene vor ihr beobachtete. Das Pony stupste das armselige Bündel vorsichtig mit den Nüstern an. Es bewegte sich nicht. Ob es tot war? Erfroren vielleicht? Die Nacht war kalt und feucht gewesen. Kein gutes Wetter für ein junges, entkräftetes Tier. Das Pony hob den Kopf und schaute zu Rowena. Die Frau machte einen kleinen Schritt nach vorne. Das Pony blieb stehen und blinzelte. Die Farmerin ging weiter, kam näher und näher. Plötzlich wurde ihr klar, dass das, was da am Boden lag, kein Fohlen, auch kein Jährling sein konnte: Das Pony hatte sie zu einem Kind geführt. Mit einem kurzen Aufschrei stürzte sie voran. Ihr Herz klopfte aufgeregt, als sie sich hinkniete. Es war ein vielleicht zwölfjähriges Mädchen, und es trug kaum mehr als ein klammes Hemd. Besorgt strich Rowena ihm über die blassen Wangen. Sie fühlten sich kalt an. Das Kind war vollkommen unterkühlt, aber es lebte.

»Was bist denn du für ein armes Engelchen«, flüsterte die Farmerin und sah zu dem Pony. »Sie gehört zu dir, nicht wahr? Woher kommt ihr beiden nur? Aus der Gegend sicher nicht, denn da wären wir uns schon begegnet.«

Entschlossen schlang sie ihre Arme um das Mädchen und hob es auf. Es war leicht. Rowena legte ihren weiten, wollenen Mantel so um sich herum, dass das Mädchen nun ebenfalls von ihm verhüllt wurde. Das würde zumindest ein bisschen Wärme spenden. Dann machte sie sich auf den Rückweg. Das Getrappel hinter ihr verriet, dass das Pony ihnen folgte, und sogar die Braune schloss sich ihnen an.

Bran war schon weg, als sie die Hütte erreichte, doch Rowena wusste auch so, was zu tun war. Lämmer, die der Frost berührt hatte, durfte man nicht sofort und zu schnell erwärmen. Was für Schafe stimmte, konnte für den Menschen auch nicht verkehrt sein. Besser also das Kind nicht direkt zum Feuer legen. Rowena bettete das Mädchen auf die Schaffelle, die normalerweise ihr und ihrem Gatten als Nachtlager dienten, und hüllte es in wollene Decken. Dann stürmte sie zu ihren Schafen. Zum Glück hatte die große Weiße spät im Jahr gelammt, sodass der Melkeimer bereits nach kurzer Zeit mit Milch gefüllt war. Zum Dank kraulte Rowena das Tier hinter den Ohren, während sie das weiße Pony beobachtete, das ihr bis zum Haus gefolgt war und nun vor dem Schafpferch stand. Sehnsüchtig blickte es zu dem duftenden Heu, das neben Rowena lag.

»Du möchtest wohl auch etwas abhaben?«, fragte sie leise, stellte den Melkeimer beiseite, griff einen Arm voll Futter und warf es über den Zaun. Ein dankbares Schnauben begleitete sie auf ihrem Weg zurück ins Haus. Mit routinierten Handgriffen gab sie etwas Milch in einen Topf, erwärmte sie und süßte sie mit einem dicken Tropfen Wildbienenhonig. Während sie umrührte, fiel ihr Blick unweigerlich auf das Mädchen. Es hatte Haare wie ein Engel und ein Gesicht unschuldig wie das der heiligen Jungfrau, an die sich Rowena jede Nacht wandte, damit sie ihr doch noch ein Kind schenkte. War das die Antwort auf ihre Gebete? Wenn ja, so wollte sie dieses Geschenk dankbar annehmen. Andererseits konnte dieses Mädchen doch nicht vom Himmel heruntergeflogen sein. Seine Beine waren voller getrocknetem Torf. Kein Zweifel: Es kam aus den Sümpfen. Ein Elfenkind? Oder ein Irrlicht, das Gnade gefunden hatte und als Menschlein auf die Welt zurückgekommen war? Schließlich hieß es, dass das Moor alles, was es einmal verschlungen hatte, irgendwann wieder hergab. Genau so musste es sein. Nicht der Himmel hatte Rowena beschenkt, sondern das Moor. Doch was machte das für einen Unterschied? Jetzt galt es erst einmal, das Mädchen in dieser Welt ankommen zu lassen. Die Farmerin hielt sich den Becher an die Wange. Die Honigmilch hatte genau die richtige Temperatur. Ganz vorsichtig flößte die rothaarige Frau dem Mädchen das Getränk ein, das willig schluckte. Ein gutes Zeichen.

Mit dem Abend kam das Fieber. In der Nacht fürchtete Rowena, das Mädchen könnte doch noch sterben. Sie zündete eine Kerze an und ließ sie brennen, während sich das Kind im Fieber wimmernd hin und her warf. Jeden Tag besuchte die Farmerin das Pony und erzählte ihm, wie es um das Mädchen stand, während es ihm Heu vorlegte. Es hatte keinen einzigen Versuch unternommen, wieder in das Ödland zurückzulaufen. Schließlich ließ es sich sogar von Rowena in den kleinen Schuppen führen, der eigentlich für den neuen Bock vorbereitet war. Am Morgen des dritten Tages lag das Mädchen zwar immer noch bewusstlos auf seinem Lager, doch zumindest war das Fieber gesunken. Rowena schöpfte Hoffnung.

Mittags kehrte Bran zurück. Er hatte einen Suffolk-Bock an der Leine, der zwar betagt wirkte, aber prächtig zu ihren Schafen passen würde. Als Bran ihn in den Anbau sperren wollte, stellte er verwundert fest, dass sich darin ein Pony befand. Er zog die Augenbrauen zusammen.

»Wo hast du das denn gefunden, Frau?«

»Im Ödland, dort, wo du entwässert hast. Es stand plötzlich da, als hätte das Moor es ausgespuckt. Und es war nicht allein.«

»Nicht allein?«, wiederholte Bran und zog dabei die Silben in die Länge, wie er es immer tat, wenn ihn etwas verwirrte. Rowena lächelte. Bran war gutherzig und bärenstark, aber nicht immer der Schnellste im Kopf.

»Ich erzähle dir gleich alles, aber jetzt lass uns erst überlegen, wo wir den Bock unterbringen.«

»Er hat uns fast so viel gekostet, wie die ganze Butter und das Schaffell zusammen eingebracht haben.«

Rowena betrachtete das Tier anerkennend. Der Bock stand geduldig da, aber er warf eindeutig sehnsüchtige Blicke zu den Schafen im Pferch. Die wollpelzigen Damen ihrerseits drängten sich neugierig am Gatter und blökten keck. »Ich glaube, es zieht ihn dort hinüber, und er wird schon erwartet.«

Ihr Gatte brummelte etwas Unverständliches und schaute

auf den neuen Zuchtbock. Der blinzelte aus seinen dunklen Schafsaugen erwartungsvoll zu ihm hoch. Keine Frage, Rowena hatte recht, aber normalerweise ließ Bran den Bock erst später zu den Schafen, damit die Lämmer im Frühling zur Welt kamen, wenn es warm war und sie die Sonne eines ganzen Sommers genießen konnten. Bran zuckte mit den Schultern und gab nach. Er führte seinen Neuerwerb zum Pferch, und das Blöken schwoll an. Die Schafe sprangen aufgeregt umher. Mit einem breiten Grinsen im Gesicht, öffnete der Farmer das Gatter. Der Bock hüpfte erfreut zu seiner neuen Herde. Rowena trat neben ihren Mann.

»Es ist ein prächtiger Bursche«, meinte sie lächelnd und legte den Arm um Bran, der sie um zwei Köpfe überragte. »Ich glaube, er wird sich hier wohlfühlen.«

Bran küsste sie auf den Scheitel und flüsterte: »Als ob es irgendjemand gäbe, der sich bei dir nicht im siebten Himmel glaubt.«

Eine Weile standen sie schweigend nebeneinander und sahen zu, wie die Schafe das neue Herdenmitglied begrüßten. Eines nach dem anderen trat vor und schnupperte oder rieb sogar seinen Kopf an dem mächtigen Bock, der die Begrüßung würdig wie ein echter Gentleman entgegennahm.

»Die Schafe mögen ihn«, stellte Rowena fest. »Er ist sanftmütig, kein Rüpel, der schubst und sich beweisen möchte. Wie hast du ihn bloß gefunden?«

»Niemand sonst wollte ihn«, gestand ihr Mann. »Der Abdecker hatte bereits um ihn zu feilschen begonnen, als ich ihn entdeckte. Er ist zwar schon betagt, aber sein Besitzer hat Stein und Bein darauf geschworen, er brächte die besten Lämmer des ganzen Countys.«

»Davon bin ich überzeugt. Gut, dass du ihn mitgenommen hast. Aber jetzt muss ich dir etwas zeigen.«

Auf dem Weg in die Hütte erzählte seine Frau von dem Pony und wie es sie zu dem Mädchen geführt hatte.

Der Riese schien sich nicht bewegt zu haben. Jedenfalls stand er immer noch am selben Fleck, als Agnes die Augen erneut aufschlug. Sie fühlte sich viel besser, und zu ihrem Erstaunen befand sie sich noch immer in der Hütte. Sehr langsam und mit klopfendem Herzen richtete sie sich auf.

»Row«, rief der Riese mit einer zwar gedehnten, aber doch ganz und gar menschlichen Stimme.

Holzschuhe klapperten über den festgestampften Lehmboden. Die Frau mit den roten lockigen Haaren und dem freundlichen Gesicht schob den Riesen beiseite. Sie betrachtete das Mädchen, dann sagte sie: »Nun, da bist du ja wieder, und besser siehst du auch aus.«

Eine Hand legte sich prüfend auf Agnes' Stirn. Scheinbar war die Frau mit dem Ergebnis zufrieden, denn sie nickte, bevor sie weitersprach: »Magst du etwas? Ein Schüsselchen Hirsebrei vielleicht? Oder nein, ich weiß etwas viel Besseres: Ich habe gebacken. Du könntest ein wenig Brot in gesüßte Schafmilch eintunken. Das würde dich stärken.«

Diese Welle aus Fürsorge überrollte Agnes. Scheu blinzelte sie der Frau zu. Die Frau blickte zu ihrem Mann und verstand, dass seine gewaltigen Ausmaße Agnes Angst einjagten.

»Such dir doch mal einen Hocker, Bran.«

Der Riese gehorchte widerspruchslos. Der dreibeinige Schemel, den er zu sich heranzog, wirkte viel zu schwach, um einen solchen Mann tragen zu können. Das Holz ächzte, aber mehr passierte nicht. Die rothaarige Frau schob sich erneut nach vorne. Ihre grünen Katzenaugen schauten gütig auf das Mädchen herab. So freundlich konnte eine Hexe eigentlich nicht sein – und doch, warum sollten sich wildfremde Menschen ihrer ohne Hintergedanken so annehmen? Agnes fühlte, wie ihre Hand ergriffen und vorsichtig getätschelt wurde.

»Du brauchst dich nicht zu fürchten, Kind. Wir sind zwar einfache Farmer, aber gottesfürchtige Menschen«, flüsterte die Frau sanft.

Agnes erwiderte nichts. Sie suchte erneut in Rowenas Augen nach einem Zeichen von Falschheit, doch sie fand nichts anderes als Güte darin.

»Wir sind überglücklich, dass es dir besser geht«, fuhr die Frau fort. »Wenn das Pony nicht gewesen wäre, wärst du da draußen gewiss erfroren.«

Plötzlich spülte die Erinnerung Agnes zurück nach London. Sie durchlebte erneut die Flucht aus der großen Stadt, ihre Sorge um Peter, die Panik, als sie beinahe im Moor versunken wäre. Ihr wurde schwindelig, und sie musste die Augen schließen, so sehr purzelten die Bilder durch ihren Kopf. Die ganze Zeit hielt die Frau ihre Hand und streichelte ihre Finger.

»Das Pony«, flüsterte Agnes, als sie sich wieder beruhigt hatte. »Ist es denn auch hier?«

»Natürlich«, bestätigte die Frau, »und wenn wir es gelassen hätten, wie es wollte, stünde es jetzt hier an deinem Bett.«

Agnes versuchte sich aufzurichten, sank jedoch augenblicklich zurück in ihr Kissen.

»Es befindet sich draußen im Stall«, fuhr die Frau fort. »Wir besuchen es, sobald es dir besser geht.«

Sie ließ Agnes' Hand los, stand auf und fachte das Feuer mit einem Blasebalg an. Gleich danach kam sie mit einem Becher Honigmilch und einer Schüssel klein geschnittenem Brot zurück.

»Jetzt iss erst einmal, und verrate mir deinen Namen,

denn ich kann ja nicht immer ›Täubchen‹ zu dir sagen. Ich heiße übrigens Rowena, Row für meine Freunde.«

»Agnes«, flüsterte das Mädchen. »Ich heiße Agnes und danke dir für alles.«

Ein Strahlen ging über das Gesicht der Frau. »Was für ein anständiges Kind«, warf sie ihrem Mann über die Schulter hinweg zu. »Das Schicksal meint es endlich gut mit uns, Bran.«

Der Mann, von dem Agnes nun wusste, dass er Bran hieß, so wie der Riese, der der Sage nach auf der großen Insel Irland gelebt und sie beschützt hatte, nickte. Seine Rechte, groß wie ein Teller, fuhr nach oben und kratzte den struppigen Bart. Dann erhob er sich. »Ich geh nach draußen und seh nach den Schafen«, erklärte er in seiner gedehnten Sprechweise und verschwand. Agnes fühlte sich erleichtert, als er fort war. Sehr langsam begann sie zu essen.

»Er ist eine gute Seele«, betonte Rowena noch einmal.

»Was hast du damit gemeint, dass das Schicksal es endlich gut mit euch meint«, erkundigte sich Agnes vorsichtig zwischen zwei Happen.

Rowena strich die Wolldecke glatt, die über Agnes' Beine gebreitet war, und schwieg ungewöhnlich lange. »Weißt du«, begann sie schließlich, wobei ihre Stimme zitterte, »Bran und ich, wir sind uns von Herzen zugetan, aber etwas fehlte immer zu unserem Glück.«

Agnes betrachtete das Brot in ihrer Hand und überlegte, was die Frau wohl gemeint haben könnte. Sie hatten diese Hütte, ganz offensichtlich genug zu essen, um es sogar teilen zu können, und eine Arbeit, die sie zufriedenstellte.

Rowena faltete die Hände über ihrem Bauch. Sie waren rot von der Hitze des Kochens. Braune Sprenkel und Furchen überzogen den Handrücken, und unter den Fingernägeln klebten Teigreste. Das Schweigen breitete sich immer mehr im Raum aus, klebte wie getrockneter Hirsebrei in den Winkeln der Hütte. Auf einmal wusste Agnes, was in diesem Heim fehlte: Der Widerhall von Kinderlachen und das Trippeln kleiner Füßen.

Zögerlich legte Agnes ihre Hand auf Rowenas Knie. Ihre Blicke trafen sich. Keiner brauchte mehr etwas zu sagen.

Kapitel 7

Agnes döste. Das wohlige Gefühl eines gefüllten Magens hatte sie schläfrig gemacht. Gleichzeitig ließ Rowenas Geständnis, dass ihre Ehe nicht von Kindern gesegnet worden war, Agnes' Gedanken kreisen. Sie endeten immer wieder bei einer Frage, ob das Schicksal sie zu einem neuen Zuhause geführt hatte? Agnes stellte sich vor, wie es wäre, hier zu leben, bei dieser rothaarigen Frau mit den freundlichen, immer ein wenig besorgt blickenden Augen. Sie sah die rauen, von Arbeit zerfurchten Hände vor sich, die fürsorglich und energisch zugleich sein konnten. Und sie sah das Lächeln, das nicht nur von Rowenas Lippen, sondern auch aus ihren Augen strahlte. Bestimmt würde sich hier auch Peter wohlfühlen. Er konnte das Schäferhandwerk lernen und würde immer an der frischen Luft sein. Das würde ihm guttun. Dann fiel Agnes ein, dass das Ehepaar noch gar nichts von ihrem Bruder wusste. Es war Zeit, von ihm zu erzählen.

Während Rowenas leises Summen Agnes in den Schlaf begleitete, beschloss das Mädchen, sich der rothaarigen Frau anzuvertrauen. Sie würde ihr bestimmt helfen. Vielleicht würde sie Bran überreden, nach London zu gehen. Vor so einem Riesen würde sich selbst Mrs. Bones fürchten und ihm Peter widerstandslos überlassen.

Schwere Schritte dröhnten dumpf in Agnes' Träumen.

Bran nahm eine Sense von der Wand und schwang sie durch die Lüfte, woraufhin Mrs. Bones kreischend flüchtete. Der Geruch von Schafdung kitzelte in Agnes' Nase, und sie erwachte. Ein scharrendes Geräusch veranlasste sie, die Augen ganz zu öffnen. Sie entdeckte Bran, der in einem von der Wohnstube durch ein kleines Mäuerchen getrennten Bereich mit einer Schaufel zugange war. Agnes schloss rasch wieder die Augen, als er sich zu ihr umdrehte. Die Hintertür wurde knirschend geöffnet. Ein eisiger Nordwind fauchte kurz durch den Raum, um gleich danach wieder ausgesperrt zu werden. Agnes kroch tiefer unter die Decke und schlief kurz danach wieder ein.

Als sie erwachte, war sie allein. Sie rieb sich die Augen, richtete sich mühsam auf und spähte umher. Die winzige Hütte war von oben bis unten vollgestopft mit Gerätschaften, die entweder aufgereiht an der Wand standen oder an Nägeln baumelten. Über dem großen Herd, dessen Torffeuer ein schwaches dunkelrotes Licht verbreitete, hingen ein Topf und Essgeschirr. Die beiden einzigen Fenster waren wegen der Winterkälte mit Brettern und Lehm verschlossen. Auf einem langen Brett darunter türmten sich winzige, schrumpelige Äpfel. Von den Decken hingen zu festen Büscheln gebundene Sträuße mit getrockneten Pflanzen, die nach heißen Sommertagen dufteten. Agnes sog die Luft ein und erkannte Minze und Kamille. Beides hatte ihre Mutter stets im Haus gehabt. Sie hatte daraus Tee gekocht und damit Bauchgrimmen und Halskratzen behandelt. Die Erinnerung machte Agnes bewusst, wie durstig sie war. Sie sah sich um und entdeckte einen Krug auf dem kleinen hölzernen Tisch. Gewiss würde sie darin Wasser finden. Das Mädchen krabbelte aus dem Bett. Schwankend stand es da und stützte sich mit der Hand an der Wand ab. Die Füße wollten es nicht wirklich tragen. Seine ganze Kraft aufbietend tastete sich das Mädchen an der Wand entlang. Sie benötigte eine gefühlte Ewigkeit, bis sie den Tisch erreicht hatte. Erschöpft ließ sie sich nieder und setzte den Krug an die Lippen. Kühles Wasser strömte erfrischend in ihre Kehle.

Als empörtes Blöken hinter dem Mäuerchen ertönte, hätte sich Agnes beinahe verschluckt vor Schreck. Sie tappte vorsichtig in die Richtung, stellte sich auf die Zehenspitzen und entdeckte einen winzigen Schafstall. Zwischen den Holzlatten blinzelten sie aus einem kantigen, weißen Kopf große, dunkle Augen an. Das große braun-weiße Schaf rülpste frech. Gleich daneben stand auf wackeligen Beinchen eine kleinere Ausgabe: ein schlappohriges Lamm. Das Mädchen fand es sonderbar, dass die Farmer Tiere im Haus beherbergten. Zwar war es auch in London üblich, Tiere zu halten – meistens Ziegen oder Schweine –, aber dafür baute man kleine Verschläge und Pferche außerhalb der Wohnstube. Andererseits war es durchaus praktisch, das Schaf in der Nähe zu haben, so musste Rowena die Hütte nicht verlassen, um an frische Milch zu kommen.

Langsam anschwellendes Gemurmel von draußen riss Agnes aus ihren Überlegungen. Das Ehepaar kehrte zurück. Die Stimmen drangen gedämpft durch die Wand. Rowena würde gewiss schimpfen, wenn sie Agnes in Hemd und mit bloßen Füßen hier sah. Das Mädchen tastete sich zum Bett zurück. Dabei musste sie an der Tür vorbei. Die Stimmen von draußen wurden deutlicher, und als Agnes schon fast in ihrem Bett war, hörte sie Bran sagen: »Wir müssen das Mädchen zurückbringen. Es kann hier nicht bleiben.«

Erschrocken ließ sich Agnes ins Bett fallen und zog die Decke über den Kopf. Als die Tür aufging, stellte das Mädchen sich schlafend.

»Wir können es nicht länger geheim halten«, sagte Bran und schaute mit einem Ausdruck des Bedauerns zu seiner Frau hinüber, die gerade eine große Portion Heu von der Scheune auf den Schubkarren lud, um es zu den Schafen hinüberzubringen. Sie hatte sich den Wollschal tief ins Gesicht gezogen, um dem unerbittlichen Wind zu trotzen, der um das kleine Farmhaus fegte. »Wer weiß, was man uns vorwirft, wenn man das Mädchen hier entdeckt. Wir müssen es melden.«

Rowena drückte das Futter fest in das Gefährt und schüttelte vehement den Kopf. »Sie ist immer noch schwach. Was, wenn sie uns am Ende doch noch stirbt? Was würde man uns *dann* nachsagen? Dass wir schuld sind an ihrem Tod?« Entschlossen packte sie die Griffe des Schubkarrens und machte sich auf den Weg zum Schafpferch neben der Scheune.

»Unsinn«, rief Bran ihr hinterher. »Das Kind ist überm Berg. Es ist an der Zeit, die Eltern ausfindig zu machen und es zurückzugeben. Denk doch nur an ihre Mutter. Bestimmt weint sie sich die Augen aus dem Kopf.«

Rowena öffnete das Gatter und kippte ihre Fracht auf den Boden. Hungrig stürzten sich die Schafe auf das Futter. »Sie gehört zu niemandem, sonst hätte das Moor sie uns nicht geschenkt.«

Bran lehnte sich gegen die Bretterwand der Scheune und schüttelte energisch den Kopf. »Die Sümpfe gebären keine lebenden Wesen.«

Rowena knallte das Gatter zu. Ihre Haltung war die einer Königin, die keinen Widerspruch duldete. »Woher willst du das wissen? Ich bin hier geboren, genau wie meine Mutter und deren Mutter, und ich sage dir: Das Moor steckt voller Geheimnisse. Du bist ein Waliser und verstehst nichts davon.«

Bran senkte den Kopf. Einmal an diesem Punkt angekommen, war jede weitere Diskussion sinnlos. Es traf zu, dass er einst als Fremder ins Sommerland gekommen war, aber das war schon so lange her, dass Kinder, die in jenem Sommer geboren worden waren, schon selbst wieder Nachwuchs bekamen. In all den Jahren hatte es keinen Tag gegeben, an dem ihn seine Schritte nicht ins Moor geführt hätten. Er hatte dem Ödland Weiden für die Schafe und Torf für das Feuer abgerungen, verirrte Tiere aus dem tückischen Sumpflöchern gerettet und dem Nebel getrotzt. Er kannte inzwischen jeden unter dem Wasser verborgenen Pfad, jedes Tier, jede Pflanze. Nirgendwo und zu keiner Zeit hatte ein Elf, ein Wicht oder irgendein Moorgeist seinen Weg gekreuzt. Sicher hallten zuweilen grausig anmutende Schreie aus dem Sumpf, aber sie stammten von Eulen und anderem Getier. Und die Lichter, die nach Rowenas Meinung von niederträchtigen Wesen entzündet worden waren, um arglose Wanderer ins Verderben zu locken, wurden von den fauligen Gasen hervorgerufen, die aus den Moorlöchern aufstiegen. Schon ein paar Mal hatte Bran es ihr bewiesen, aber seine Frau hielt ihn für naiv und bestand eisern auf ihrem Glauben, dass das Ödland von guten wie bösen Geistern beseelt war.

»Frau, du steigerst dich zu sehr in diese Sache rein«, sagte er jetzt. »Eines nicht mehr allzu fernen Tages wirst du Agnes hergeben müssen, und ich fürchte, dass es dir das Herz brechen wird.«

»Niemand wird kommen, sie einzufordern. Ich kenne jedes Gehöft in der ganzen Grafschaft und weiß von seinen Kindern, habe ich doch so manchem Würmchen selbst mit auf die Welt verholfen. Nirgendwo ist mir ein Mädchen mit flachsblonden Locken wie dieses untergekommen.«

»Kinder tauchen nicht einfach aus dem Moor auf«, brummelte Bran zum hundertsten Mal und griff nach der Mistgabel.

»Dieses schon. Agnes wird hierbleiben. Sie wird all das lernen, was ich von meiner Mutter gelernt haben, damit das alte Wissen ums Moor nicht verloren geht.«

Rowenas Hand strich eine der widerspenstigen Locken zurück unter das Tuch, eine Geste, die ihrem Mann bedeutete, dass es genug war. Der Riese klopfte sich das Heu aus dem wollenen Mantel, woraufhin ihn kleine Staubwölkchen einhüllten, sodass er niesen musste. Er würde nicht nachgeben. Diesmal nicht. »Morgen gehen wir und melden das Kind.«

Rowena zog die Augenbrauen zusammen, während sie den Schubkarren an seinen Platz zurückstellte. Sie hob einen Eimer auf und füllte ihn mit einer Handvoll Gerste. Dann ging sie zum Ponystall hinüber. Bran atmete tief ein. Sie wollte doch nicht etwa dem Pferd das wertvolle Getreide verfüttern? Tatsächlich. Seine Frau hielt dem Schimmel den Eimer vor die Nase. Bran hörte das Geräusch mahlender Kiefer und schluckte. Ihm war klar, dass seine Frau ihn ärgern wollte. Schließlich hatte sich das Pony bislang als recht störrisch erwiesen. Statt für sein Futter zu arbeiten, weigerte es sich hartnäckig, weiter als zwanzig Schritt vom Haus fortzugehen. Bran bemerkte, wie Rowena ihn aus den Augenwinkeln beobachtete, doch er würde auf ihr Spiel nicht eingehen. Ohne ein weiteres Wort drehte er sich um und verschwand in seiner kleinen Werkstatt.

»Wie wäre es, wenn ich zur Spinnstube gehe und mich erkundige«, lenkte Rowena ein, als er nach einer Weile wieder herauskam. Sie hatte trotz der Kälte ganz offensichtlich auf ihn gewartet. »Dort kommen alle Frauen des Ödlands hin, um ihre Wolle zu bearbeiten. Wenn wirklich irgendwo ein Kind verschwunden ist, werde ich es da gewiss erfahren, und wir sparen uns den weiten Weg zur Amtsstube.«

Bran war noch nicht bereit nachzugeben. Er packte den Hammer, den er mitgebracht hatte, mit beiden Händen und begab sich mit langen Schritten zum Schafpferch.

»Zudem geht es der kleinen Agnes schon viel besser«, fuhr Rowena fort, während sie ihm nachlief. »Sie wird uns ihre Geschichte bald selbst erzählen.«

Der Farmer schlug dröhnend einen Nagel in eine Latte, obwohl sie gar nicht locker aussah. Der Hammer sauste mit solcher Wucht gegen das Holz, dass es splitterte und gänzlich zerbarst. Bran fluchte, hob die Latte auf, die zu Boden geknallt war, hielt sie wieder an den Pfosten und trieb einen neuen Nagel hinein. Dann spürte er, wie Rowena den Kopf an seine Schulter legte und ihn in die Arme nahm. Sein Zorn verpuffte augenblicklich.

»Na gut«, murmelte er.

Stürmisch küsste ihm Rowena den Hals, wofür sie sich auf die Zehenspitzen stellen musste. »Du bist der Beste«, rief sie und drückte ihn fest.

Hand in Hand gingen sie zurück zur Hütte, doch bevor sie eintraten, hielt Bran sie noch einmal zurück. »Aber wenn du etwas herausfindest, musst du es mir auch sagen, Row. Wir können nicht einfach ein wildfremdes Kind behalten. Es hat seinen Platz auf der Welt, und nur dort darf es bleiben.«

Ritsch-ratsch, ritsch-ratsch. Das Schnitzmessers schnitt scharf und unablässig wie das Ticken einer Uhr in das helle Birkenholz. Seit Agnes Bran hatte sagen hören, dass er sie zurückbringen möchte, fühlte sie sich in seiner Gegenwart nicht mehr wohl. Der Farmer wollte sie hier nicht haben. Agnes war furchtbar enttäuscht. All ihre Hoffnungen waren dahin. Das Ehepaar würde ihr und Peter nicht helfen, dabei hätte es das bestimmt gekonnt. Was hatte Agnes nur falsch gemacht, dass Bran sie nicht mochte? Denn dass Rowena in dieser Sache anderer Meinung war, davon war Agnes überzeugt. Rowenas Augen leuchteten jedes Mal, wenn sie das Mädchen ansah, genau wie damals die Augen ihrer Mutter, nachdem Peter geboren worden war. Und ihr Vater erst! Agnes musste lächeln, als sie daran dachte, welchen Freudentanz er nach Peters Geburt aufgeführt hatte. Kein Wunder – alle Väter wünschten sich Söhne, die eines Tages in ihre Fußstapfen traten. Die ganze Familie war eingeladen worden, den Stammhalter zu feiern. Alle waren sie stolz auf den Kleinen gewesen. Die Gäste waren Schlange gestanden, nur um einmal in die Wiege sehen oder den Knaben halten zu dürfen. Und jetzt? Niemand wollte sie und Peter mehr. Sie zählten weniger als ein Schaf!

Agnes wischte eine Träne weg und unterdrückte ihr Schniefen. Sie hatte sich alles so schön ausgemalt. Das Mädchen hatte davon geträumt, Seite an Seite mit Rowena das Moor zu erkunden, während sie Kräuter und Beeren sammelten, es hätte all die Tiere und Pflanzen kennengelernt und natürlich alles über Schafzucht erfahren. Agnes wäre gewiss niemandem zur Last gefallen, sondern hätte geholfen, wo sie nur konnte. Aber was nutzten all die guten Vorsätze, wenn Bran sie loswerden wollte? Das hatte sie sofort gemerkt. Allein schon, wie er sie immer anstarrte. Grimmig. Nein, grollend. Nun war er ausgeträumt, der Traum. Ganz egal, was Rowena sich wünschte, Bran würde sich durchsetzen. Sobald er wusste, woher Agnes stammte, würde er sie von hier wegreißen, nach London zerren und an Mrs. Bones ausliefern. Was die dann mit ihr machen würde, wollte sich Agnes lieber gar nicht erst vorstellen. Ganz sicher würde sie Prügel beziehen und nichts zu essen bekommen. Man würde sie einsperren, und Mrs. Bones würde in Zukunft zu verhindern wissen, dass sie weglief. Was aber am Schlimmsten war: Peter würde mit Mr. Chimneys gehen müssen und sterben …

Agnes vernahm das gleichmäßige Ritsch-Ratsch des Schnitzmessers. Es hörte sich an, als würde Gevatter Tod bereits seine Sense schärfen. Verstohlen lugte sie zu dem großen Mann hinüber, der am Tisch saß und ganz in seine Arbeit versunken war. Seine großen Hände drehten das Holzstück geschickt hin und her, während er mal auf der einen, mal auf der anderen Seite einen Span abnahm, der dann leise zu Boden segelte. Der Farmer schien die Anwesenheit des Mädchens vergessen zu haben. Dann jedoch spürte er wohl seinen Blick, denn er hob kurz das Kinn und musterte Agnes, worauf sie sich hastig unter der Wolldecke verbarg.

Sie war allein mit dem großen Mann. Rowena hatte sich bei Tagesanbruch den mit roher Schafwolle bepackten Buckelkorb auf den Rücken geschnallt und sich von ihnen verabschiedet. Bran hatte einen Kuss bekommen. Zu Agnes hatte sich die Farmersfrau heruntergebeugt und ihr erklärt, dass sie zum benachbarten Hof hinübergehen wollte, um die Rohwolle zu verspinnen. Das würde bis weit in die Nacht dauern, weshalb sie erst am nächsten Tag zurückkehren würde. Agnes bräuchte sich aber nicht zu fürchten, da Bran hier bei ihr blieb. Das Mädchen hatte zwar genickt, aber das Herz war ihr schwer geworden. Der Farmer hatte kurz genickt, aber kein einziges Wort gesprochen. Auch den ganzen Vormittag hatte er geschwiegen und immer nur geschnitzt. Agnes ihrerseits hatte ihn nicht aus den Augen gelassen, da es für sie ganz offensichtlich war, dass er sie nicht mochte. Am Ende würde er Rowenas Abwesenheit noch nutzen, um sie loszuwerden. Dann konnte er Rowena gegenüber behaupten, sie wäre weggelaufen.

Agnes seufzte leise. Vielleicht sollte sie das sowieso tun. Es war immerhin besser, als darauf zu warten, dass der Riese sie zu Mrs. Bones zurückbrachte. Wenn sie es allein bis nach London schaffte, konnte es ihr vielleicht gelingen, Peter zu finden und aus der Stadt zu schleusen ... Peter! Agnes spürte einen Stich im Herzen. Gewiss war er längst wieder Mrs. Bones ins Netz gegangen und steckte im Kellerloch, wo er schmoren musste, bis Mr. Chimneys ihn holen kam. Wie lange war es eigentlich noch bis Weihnachten? Agnes konnte es nicht sagen. Sie hatte die Tage, die sie inzwischen auf der Farm verbracht hatte, nicht gezählt. In jedem Fall wurde es stetig kälter, und immer mehr Schnee rieselte vom Himmel. Nein! Agnes' Entschluss stand in diesem Augenblick fest: Sie konnte nicht mehr viel länger warten. Sie musste die nächstbeste Gelegenheit nutzen, sich fortzuschleichen und Peter zu holen.

Mit einem Mal hatte Agnes keine Angst mehr. Sie kroch unter der Decke hervor und beobachtete den Riesen unverhohlen. Diesmal reagierte er nicht, sondern fuhr konzentriert mit seiner Arbeit fort. Behutsam setzte er das Messer an, nahm hier etwas mehr vom Holz weg, glättete dort lediglich eine Kante. Das Mädchen kam nicht umhin, die Geschicklichkeit dieser riesigen Tatzen zu bewundern. Allmählich konnte man erkennen, woran er arbeitete: ein paar Holzschuhe. Bei dem Anblick wurde Agnes schmerzlich bewusst, dass sie keine mehr hatte. Sie würde barfuß bis nach London laufen müssen. Rowena hatte dem Mädchen zwar ein Paar wollene Strümpfe gegeben, ihre eigenen ganz offensichtlich, denn sie reichten dem Mädchen fast bis zu den Hüften, aber ohne Schuhe nutzten die ihr nichts. Sie musste dieses wunderbare Geschenk unbedingt zurückgeben, denn Rowena war nett zu ihr gewesen, und so jemanden bestahl man nicht.

Plötzlich legte Bran sein Messer zur Seite und erhob sich. »Ich muss die Schafe füttern«, erklärte er brummig. Schnaufend warf er sich den nach Schaftalg stinkenden Mantel über und stampfte zur Tür. Er hatte die Hand schon am Türblatt, als er sich noch einmal zu Agnes umdrehte und sie musterte. Das Mädchen verschränkte die Hände über den Knien und blinzelte tapfer zu ihm hoch. Obwohl es ihr schwerfiel, hielt sie seinem Blick stand. Agnes erwartete eine Drohung, wenigstens aber eine gezischte Ermahnung, dass sie sich nicht wegzurühren habe, doch dann fragte Bran: »Magst du mitkommen?« Seine Stimme klang erstaunlich weich, fast freundlich.

Agnes machte große Augen. War nun der Augenblick gekommen, an dem er sie aus dem Haus jagen würde? Nun denn, sie war bereit. Stumm starrte sie ihn an.

»Ich meine, vielleicht möchtest du mir mit dem Wasser helfen. Es ist alles eingefroren, und die Tiere haben Durst.«

Agnes blieb stumm, was den Riesen ganz offensichtlich irritierte.

»Wir besitzen gute Schafe. Sie geben viel Milch und haben eine feine Wolle. Und einen neuen Bock haben wir auch. Der hat Hörner wie ein Stier. So einen prächtigen Burschen bekommt man selten zu sehen.«

Das Mädchen nickte zögerlich. Auffordernd streckte Bran seine große Hand nach ihm aus. Agnes wurde mulmig zumute. Sie würde dem Riesen nicht zu nahe kommen. Am Ende packte er sie und brach ihr das Genick. Anschließend warf er ihre Leiche in ein Moorloch, wo sie für immer verschwand. Auch Peter wäre dann verloren.

»Ist das Pony auch da?«, fragte sie leise, denn ihr war eine Idee gekommen. Wenn es ihr gelänge, den Rücken des Ponys zu erklimmen, würde er sie niemals einholen können. Sie könnte zudem nach London reiten, was viel schneller ging als zu Fuß, und sobald sie Peter aus dem Kellerloch befreit hatte, könnten sie mit dem Pony fliehen. Mrs. Bones würde schon auf einem Besen hinter ihnen herfliegen müssen, um sie wieder einzufangen.

»Ja, sicher«, antwortete Bran. »Es steht gleich neben dem Schafpferch.«

»Geht es ihm gut?«

»Ich glaube, es vermisst dich. Du hast es wohl schon lange?«

Agnes schüttelte den Kopf. »Eigentlich gehört es mir gar nicht. Es war …« Das Mädchen stockte. Diese Geschichte war so unglaublich, dass niemand sie zu wissen brauchte. »Es war plötzlich da.«

Der Riese nickte bedächtig. »Ein herrenloses Tier also. Das hab ich mir fast gedacht. Früher gab es viele dieser ›Welsh-Ponys‹ in der Gegend, aber jetzt sieht man sie kaum mehr.«

»Warum nicht?«

»König Heinrich VII. ließ alle Ponys unter 14,5 Hands abschlachten. Er hielt sie für nutzlose Fresser, weil sie als Kriegsrösser nicht taugten. Aber er täuschte sich gewaltig.«

Agnes betrachtete Bran. Eine erstaunliche Veränderung war in seinem Gesicht vorgegangen. Kein Zweifel: Seine Augen hatten zu leuchten begonnen.

»Warum?«, wollte Agnes wissen.

»Welsh-Ponys sind klug und stark. Der Sage nach soll eine Herde schneeweißer Ponys plötzlich auf den Hügeln erschienen sein, als die Waliser in höchster Not die heidnische Göttin Rhianna um Hilfe gegen die grausamen Nordmänner anflehten. Die wunderschönen Ponys weckten die Gier der Invasoren. Sie verschonten die Waliser Bauern und begannen den Pferden nachzujagen, um sie einzufangen. Aber die Ponys sprengten davon und lockten die Nordmänner ins Moor, wo die gesamte Streitmacht versank.«

Agnes lief bei dieser Geschichte ein eiskalter Schauer den Rücken herunter. »Was ist aus den Ponys geworden?«

»Ihre Nachfahren streifen noch heute durch die Lande,

immer den Blick zum Meer gerichtet, und halten Ausschau nach den Feinden Wales.«

»Dann beschützen sie also das Land.«

»Na ja«, brummte Bran und senkte den Blick wieder. »Das ist vielleicht etwas übertrieben. Es heißt, sie würden einer reinen Seele in Not ihre Hilfe nicht verwehren. Aber das ist natürlich nur eine Sage, ein Märchen, das man sich an kalten Wintertagen im Schein des Feuers erzählt. Fakt ist jedoch: Jeder echte Waliser schätzt die Ponys und ist stolz darauf, wenn es ihm gelingt, eines zu zähmen, weil sie stark, trittsicher und genügsam sind.«

Agnes nickte. Sie musste daran denken, wie das Pony plötzlich im Nebel aufgetaucht war, als sie drohte, von den Sümpfen verschluckt zu werden, und ihr den Weg zur Insel gewiesen hatte.

»Wollen wir jetzt hinausgehen?«, riss Bran sie aus ihren Gedanken.

»Ja, gut«, antwortete Agnes und krabbelte langsam aus dem Bett. Behutsam zog sie die langen wollenen Strümpfe aus, bis sie barfuß vor ihm stand. Bran betrachtete ihre winzigen Füße. Es dauerte eine Weile, dann bückte er sich – eine Bewegung, die Agnes an einen Baum erinnerte, der sich dem stürmischen Nordwind beugte –, zog ebenfalls Schuhe und Strümpfe aus und reichte ihr seine Pantinen.

»Nimm du die, ich brauch sie nicht«, meinte er und stellte das Paar einfach mitten in den Raum. »Und zieh um Himmels willen die Strümpfe wieder an. Row bringt mich um, wenn sie erfährt, dass ich dich barfuß mit hinausgenommen habe.«

Agnes zögerte. Das klang jetzt ganz und gar nicht danach, dass Bran sie fortjagen oder gar in den Sumpf werfen wollte. Wer überließ schon jemandem, den er loswerden wollte, seine Schuhe? Andererseits schnitzte er sich ganz offensichtlich eben ein neues Paar. Langsam zog sich Agnes wieder an und streifte sich Brans Pantinen über. Erwartungsgemäß verloren sich ihre Füße völlig darin. Sie konnte allerhöchstens schlurfen, und beim Reiten würden sie sofort herunterfallen. Aber ihr blieb keine Zeit, weiter darüber nachzudenken, denn Bran hatte die Türe aufgestoßen. Kalter Wind fegte herein, der sich auf Agnes' Gesicht anfühlte wie tausend Eispfeile.

»Mach schon, bevor uns der Wind das Feuer ausbläst«, drängte Bran.

Agnes zwängte sich unter seinem Arm hindurch nach draußen und merkte, dass er ihr etwas über die Schultern warf. Sie zuckte zusammen, dann aber spürte sie einen wollenen Schal. Das Mädchen wollte sich bedanken, aber Bran war schon an ihr vorbei. Seine weißen Füße hinterließen riesige Abdrücke im Reif. Agnes trippelte hinter ihm her.

Die Schafe waren in einem ans Haus angebauten Verschlag untergebracht, dessen Gatter offen stand. Die Tiere drängten sich an der Raufe und blökten aufgeregt. Bran griff nach einer Heugabel und stach sie tief in das duftende Futter. Mit gekonnter Drehung warf er eine Gabel voll in die Raufe.

»Nimm den Rechen, und kehr das lose Futter zusammen, das von der Gabel fällt«, wies er das Mädchen an.

Agnes tat wie geheißen. Von nun an arbeiteten sie schweigend Hand in Hand. Büschel für Büschel landete bei den Tieren. Das Blöken der Schafe wich einem zufriedenen Kauen, hin und wieder unterbrochen von einem Rülpser, wenn ein Tier sein Futter hochwürgte, um es wiederzukäuen. Brans Augen wanderten von Tier zu Tier. Jedes wurde genauestens inspiziert.

»Das da humpelt«, bemerkte Agnes und wies auf ein kleineres Schaf.

Im nächsten Augenblick war der Mann im Pferch, packte

das Tier, drehte es auf den Rücken und untersuchte die Klauen. Gleich danach hielt er triumphierend einen großen Dorn in die Höhe, der zwischen den Klauen gesteckt hatte. Dann entließ der Farmer das blökende Tier mit einem freundlichen Klaps in die Freiheit und lachte, bevor er seinen mächtigen Körper zwischen den Latten durchzwängte und wieder aus dem Pferch kletterte.

»Du hast ein gutes Auge, Mädchen«, lobte Bran. »Kennst dich wohl aus?«

»Nein, gar nicht, aber ich glaube, ich mag sie einfach«, schwärmte Agnes. »Sie haben wunderschöne Augen.«

»Aber an den Füßen sind sie empfindlich, besonders hier im Moor, wo der Boden feucht ist. Man muss immer aufpassen, dass ihnen die Klauen nicht wegfaulen. Wenn man nicht gleich beim ersten Anzeichen reagiert, gehen sie elendig zugrunde.«

»Wie schrecklich. Passiert so etwas oft?«

»Häufig genug, aber Row kennt einen Kräuteraufguss, der wirkt bei Klauenfäule besser als alles andere.« Stolz und Bewunderung schwangen in Brans Worten. Kein Zweifel, der Farmer hielt große Stücke auf seine Frau. Sein Blick schweifte hinüber zum Ödland, in die Richtung, aus der er sie wohl erwartete. Dunstige Nebelschwaden schwebten über den Birken, streckten ihre Ausläufer Richtung Hütte, fielen aber immer wieder in sich zusammen, sobald sie die trockengelegten Koppeln erreichten.

Agnes trat unruhig von einem Fuß zum anderen. Bei so einem Wetter konnte ihre Flucht rasch wieder im Moor enden, und wer weiß, ob sie es diesmal schaffen würde, den Sümpfen zu entkommen. In jedem Fall würde es schwer werden, zur Straße zurückzufinden.

»Liegt dort drüben das Moor?«, erkundigte sich das Mädchen und wies mit dem Kinn auf die Nebelschwaden.

Der Mann nickte.

»Und dahinter ist die große Stadt«, murmelte sie zu sich selbst.

»Nun, wenn du London meinst, so mag das zwar stimmen, aber man braucht das Ödland nicht zu durchqueren, um dorthin zu gelangen. Es führt ein Weg darum herum. Wie sonst sollten wir auch unsere Waren zum Markt schaffen? Jeder Karren und selbst ein Mensch mit beladenem Buckelkorb würde versinken. Warst du nach London unterwegs, als du vom Weg abgekommen bist? Lebt dort deine Familie?«

Agnes starrte den Riesen an. Sie musste vorsichtiger sein. Energisch schüttelte sie den Kopf. »Gehen wir jetzt zu dem Pony?«, wechselte sie rasch das Thema.

Auch Brans Miene verschloss sich wieder. »Es steht dort drüben.« Er wies mit der Hand zu einem geschlossenen Verschlag, hinter dem es schepperte und krachte. »Wir geben ihm rasch Wasser und Futter, aber viel Zeit haben wir nicht: Die ›Braune‹ ist noch nicht da. Wenn sie nicht kommt, müssen wir schauen, wo sie steckt.«

Agnes sah ihn fragend an.

»Eines der Schafe«, erklärte er beiläufig, nahm einen großen Arm voll Heu und wies auf einen hölzernen Eimer mit Lederschlaufe. »Wasser ist schon drin.«

Artig schnappte das Mädchen sich das Gefäß. Eine dünne Eisschicht glitzerte matt auf der Oberfläche. Sie zerbrach leise klirrend, als Agnes den Eimer zum Stall schleppte. Bran hielt ihr die Tür auf. Sie glaubte, ein tiefes, freundliches Blubbern aus dem Inneren zu hören, und spähte an der Gestalt des Mannes vorbei. Doch erst als sie in die Hocke ging, entdeckte sie struppige, weiße Beine und schließlich ein feines Köpfchen mit großen, dunklen Augen.

»Da bist du ja«, flüsterte das Mädchen und schob sich an

Bran vorbei. Behutsam streichelte Agnes die seidenweichen Nüstern, aus deren Öffnungen warmer Atem strömte. Das Pony drängte sich an sie und begann seinen Kopf an ihr zu reiben. Es roch nach Moor, aber vielleicht kam das auch vom Torf, den Bran als Einstreu verwendete. Agnes stellte den Eimer ab, woraufhin das Pony den Kopf senkte und in tiefen Schlucken trank. Das Mädchen beobachtete fasziniert, wie sich die Muskeln an seinem Hals rhythmisch zusammenzogen und bei jedem Schluck die Ohren ein wenig vor- und zurückwippten. Ohne auch nur ein einziges Mal abzusetzen, trank das Pony, dessen lange Mähne nun den Boden berührte, den ganzen Eimer leer. Als es schließlich den Kopf hob, schnaubte es einen Sprühregen über Agnes und Bran.

»He, he!«, schimpfte der, gab dem Tier einen sanften Knuff in die Seite und wischte sich die Tropfen von der Hose.

Das Pony schüttelte sich. Dann hob es den Kopf und zog die Oberlippe in die Höhe, wodurch es seine Zähne entblößte.

»Du hast ja vielleicht Manieren«, tadelte Bran. »Erst spritzt du uns nass, und dann lachst du uns auch noch aus.«

Das Pony nickte und stampfte mit dem Vorderfuß auf. Genüsslich versenkte es das Maul in dem Heu und fraß.

Agnes fuhr mit den Fingern durch die verworrene Mähne. »Ich sollte es mal bürsten«, sagte sie.

»Später. Jetzt müssen wir erst nach der ›Braunen‹ sehen. Wir können es uns nicht leisten, ein Schaf zu verlieren.«

»Wo könnte es denn sein?«, erkundigte sich Agnes. Sie wäre sehr gerne länger bei dem Pony geblieben, um ihm beim Fressen zuzusehen. Bran jedoch stand bereits an der Tür.

»Das ist schwer zu sagen. Ich fürchte, die Ausreißerin hat sich mal wieder in die Büsche geschlagen. Sie könnte überall sein. Am Besten wir kontrollieren zunächst die Mauern und sehen, wo sie durchgekommen ist.«

Das Mädchen nickte unsicher, ging nach draußen und sah sich um. Das Ödland lag in eisigem Grau vor ihr und verschmolz am Horizont mit den gleichfarbigen Wolken. Wo um Himmels willen suchte man hier ein Schaf? Oder war das nur ein Vorwand, damit Agnes dem Farmer ins Moor folgte? Der Nebel darüber blähte sich auf wie frische Waschlauge. Außerdem würde es bald dunkel werden. Agnes beobachtete, wie Bran die Stalltür sorgsam mit einem Riegel verschloss. Das Pony würde ihr diesmal nicht zu Hilfe kommen können. Dafür hatte der Farmer gesorgt. Für einen Moment war Agnes versucht, zum Haus zurückzulaufen und sich zu verstecken, doch als habe er ihre Gedanken erraten, packte der Riese ihre Hand und zog sie zu einer der mit Mauern umsäumten Weiden hinüber. Dort hob er sie hoch, damit sie auf die andere Seite klettern konnte. Mit einem Sprung war er neben ihr.

»Na los!«, spornte er sie an. »Beeil dich.«

Sein Schnaufen in ihrem Nacken trieb sie vorwärts, immer an der Bruchsteinmauer entlang dem Nebel entgegen. Zweimal blieben sie stehen, sahen sich um und lauschten, aber es war stiller als in einem Grab. Von einem braunen Schaf war nichts zu sehen, und Agnes zweifelte langsam daran, dass es das Tier überhaupt gab. Erste Nebelschwaden schlangen sich um ihre Füße.

»Weiß der Himmel, warum diese Streunerin sich immer das mieseste Wetter aussucht, um auszureißen«, grummelte der Farmer.

Agnes nickte, ohne wirklich zuzuhören. Sie war sich mittlerweile fast sicher, dass er ein Spiel mit ihr spielte und sie in Wahrheit fortbringen wollte. Stumm folgte sie ihm zum äußersten Ende der Einfriedung. Die Umrisse der Hütte verschwammen im Dunst. Traurig blickte Agnes über die Schulter.

»Hab ich's mir doch gedacht«, murmelte Bran. Er deutet auf eine Stelle, an der einige Steine von der Mauerkrone heruntergefallen waren. »Da ist sie durch und dann schnurstracks Richtung Ödland! Bestimmt schlägt sie sich wieder auf der Wiese am Moor den Wams voll. Nun, es hilft nichts. Wir müssen nachschauen gehen.«

Jetzt wusste sie, woran sie war. Er würde sie zum Moor bringen und sie dort zurücklassen. Genau wie sie gedacht hatte. Agnes schluckte enttäuscht. Sie hatte es von Anfang an gewusst: Bran wollte sie so schnell wie möglich loswerden … Und das Schaf, das gab es natürlich gar nicht. Es war nur ein Trick, sie zum Moor zu locken, um sie für immer verschwinden zu lassen. Arme Rowena. Sie wird bestimmt sehr traurig sein, wenn sie nach Hause kommt und die Hütte leer vorfindet. Tapfer kämpfte Agnes die aufsteigenden Tränen nieder.

Dann kehrte ihr alter Kampfgeist zurück. Sie biss die Zähne zusammen, atmete einmal tief ein und dann wieder aus. Wenn der Kerl dachte, dass sie sich so einfach zur Schlachtbank führen ließe, sollte er sich getäuscht haben. Sie musste schauen, dass sie von ihm weg kam und dann die Beine in die Hand nehmen. Schon nahm ihr Plan konkrete Formen an, als sie seine Hände an ihren Hüften spürte. Sie zuckte zusammen. Im nächsten Moment wurde sie mit solchem Schwung über die Mauer geworfen, dass ihr eine Pantine verloren ging. Polternd fiel sie zu Boden.

»Oje«, sagte Bran und bückte sich.

Das war die Chance, auf die sie gewartet hatte. Agnes streifte nun auch den anderen Schuh ab und spurtete los. Bevor der Riese auch nur mitbekam, was los war, war sie schon auf und davon. Ohne sich umzusehen, hastete sie auf den Nebel zu, genau auf eine Stelle, an der sie eine langgezogene Hecke aus wilden Schlehen und Weißdorn wusste.

»He, warte!«, rief Bran hinter ihr her. Agnes beachtete ihn gar nicht. Das dumpfe Geräusch aufstampfender Füße verriet ihr, dass er nun ebenfalls über die Mauer gesprungen und hinter ihr her war. Sie erhöhte das Tempo noch einmal. In Strümpfen flog sie über die gefrorene Wiese, ohne auf die tausend kleinen Nadelstiche zu achten, die das spitze Gras ihren Fußsohlen versetzte. Trotzdem kam das Keuchen ihres Verfolgers näher. Agnes verwünschte ihre vom Fieber geschwächten Beine. Normalerweise holte sie so schnell niemand ein. Sie musste es zum Gebüsch schaffen. Dort konnte sie sich verstecken. Weit konnte es nicht mehr sein, doch ihr Ziel versank allmählich im Nebel. Schon waren die grauschwarzen Umrisse der Büsche nicht mehr zu erkennen. Agnes rannte einfach weiter in die Richtung.

Jetzt durchschaute auch Bran ihren Plan. In seine Rufe schien sich so etwas wie Panik zu mischen. »Nicht dorthin, Mädchen!«, tönte es hinter Agnes. »Bleib doch stehen!«

Im nächsten Moment wurde Agnes von der grauweißen Wolke verschlungen. Der Nebel schlug wie ein Vorhang hinter ihr zusammen und dämpfte gleichzeitig Brans Rufe. Augenblicklich war die Sicht so schlecht, dass Agnes kaum mehr erkannte, wohin sie den Fuß setzte. Halb blind taumelte sie weiter und wäre beinahe direkt in die stacheligen Zweige hineingerannt. Einen Moment blieb Agnes stehen und überlegte. Wohin jetzt? Sie brauchte ein Versteck, in dem sie sich verbergen konnte, bis ihr Verfolger aufgegeben hatte. Brans Stimme war nach wie vor dumpf durch den Nebel zu hören. Er rief ihren Namen, schien sie aber nicht mehr sehen zu können, genauso wenig wie umgekehrt. Der Nebel verbarg sie zwar, stiftete aber auch Verwirrung, denn sie konnte die Richtung, aus der die Stimme kam, nicht ausmachen. Wenn sie nicht aufpasste, lief sie ihm direkt in die Arme. Es galt also möglichst schnell eine Stelle zu finden, um unters Gebüsch zu schlüpfen.

Agnes streckte die Hand aus und tastete sich vorwärts, wobei sie versuchte, den Boden im Auge zu behalten. Dann fand sie es: Zwischen den Sträuchern tat sich eine Art Tunnel auf, ein schmaler Wildwechsel, der unterhalb der Büsche tief ins Ödland hineinführte, viel zu schmal für einen Mann wie Bran. War man aber klein und schlank, konnte man auf allen vieren hineinkriechen, ohne sich im Dornengestrüpp zu verfangen.

Gesagt, getan. Agnes ließ sich auf alle viere nieder und robbte in den Tunnel. Der Weg führte tief in das Gestrüpp hinein, machte eine Biegung, verzweigte sich und endete in einer Art Kuhle. Tiere hatten sich ein Lager aus Moos und Blättern gebaut, in dem sie geschützt ausruhen konnten. Dort rollte sich nun auch Agnes zusammen. Ganz still lag sie da. Brans gelegentliche Rufe verzerrten sich zum Brüllen der Ochsen, wenn ihnen der Bauer die Ziemen über den Rücken zog. Es klang jetzt sehr nah, aber auch irgendwie verzweifelt. Agnes hielt sich die Ohren zu, um es nicht hören zu müssen. Sie verschränkte die Arme über dem Kopf und schloss auch noch die Augen. Nun hörte sie nichts mehr außer ihrem eigenen Herzschlag. Ganz still blieb sie liegen, während salzige Tränen ihre Hände benetzten. Irgendwann war nichts mehr zu hören. Mit angehaltenem Atem lauschte sie in den Nebel hinein. Die Rufe waren wirklich verstummt. Sie war allein.

Gerettet, dachte Agnes und seufzte erleichtert. Entschlossen blinzelte das Mädchen die letzten Tränen weg und sah sich um. Sie hatte ihr Versteck gut gewählt: Unter dieser stacheligen Festung war man nahezu unsichtbar, und es war eigentlich ganz bequem. Überall lagen Büschel von Tierhaaren herum, die ein wenig muffig, aber nicht unangenehm rochen. Die grauschwarzen Äste des Weißdorn ragten in die Lüfte und fuhren wie ein Kamm durch den langsam darüber gleitenden Nebel. Feinste Wassertröpfchen glitzerten an den Spitzen der Zweige, gefroren zu durchsichtigen Panzern. Staunend betrachtete Agnes die wundersamen Gebilde. Obwohl der Nebel ihr die Welt fremd und seltsam erscheinen ließ, fühlte sie sich geborgen, ganz so, als ob sie schon immer hierhergehört hätte. Sie wunderte sich sogar, wie sie sich jemals hier hatte ängstigen können. Der Nebel hatte nichts Böses, nichts Unheimliches. Er breitete einfach nur seinen Mantel über die Welt, damit sie ungestört schlafen konnte. Die Versuchung, genau dasselbe zu tun, hier liegen zu bleiben und sich auszuruhen, war groß.

Agnes schloss erneut die Augen. Feuchte Luft strömte in ihre Brust und verließ sie wieder. Wassertröpfchen ließen sich neckend auf ihren Wangen, Augenbrauen und der Nasenspitze nieder. Sie kitzelten sie, ganz so, als wollten sie ausprobieren, ob es gelingen könnte, ein neues, aufregendes Eismuster zu kreieren. Aber sie gefroren nicht, sondern tropften auf den mit Laub bedeckten Boden.

Das Mädchen wischte sich über das Gesicht und schniefte. Wo jetzt wohl Walter und die Gaukler waren? Ob sie ihr Winterlager in Sommerset bereits erreicht hatten, rechtzeitig vor dem ersten Schnee? Es hatte ihr gefallen, bei der Truppe zu sein. Vielleicht sollte sie sich ihnen im nächsten Sommer wieder anschließen. Nur wie sollte sie eine wandernde Truppe aufspüren? Der Pferdeanhänger hätte sie gewiss zur Principessa geführt. Agnes' Finger fuhren unwillkürlich zu der Stelle an ihrer Brust, wo sie das Medaillon getragen hatte. Warum hatte sie es nur ins Moor geworfen? … Hatte sie nicht wenig genug, um nicht achtlos damit umzugehen? Agnes schluckte und war wütend auf sich selbst. Um sich abzulenken, überlegte sie, wie es ihr gelingen könnte, Peter in London zu finden und Geld aufzutreiben, falls sie ihn von Mrs. Bones freikaufen musste. Doch wenn sie ehrlich war, hatte sie noch immer keine Idee, wie sie dieses Meisterstück anfangen sollte. Dabei wurde die Zeit langsam knapp. Aber sie musste zunächst überhaupt erst mal zurück nach London finden.

Sie streckte die klammen Beine und machte sich auf den Rückweg den Tunnel entlang, bis sie an die Gabelung kam. Dort hielt sie kurz inne. Wohin sollte sie sich jetzt wenden? Rechts, zurück zu der Stelle, an der sie in die Hecke gekrochen war und wo vielleicht Bran immer noch lauerte, oder nach links, einen Weg entlang, von dem sie nicht wusste, wohin er führte. Sie wählte die zweite Alternative. Man konnte ja nie wissen …

Sie war noch nicht weit gekrochen, als sie glaubte, ein Blöken zu hören. Es klang so unwirklich in der Stille des Nebels, dass Agnes im ersten Moment dachte, sie hätte es sich nur eingebildet. Dann vernahm sie es erneut: ein jämmerliches Blöken, fast wie ein verzweifelter Hilfeschrei. Kein Zweifel, es war echt. Sie schluckte. Eigentlich sagte ihr Herz, dass sie unbedingt dorthin und dem Schaf helfen müsste, andererseits wurde das Schaf vielleicht gerade von einem wilden Tier gerissen. Das würde sich seine Beute nicht streitig machen lassen, schon gar nicht von einem kleinen Mädchen. Ein weiteres klägliches Blöken zerriss die Stille. So rief kein erwachsenes Schaf.

Ein Lämmchen, dachte Agnes, bestimmt hatte es sich verlaufen und irrte allein durch das Ödland.

Agnes warf alle Vorsicht über Bord und krabbelte weiter. Ihre Strümpfe waren inzwischen klitschnass und klebten an ihren Beinen wie ein schwerer Sack, aber zum Ausziehen war kein Platz. Das Blöken wurde schwächer. Sein Gefühl sagte dem Mädchen, dass es sich sputen musste, doch der Tunnel schien sich endlos hinzuziehen. Als endlich ein fahler Lichtschein in Sicht kam, war Agnes vollkommen außer Atem.

Sie hatte den Ausgang fast erreicht, da entdeckte sie etwas Braunes mitten im Gebüsch. Hätte es sich nicht bewegt, wäre Agnes glatt daran vorbeigekrochen. Sie kniff die Augen zusammen und behielt mit ihrer Vermutung recht. Es war tatsächlich ein verirrtes Lamm, und es war noch ganz winzig. Das Tierchen hatte wohl im Gebüsch Schutz gesucht und kam nun nicht mehr heraus. Es brauchte unbedingt Hilfe.

Das Mädchen begann, die Zweige, die ihm den Weg zu dem jungen Schaf versperrten, abzubrechen. Das Lamm blökte erschrocken und zappelte erneut. Jetzt erkannte Agnes auch das Problem: Das Tier hatte sich in einer Astgabel verkeilt und steckte mit einem Hinterlauf fest. Es musste schon eine ganze Weile erfolglos gekämpft haben, denn es ließ sich gleich wieder erschöpft hängen. Agnes zögerte keine Sekunde und brach Ast für Ast ab, ohne darauf zu achten, dass sich die Dornen tief in ihr Fleisch bohrten. Das Lamm quittierte ihre Bemühungen mit verzweifeltem Blöken. Es hatte Todesangst und strampelte umso heftiger, je weiter Agnes sich zu ihm durchkämpfte, wobei es es sich nur noch mehr verkeilte.

»Nicht bewegen«, flüsterte das Mädchen, während es die Hand ausstreckte und nach dem Beinchen griff. In diesem Moment schoss ein mit gebogenen Hörnern bewehrter Kopf auf sie zu, krachte ins Geäst und bohrte sich in die Sträucher, die ihm den Durchgang versperrten. Das Muttertier! Agnes zuckte rückwärts und verfing sich in den Dornen, während das Muttertier ein ohrenbetäubendes Gebrüll ausstieß. Der Schädel fuhr heraus, jedoch nur, um erneut Anlauf zu nehmen. Der Moorboden bebte, während das Schaf seine Klauen in den Torfboden grub. Ein weiterer Angriff ließ die Äste der Weißdornbüsche krachen. Agnes versuchte sich aus den Dornen zu befreien und zerkratzte sich dabei das Gesicht. Zu ihrem Erstaunen hielten die Büsche auch dem zweiten Angriff des Schafes stand. Ein weiteres erbostes Brüllen folgte. Diesmal wich das Tier nicht zurück, sondern fixierte Agnes mit rollenden Augen und gesenkten Hörnern. Das Mädchen erinnerte sich daran, dass seine Mutter gesagt hatte, man sollte wütende Tiere nicht anstarren, weil sie dadurch noch wilder wurden. Deshalb musterte Agnes das Schaf lieber vorsichtig durch halb geschlossene Lider. Es war ein großes, braunes Tier mit einem mächtigen Schädel und rabenschwarzen Beinen. Agnes schluckte, als sie zwei und zwei zusammenzählte: Es handelte sich um die vermisste Braune. Dann hatte sie Bran wohl ganz zu Unrecht verdächtigt!

»O Herrgott«, stöhnte Agnes.

Das Schaf starrte sie immer noch an, aber es schien beim Klang der menschlichen Stimme nicht mehr ganz so grimmig zu sein.

»Was soll ich denn jetzt bloß machen?«

Das Lämmchen blökte schwach. Agnes sah zu ihm herüber. Es blieb keine Zeit zurückzulaufen und den Farmer zu Hilfe zu holen. So lange würde das Tierchen nicht mehr durchhalten. Sie war nun schon so dicht dran, sie konnte es retten – und Agnes beschloss, genau das zu tun.

»Ich tu euch nichts«, flüsterte sie, bemüht, ihrer Stimme einen festen Unterton zu geben. »Ich will deinem Lämmchen nur helfen. Es ist in Schwierigkeiten, weißt du?«

Das Schaf schnaufte und stampfte wieder mit dem Vorderhuf auf, aber es startete keinen neuen Angriff. Agnes wertete das als gutes Zeichen und arbeitete sich weiter bis zu der Astgabel vor, in der das Junge hing. Endlich war sie dicht genug, um das Bein des Lämmchens zu ergreifen. Das zuckte erschrocken weg und wimmerte schwach. Erbost blökend ging die Braune auf die Knie und versuchte sich unter den Büschen durchzuzwängen. Agnes Hand zitterte, doch sie war fest entschlossen, die Sache zu Ende zu bringen.

»Du darfst nicht so ein Theater machen«, tadelte sie das Lämmchen. »Schau, ich muss dich nur mal kurz anfassen, danach bist du frei.«

Während sie redete, packte sie erneut den Hinterlauf des kleinen Tieres und versuchte ihn herauszuheben, doch das war schwieriger, als sie angenommen hatte. Sie musste noch näher heran, sich dann auf den Rücken rollen und das Lämmchen mit beiden Händen aus der Astgabel heben. Ein weiteres Mal knackten die Äste. Agnes drehte den Kopf. Die Braune fauchte und stampfte. Lange würde es nicht mehr dauern, und sie würde durchbrechen.

»Ich will euch doch nur helfen«, sagte das Mädchen, aber das Mutterschaf wollte das offensichtlich nicht glauben.

»Jetzt oder nie!«, dachte Agnes. Ihre Finger griffen in flauschiges Fell, dann ertasteten sie die Hüften. Hier konnte sie gut zupacken. So vorsichtig es eben ging, hob Agnes das Tierchen an. Es strampelte schwach mit seinen kaum fingerdicken Beinchen. Beinahe wäre es Agnes aus der Hand gerutscht, dann jedoch plumpste es zu Boden, genau auf Agnes' Bauch. Einen Moment waren sie beide perplex, und keiner rührte sich. Das Lämmchen schaute Agnes verwundert aus tiefschwarzen Augen an. Dann tat es einen erleichterten Atemzug und legte seinen Kopf auf ihre Brust. Ein tiefes Glücksgefühl durchströmte das Mädchen. Sie hatte es geschafft.

»Na siehst du«, flüsterte es und streichelte dem Tier über den Kopf. Es war wirklich winzig, höchstens ein paar Stunden alt. »Ich habe doch gesagt, dass ich dir helfen kann. Jetzt müssen wir dich nur noch nach Hause bringen.«

Vorsichtig wickelte Agnes das Tier in ihren Schal, um es vor den Dornen zu schützen, und schob sich langsam aus dem Gebüsch. Die Braune spähte misstrauisch von draußen herein. Sie hatte sich etwas beruhigt, nachdem ihr Lamm nicht mehr schrie.

»Und du machst jetzt Platz!«, sagte Agnes, packte einen der abgebrochenen Zweige und fuchtelte damit vor dem Kopf des Schafes herum. Das wich tatsächlich zurück. Langsam richtete sich das Mädchen auf, das Jungtier immer noch fest an sich gedrückt. Die Braune starrte sie verwundert an.

»Ja, ich hab's dabei, dein Kind, aber es wird wohl besser sein, wenn ich es trage.«

Das Schaf neigte den Kopf und machte zwei Schritte auf Agnes zu, die immer noch den Stock in der Hand hielt. Es streckte den Hals so weit es konnte und roch an dem Schal. Dann gab es einen zärtlichen Laut von sich. Das Lamm antwortete leise.

»So, nachdem das nun geklärt ist, bleibt nur noch die Frage, wie wir drei nach Hause kommen. Ich weiß nicht, wo wir sind, und der Nebel verbirgt den Weg, aber vielleicht kennst du ihn ja?«

Agnes schaute die Braune erwartungsvoll an, aber die machte keine Anstalten irgendwo hinzugehen, solange das Lamm auf Agnes' Arm war.

»Nun setz dich mal in Bewegung, Mutter!«, forderte Agnes das Schaf auf. Es half nichts. Keine Frage, wenn sie es nach Hause schaffen wollten, musste Agnes schon selbst den Weg finden. Das Mädchen sah sich um. Das Grau des Nebels färbte sich langsam zu einem Tintenblau. Die Nacht brach herein. Sie musste los und irgendwie auf die andere Seite der Büsche gelangen. Ohne genau sagen zu können, warum, beschloss sie, nach rechts zu gehen. Blieb nur zu hoffen, dass sie dies nicht direkt ins Moor führte.

Agnes lief und lief. Das Lämmchen auf ihrem Arm wurde immer schwerer, doch es atmete ruhig. Vermutlich war es eingeschlafen. Die Braune stupste es hin und wieder an, trippelte aber sofort wieder brav neben dem Mädchen her, sobald das Lämmchen mit leisem Blöken gezeigt hatte, dass es ihm gut ging. Mittlerweile war es stockfinster, und Agnes schwanden Zuversicht und Kraft. Sie hatte jedes Gefühl für Entfernung und Himmelsrichtung verloren und orientierte sich lediglich am dichten Buschwerk.

»Ich glaube, ich muss gleich eine Pause einlegen«, keuchte Agnes. »Ich kann nicht mehr.«

Vorsichtig stellte sie das Lämmchen auf den Boden. Zittrig kämpfte es darum, auf den Beinen zu bleiben. Die Braune begann an ihm zu lecken und es gleichzeitig äußerst behutsam Richtung Euter zu schubsen. Agnes sank zu Boden. Ihre Beine wollten sie nicht mehr tragen, und ihre Füße schienen zu Eisklumpen gefroren. Auf dem Rücken liegend knetete sie die gefühllosen Zehen, während sie beobachtete, wie das Jungtier seine Zunge nach der Zitze ausstreckte, sie zu fassen bekam und schmatzend seinen Hunger stillte. Das Schwänzchen tanzte dabei wild, und seine Mutter stieß liebevolle Laute aus. Plötzlich hob die Braune den Kopf.

»Was ist los?«, erkundigte sich Agnes. »Hast du etwas gehört?«

Die Antwort war ein lautes Blöken.

»Du meinst, ich sollte laut rufen?«

Agnes legte die Hände wie einen Trichter vor den Mund und rief ganz laut: »Hallo, ist da jemand?«

Gemeinsam lauschten sie in die Nacht hinaus, und da vernahm auch sie es. Jemand rief ihren Namen. Der Farmer. Er rief in gleichmäßigen Abständen. Die Schwäche war wie weggeblasen, und das Mädchen sprang auf.

»Hierher!«, antwortete sie und wedelte mit den Armen,

obwohl Bran sie natürlich nicht sehen konnte. Sie musste ihm schon entgegengehen. Wild entschlossen bückte sie sich nach dem Lamm, das gerade mit seiner Mahlzeit fertiggeworden war und sich hinlegen wollte. Sie packte es wieder in ihr Tuch, hob es auf und lief in die Richtung, aus der sie die Stimme gehört hatte.

Kapitel 8

Wie ein lebendig gewordener Felsen zeichnete sich Brans mächtige Gestalt im Nebel ab. Als Agnes näher kam, konnte sie sehen, dass sein Mantel von Raureif bedeckt war. Kleine, graue Atemwölkchen dampften aus seiner Nase, legten sich über den Bart und versilberten die krausen Strähnen mit hell glänzenden Eisflöckchen. Ansonsten stand er vollkommen reglos da und horchte in die blaugraue Dunkelheit hinein. So wie er aussah, hatte er die ganze Zeit hier ausgeharrt, in der Hoffnung, sie irgendwo im Nebel zu entdecken. Als er so dastand, durchfroren und mit hängenden Schultern, sank dem Mädchen der Mut. Sie schluckte, aber ihre Kehle war zu trocken, um auch nur einen Laut hervorzubringen. Zuletzt übernahm es die Braune, Bran auf ihre Gruppe aufmerksam zu machen. Ihr lautes Blöken ließ den Farmer zur Seite blicken.

»Agnes!«, rief er.

»Hier bin ich«, antwortete sie zaghaft.

Als er auf sie zueilte, duckte das Mädchen sich, denn eine Standpauke war jetzt wohl das Mindeste, was es zu erwarten hatte. Agnes wollte noch sagen, dass er auf das Lämmchen achtgeben sollte. Doch da ging er auch schon in die Hocke, legte seinen riesigen Pranken sanft auf ihre Schultern, so als müsste er sich überzeugen, dass sie wahrhaftig vor ihm stand.

»Dem Himmel sei Dank, ich hab dich gefunden«, flüsterte er mit Tränen erstickter Stimme und schloss sie in die Arme.

Plötzlich schämte Agnes sich. Sie hatte ihm bitter Unrecht getan und sollte sich entschuldigen, aber die Worte wollten nicht recht über ihre Lippen kommen. Das Lämmchen begann zu zappeln und blökte empört. »Vorsicht«, mahnte das Mädchen und befreite sich aus der Umklammerung. Es öffnete das Tuch und flüsterte: »Ich hab sie gefunden, die Braune und ihr Lamm.«

Bran blickte über seine Schultern zu dem Schaf. »Ich sehe es.«

»Es hatte sich in den Büschen verfangen und hing fest. Die Mutter wollte das Lamm nicht alleine lassen. Deshalb ist sie nicht zum Stall gekommen.«

Nachdenklich betrachtete Bran das Lamm.

»Ich hab es blöken hören«, erklärte das Mädchen.

Der Farmer sah Agnes schweigend an. Schließlich nahm er ihr das Tierchen aus den Armen, zog seinen Mantel aus und legte ihn um ihre Schultern. Das Kleidungsstück wog so schwer, dass das Mädchen beinahe unter ihm zusammensank. »Jetzt aber ab nach Hause«, murmelte er mit seltsam belegter Stimme. »Du hast nicht einmal Schuhe an. Ihr müsst halb erfroren sein.«

Sie stampften nebeneinander her. Das anhaltende Schweigen wurde lediglich von der Braunen unterbrochen, die hin und wieder besorgt nach ihrem Nachwuchs blökte. Dann erreichten sie die Hütte. Agnes wunderte sich, wie nah sie gewesen waren, und doch hätte sie ohne Bran niemals zurückgefunden. Die Wärme im Inneren schlug ihr wohltuend entgegen. Sie pellte sich aus dem schweren Mantel und hängte ihn zum Trocknen an einen Nagel in der Nähe des Feuers. Der Farmer brachte Schaf und Lamm zu dem winzigen Verschlag im Inneren, wo sie von dem anderen Schaf lautstark begrüßt wurden. Die Braune schimpfte unzufrieden, als das Gatter hinter ihr zuschlug, und ließ sich erst besänftigen, nachdem der Farmer mit einem großen Arm voll Heu kam. Hungrig stürzte sie sich darauf. Danach war nur noch genüssliches Kauen zu hören.

Agnes hatte in der Zwischenzeit den Kessel mit Wasser gefüllt und versuchte sich an einem Kamillenkräuter-Aufguss, wie sie es bei Rowena gesehen hatte. Sie stellte zwei dampfende Becher auf den grob gezimmerten Tisch und goss etwas Schafsmilch dazu. Bran griff nach dem Töpfchen mit Honig und ließ eine winzige Menge in die beiden Becher laufen. Dann setzte er sich zu ihr und rührte nachdenklich um, während er ihr hin und wieder einen Blick aus den Augenwinkeln zuwarf. Auch ihm lag ganz offensichtlich etwas auf der Seele. Agnes rutschte auf dem Hocker hin und her, nippte an dem viel zu heißen Tee und verbrühte sich prompt die Lippen. Ihre Zähne schlugen laut klappernd aufeinander. Die wollenen Strümpfe hatte sie ausgezogen. Sie hingen triefend neben Brans Mantel. Die Wärme verursachte in ihren Füßen ein Gefühl, als ob tausend Ameisen darüber krabbelten. Sie starrte zu den beiden Tieren. Die Braune machte einen höchst zufriedenen Eindruck. Das Lämmchen hatte sich auf den Binsen zusammengerollt und rührte sich nicht mehr.

»Wird es überleben?«, erkundigte Agnes sich.

Bran hörte auf, in seinem Becher zu rühren. »Ich denke schon. Du hast es rechtzeitig gefunden.«

»Das ist doch gut, oder?«, fragte sie zaghaft.

Bran sah sie nun direkt an. Seine Augen waren grau, und seine buschigen Brauen berührten sich fast, wenn er die Stirn in Falten legte. »Agnes, so etwas darfst du nie wieder tun.«

»Aber ihr könnt es euch doch nicht leisten, ein Schaf zu

verlieren«, versuchte sich das Mädchen zu entschuldigen, obwohl sie wusste, dass das nur die halbe Wahrheit war.

Bran starrte es an. Seine Augen waren gerötet. Die Eisklümpchen in seinem Bart begannen zu schmelzen und tropften auf den Tisch. Er wischte sie mit einer Handbewegung beiseite, öffnete den Mund, um etwas zu sagen, schloss ihn dann jedoch wieder.

»Das hast du selber gesagt«, fuhr Agnes fort. »Und es wären sogar zwei Schafe gewesen.«

Bran kratzte sich am Hinterkopf und seufzte: »Du hättest dich im Nebel verirren oder gar in ein Sumpfloch geraten können. Das ist kein Schaf dieser Welt wert.«

Agnes senkte schuldbewusst den Blick.

Er schüttelte den Kopf. »Einfach loszulaufen, auf Strümpfen und ohne Schuhe. Ich habe mir solche Sorgen gemacht …«

»Es tut mir leid.«

Bran sah jetzt ebenfalls zum Schaf hinüber, während er in den dampfenden Becher schimpfte: »Dieses dumme Vieh. Es tut nie, was es soll. Vielleicht wäre es besser, es zu verkaufen.«

Agnes senkte den Kopf. »Bitte nicht. Die Braune ist einfach nur eine gute Mutter, die ihr Kind nicht im Stich lässt.«

Bran nahm ihre Hand. »Du hast recht.« Sein Blick schweifte zwischen Agnes und dem Schaf hin und her. »Trotzdem, nicht auszudenken, wenn du ins Moor geraten wärst.«

Agnes nagte verlegen an ihrer Unterlippe und sagte vorsichtig: »Dann hättet ihr wegen mir nicht mehr streiten müssen.«

Erstaunt sah der Farmer sie an. »Wie meinst du das?«

»Ich hab euch gehört, draußen vor der Tür. Rowena wollte nicht, dass jemand von mir erfährt, aber du hast gesagt, dass du mich zurückbringen wirst, sobald du weißt, woher ich komme.«

»Aber es ist doch so, dass man ein Kind nicht einfach behalten kann, als wäre es ein streunendes Kätzchen.«

»Warum nicht?«

»Weil es einen Platz hat, an den es gehört, und Menschen, die sich um es sorgen.«

Agnes schob trotzig die Unterlippe vor und musterte die Tischkante. »Ich nicht«, gestand sie.

»Willst du mir nicht verraten, was passiert ist?«, fragte Bran sanft.

Agnes schüttelte den Kopf.

»Gut, in Ordnung, aber warum du vorhin wirklich weggelaufen bist, das könntest du mir schon erklären, meinst du nicht? Denn das Schaf hast du nicht hören können. Ich hab sehr scharfe Ohren und hab ganz bestimmt kein Blöken vernommen.«

Die Tränen, die Agnes die ganze Zeit über tapfer zurückgehalten hatte, flossen nun. Es war schwer zuzugeben, dass sie sich vor ihm gefürchtet hatte, aber sie musste die Sache jetzt aus der Welt schaffen. Das war sie ihm schuldig: »Ich dachte, du würdest mich ins Moor bringen, um mich loszuwerden.«

»Was?« Bran starrte sie entsetzt an. »Das traust du mir zu? Eher verpfände ich dem Höllenfürsten meine Seele, bevor ich ein unschuldiges Kind ins Verderben laufen ließe. Wenn dir etwas passiert wäre, ich wäre meines Lebens nicht mehr froh geworden.«

Erschüttert wandte er sich ab, doch Agnes konnte sehen, wie es in seinen Augen glitzerte. Fassungslos schüttelte er den Kopf. Sie fühlte sich noch elender und wischte sich mit einer heftigen Bewegung die Tränen aus dem Gesicht. »Es tut mir leid! Bitte verzeih mir!« Agnes stand auf, berührte zaghaft seine Schulter und lehnte sich an ihn. Es fühlte sich merkwürdig an, ungewohnt.

Seufzend nahm er sie in die Arme und strich ihr übers Haar. »Es muss dir wahrlich schlimm ergangen sein, wenn du auf solche Gedanken kommst. Kein Wunder, dass du nicht zurück möchtest. Aber eines will ich dir versichern: Solange ich es verhindern kann, wird dir hier niemand etwas zuleide tun. Du musst mir nur eins versprechen: Lauf nie wieder weg, schon gar nicht Richtung Moor.«

»Dann darf ich also bleiben?«, fragte Agnes hoffnungsvoll.

»Vorausgesetzt, es ist nicht gegen das Gesetz.«

»Ich glaube nicht. Ich glaube, Peter und ich sind dem ganz egal.«

»Peter? Aber es ist doch eine Stute.«

Agnes merkte, dass sie sich verplappert hatte. Zum Glück schien der Farmer zu glauben, sie meinte das Pony. Sie wandte sich ab und taperte zu ihrem Platz zurück, wo sie einen tiefen Schluck aus ihrem Becher nahm. Warm und süß rann der Tee ihre Kehle herab. »Tatsächlich? Meinst du, sie lässt mich auf ihrem Rücken reiten?«

»Man könnte es ausprobieren«, antwortete Bran.

»Gleich morgen?«

»Von mir aus, aber jetzt erst mal raus aus den nassen Sachen und ab unter die Decke mit dir. Rowena reißt mir jedes Barthaar einzeln aus, wenn ich zulasse, dass du dich wieder erkältest. Besser wir behalten unser kleines Abenteuer erst mal für uns.«

Agnes legte die Hand aufs Herz und grinste ihm verschwörerisch zu. »Versprochen.« Mit einem Mal war sie hundemüde. Taumelnd schwankte sie zum Bett und fiel auf die warmen Schaffelle. Dass Bran ihr den klitschnassen Pulli auszog, war das letzte, was sie mitbekam, bevor sie einschlief.

Agnes erwachte von einer sanften Hand auf ihrer Stirn und erregtem Flüstern.

»Sie hätte sich den Tod holen können«, schimpfte Rowena. »Das Kind mit hinauszunehmen. Wenn jetzt das Fieber wieder kommt? Schau nur, wie erschöpft es ist, das arme Lämmchen.«

Sie begann, eine Melodie zu summen. Agnes spürte, wie ein warmer Ziegelstein unter ihre Decke zu ihren Füßen geschoben wurde. Dann strich ihr jemand über das Haar. Agnes genoss das Gefühl, umsorgt zu werden. Es war wie ein wundervoller Traum, aus dem sie nie wieder aufwachen wollte. Deshalb hielt sie die Augen fest geschlossen und lauschte der sanften Melodie des Liedes, die sie zurück in den Schlaf schaukelte.

Am nächsten Morgen fühlte Agnes sich ungewohnt frisch. Sie blinzelte in einen Sonnenstrahl, der sich durch die Dachsparren zwängte, und sog die klare Morgenluft in ihre Lungen. Agnes richtete sich auf und schaute sich um. Sie war allein in der Hütte. Dem Aufruhr nach zu urteilen, der gedämpft von draußen kam, versorgten die beiden Farmer ihre Schafe. Das Mädchen krabbelte aus dem Bett. Agnes' Sachen lagen trocken und ordentlich gefaltet am Fußende des Bettes. Rasch schlüpfte sie in die Strümpfe und zog sich den Pulli über den Kopf. Aus der Ecke mit dem Schafpferch hörte sie lautes Schmatzen.

Das Lämmchen! Ob es die Nacht wohl gut überstanden hat? Agnes wollte sich nicht vorstellen, dass all ihre Anstrengungen umsonst gewesen waren. Es musste einfach überlebt haben. Flugs lief sie quer durch den Raum, um nachzusehen. Die Braune drängte sich sofort nach vorne und scharrte mit dem Vorderhuf. Agnes stellte sich auf die Zehenspitzen, verrenkte den Kopf, doch der breite Leib des Schafes versperrte ihr die Sicht. Das Mädchen ließ sich auf die Knie nieder und lugte unter dem Tier durch. Agnes' Herz machte einen kleinen Freudensprung. Ihr Schützling stand auf festen Beinen hinter seiner Mutter und ließ es sich schmecken. So sehr saugte es, dass ihm die warme Milch aus den Mundwinkeln tropfte. Immer wieder stupste das Lämmchen fordernd in das Euter, weil es ihm trotzdem nicht schnell genug zu gehen schien.

»Na, du hast aber richtig Appetit«, gluckste das Mädchen.

Weiteres lautes Schmatzen war die Antwort. Die Braune legte den Kopf schief und musterte das Mädchen. Dann streckte sie ganz langsam das Maul aus dem Gatter heraus. Ihr warmer Atem strich über Agnes' Schulter.

»Die stolze Mama möchte wohl gestreichelt werden, was?«, fragte das Mädchen.

Vorsichtig hob sie die Hand, berührte die unglaublich weichen Lippen und die kantige Stirn des Schafs, zauste das kurze, lockige Fell, das wie ein schlecht geschnittener Pony über die Augen hing. Schließlich glitten Agnes' Finger hinter die herabhängenden Ohren. Die Braune drückte sich ganz dicht heran, ganz so, als wollte sie sagen: »Genau da ist es richtig.«

»Das gefällt dir wohl.« Die Braune blieb ganz ruhig stehen und schloss genüsslich die Augen. Agnes, die bislang Schafe bloß als blökende Fleisch- und Wolllieferanten kannte, stellte verwundert fest, dass es sie sehr glücklich machte, ihre Finger tief in das dichte Fell zu graben und dem Tier etwas Gutes zu tun. Während sie an den Kopf der Braunen gekuschelt auf dem Boden kauerte, war es ihr, als würde sich eine schwärende Wunde schließen, die sie schon viel zu lange quälte. Plötzlich konnte sie sich nicht mehr vorstellen, in ihrem Leben je etwas anderes zu tun, als sich um Schafe zu kümmern. Das war ihre Aufgabe, und hier war ihr Platz.

Ein kalter Luftzug fuhr von draußen herein und ließ Agnes schaudern. Das Schaf schnaubte laut und schüttelte unwirsch den Kopf. Das Mädchen zog die Hand zurück.

»Darauf kannst du dir etwas einbilden«, begrüßte Rowena Agnes. »Normalerweise lässt sich unsere Ausreißerkönigin von niemandem anfassen, schon gar nicht, wenn sie ein Lamm säugt.«

»Ich sag ja, sie hat ein Händchen für Schafe«, sagte Bran, der sich nun ebenfalls in den Raum schob.

Agnes schüttelte den Kopf. »Ich weiß auch nicht. Mit dem Pony war es genauso. Dabei hab ich noch nie vorher mit Tieren zu tun gehabt.«

»Du hast die Gabe«, meinte Rowena schlicht.

Agnes schüttelte den Kopf. »Ich glaube, sie verstehen, dass ich ihnen nichts Böses will. Ich mag sie einfach, und sie scheinen mich zu mögen.«

»Sieht ganz danach aus«, bestätigte die Farmerin lächelnd und strich sich die roten Locken zurück. »Aber jetzt sollten wir erst mal frühstücken. Schau, unsere Hühner haben trotz der Kälte ein paar Eier gelegt. Wir könnten Pfannkuchen backen. Hast du so was schon mal gemacht?«

Agnes nickte begeistert. Früher hatte sie oft mit Jane, der dicken Köchin, am Herd gestanden und den gelben Teig rühren dürfen. Im Handumdrehen waren Eier, Mehl und Milch vermischt. Laut zischend landete die erste Portion Teig in der Pfanne.

»Jetzt pass mal auf!«, rief Rowena lachend. Sie nahm die Pfanne vom Herd, hielt sie weit von sich gestreckt, wirbelte den hauchdünnen Teig in die Luft, wo er einen Purzelbaum schlug, und fing ihn geschickt wieder mit der Pfanne auf.

Das Mädchen machte große Augen. »Uihh, das ist ja ein richtiges Artistenkunststück. Kann ich das auch lernen?«

»Ja, es ist ganz leicht. Versuche es ruhig.«

»Und wenn der Pfannkuchen auf den Boden fällt?«

»Wird er nicht«, versicherte die Farmerin voller Zuversicht. »Du musst ihn einfach fest im Auge behalten.«

Unsicher trat das Mädchen vor. Rowena legte ihre Hand um den Stil der Pfanne. »So musst du es machen«, erklärte sie, legte ihre Hand über die von Agnes und gemeinsam warfen sie den Pfannkuchen hoch in die Luft. Das Mädchen beobachtete gebannt, wie sich der Pfannkuchen in der Luft drehte. Es hielt den Atem an. Mit leisem »Flatsch« landete der Teigfladen genau in der Pfanne.

»Ich hab ihn!«, triumphierte Agnes und tanzte ausgelassen durch die Hütte. »Ich hab ihn wirklich gefangen!«

»Ja, das hast du«, lobte Rowena. Bran klatschte in die Hände. Dann wendete er sich wieder seiner Arbeit zu. Er nahm ein Stück Seil und begann es zu verknoten.

»Möchtest du es jetzt allein versuchen?«, erkundigte sich Rowena.

Agnes nickte. Die nächste halbe Stunde fühlte sie sich als Herrin der Küche. Pfannkuchen nach Pfannkuchen wurde in die Luft geschleudert und wieder aufgefangen. Einmal schlich Bran sich unbemerkt heran und schnappte sich das Gebäck, bevor Agnes es auffangen konnte. Prompt erhielt er von Rowena einen tadelnden Klaps auf die Finger, was ihn aber nicht daran hinderte, sich den Mund vollzustopfen, während ihm das Fett das Kinn herabtropfte. Viel zu schnell war der Teig aufgebraucht. Die drei ließen sich hungrig an dem kleinen Tisch nieder und aßen, bis kein einziger Krümel mehr übrig war. Zuletzt strich sich der Farmer über den Bauch und meinte: »Das nenne ich ein ordentliches Mahl. Jetzt muss ich mich leider an die Arbeit machen. Das Tagwerk wartet.« Er erhob sich und griff nach dem weiten Mantel. »Die Schafe brauchen Wasser. Alles ist eingefroren. Schätze, wir müssen es eimerweise vom Brunnen heranschleppen. Ich könnte ein bisschen Hilfe brauchen.«

Auffordernd blinzelte er zu Agnes. Die sprang sofort auf die Füße, sah dann jedoch zu Rowena. Die Farmerin lächelte und wuschelte Agnes durchs Haar. »Ich merke schon, du bist hier drin nicht mehr zu halten. Bleibt nicht zu lange draußen, ihr beiden.«

»Ich hab Agnes versprochen, dass wir nachher ausprobieren, ob sich das Pony reiten lässt«, antwortete Bran. Seine schwere Pranke landete auf Agnes Schulter, die dabei ein wenig in die Knie ging.

»Au ja!«, rief sie begeistert und sah bettelnd zu Rowena.

»Ihr übertreibt es. Du bist noch lange nicht gesund, Mädchen.«

»Ach, bitte, bitte.« Agnes schlug die Augen nieder.

Rowenas Gesichtsausdruck wurde weich. Sie zupfte einen unsichtbaren Heuhalm von ihrem Rock und murmelte: »Na gut, aber leg dir wenigstens zusätzlich mein warmes Tuch über.«

»Mach ich«, versprach das Mädchen und duckte sich aus Brans Arm heraus. Artig schlang es das Wolltuch um die Schultern und war schon an der Tür, als Bran es noch einmal aufhielt.

»Warte, ich hab noch etwas für dich«, sagte der große Mann. Geheimnisvoll langte er hinter sich und brachte ein paar zierliche Holzschuhe zum Vorschein. »Hier, das sind deine. Hab sie gestern noch fertig geschnitzt. Ich hoffe sie passen.«

Agnes konnte nicht anders, als den großen Mann zu umarmen.

»Na, na, wollen erst mal sehen, ob sie auch nicht drücken«, krächzte der verlegen, »und überhaupt, es ist ja nur … ich brauch meine Schuhe selber.«

»Vielen, vielen Dank«, flüsterte Agnes. »Ich weiß gar nicht, wie ich das wieder gutmachen soll.«

»Das hast du doch schon längst, Mädchen, nun probier sie an.«

Agnes schämte sich fast für ihr Glück, ahnte sie doch, dass Peter wieder in diesem Kellerloch hockte und auf sie wartete. Während sie in ihre neuen Schuhe schlüpfte, überkam sie auf einmal ein mulmiges Gefühl. Sie musste sich unbedingt auf den Weg machen, auch wenn es Bran und Rowena das Herz brechen würde, wenn sie klammheimlich verschwand … Was sollte sie bloß tun?

Der Brunnen war nicht weit vom Haus entfernt. Ein großer Eimer an einem stabilen Seil in einer Winde beförderte das Wasser nach oben. Normalerweise goss man es dann in eine Rinne, in der es zu einer Tränke bei den Tieren floss. Heute aber war diese mit einer dicken Eisschicht bedeckt. Sie würde kein Wasser mehr fassen. Also galt es Eimer schleppen. Agnes hatten keine Vorstellung davon, wie viel Durst dreißig Schafe entwickelten, aber sie nahm an, dass es eine Menge war.

Entschlossen klatschte sie in die Hände und machte sich gemeinsam mit Bran ans Werk, wobei er den Seilzug betätigte und Agnes die Eimer schleppte. Obwohl ihr schon nach vier Eimern die Hände und nach weiteren sechs die Arme schmerzten, war es doch ein befriedigendes Gefühl, zu sehen, wie sich die Tiere ungeduldig um sie drängten. Anfangs war die Tränke schneller leer, als sie laufen konnte, sodass Agnes versuchte, noch rascher zu sein.

Bran bremste ihren Elan. »Mach langsam, sonst verausgabst du dich zu schnell. Wer gleichmäßig arbeitet, erreicht am Ende mehr.«

Agnes nickte und merkte rasch, dass er recht hatte. Irgendwann fand sie ihren Rhythmus, und dann ging ihr die Arbeit mit einem Mal leichter von der Hand. Zufrieden lehnten die beiden schließlich am Gatter und beobachteten, wie sich das letzte Tier mit triefendem Maul vom Bottich abwandte.

»Und hast du immer noch Lust, das Pony zu reiten?«, erkundigte sich Bran.

»Natürlich«, antwortete das Mädchen und klatschte in die Hände. Die Schafe starrten sie verblüfft an.

»Na, dann wollen wir Peter mal holen gehen.« Er kramte in seiner Tasche und holte den Strick heraus, den er vorhin zusammengeknotet hatte.

Agnes zuckte bei der Erwähnung des Namens zusammen, berappelte sich aber gleich wieder. »Was ist das?«

»Ein Halfter. Irgendwie müssen wir den Wildfang schließlich festhalten.«

»Das tut ihm aber nicht weh, oder?«

»Ganz bestimmt nicht. Es ist eher ein Hilfsmittel, damit er versteht, was wir von ihm wollen. Schau, ich habe Zügel daran geknüpft.«

Agnes berührte die Seile. Sie fühlten sich angenehm weich an. In der Stadt trugen die Pferde Geschirre aus Leder. Die waren zuweilen so hart, dass sie das Fell der Tiere wundscheuerten, bis das rohe Fleisch darunter zu sehen war. Mit dem Halfter, das Bran geknüpft hatte, konnte das nicht passieren. Dankbar schaute sie zu dem Farmer hoch. Der sah sie mit ernster Miene an.

»Also, bist du bereit, Pferdebändigerin?«

»Und ob!«

Aufgeregt hüpfte das Mädchen zum Ponystall, öffnete die Türe und spähte ins Innere. Das Pony trippelte augenblicklich auf sie zu. Agnes fuhr ihm mit der Hand unter die üppige Mähne. Es fühlte sich warm an wie unter ihrer Wolldecke. Das Pony senkte den Kopf und begann das Mädchen vorsichtig mit den Lippen zu untersuchen.

»He, das kitzelt«, kicherte Agnes, woraufhin das Pony prustete.

»Wenn du es reiten möchtest, musst du ihm zuerst das Halfter anlegen«, erklärte Bran, der ihnen von der Tür aus zugesehen hatte. Er hielt das Gebilde vor sich. »Schau, da muss das Maul durch, und dieser Teil wird über die Ohren gezogen. Verstanden?«

Er tat so, als sei er selbst das Pferd und hängte sich das Halfter über. Agnes musste kichern, weil es so komisch aussah. Das Pony blinzelte verwundert.

»Das sollte ich schaffen«, meinte das Mädchen zuversichtlich, musste jedoch schnell merken, dass es leichter gesagt war als getan. Bran drückte ihr die Seile in die Hand. Agnes legte sich das Halfter so zurecht, wie sie es gesehen hatte, während das Pony sie misstrauisch beobachtete. Als Agnes sich mit den Stricken näherte, schüttelte es energisch den Kopf. Prompt landete das Halfter in den Binsen. Aber Agnes ließ sich nicht so leicht entmutigen. Das nächste Mal gelang es ihr zwar, das Halfter irgendwie aufs Pony zu bekommen, allerdings sah es recht merkwürdig aus: Die Zügel baumelten wie ein exotischer Ohrschmuck rechts und links neben dem Kopf. Der Schimmel zog die Oberlippe nach oben, ganz so als würde er das Mädchen auslachen. Nun konnte sich auch Bran nicht mehr beherrschen und kicherte. Agnes stimmte mit ein. Es sah wirklich zu komisch aus, wie das Pony den Kopf schüttelte und sich an seinem Vorderhuf rieb, um den seltsamen Kopfschmuck wieder loszuwerden.

»Du hast das Nasenteil über die Ohren gezogen«, erklärte der große Mann, als er wieder Luft bekam.

Beim nächsten Mal klappte es perfekt. Alles saß an seinem Platz.

»Prima«, lobte Bran. »Jetzt führ es heraus.«

»Komm mit«, lockte Agnes. Sie zupfte an dem Strick, und zu ihrer größten Verwunderung folgte ihr das Pony sofort – allerdings erst einmal nur bis zum Heulager. Dort angekommen senkte es den Kopf und begann sich gütlich zu tun. Agnes zog erneut am Strick, aber das Pony tat so, als würde es das überhaupt nicht bemerken.

Bran klopfte dem Tier auf die Kruppe, konnte aber auch nichts erreichen. Er kratzte sich am Bart. »Das ist mir vielleicht ein verfressenes Vieh. Und ich wollte schon in Begeisterungsstürme ausbrechen, weil es sich so artig von dir führen ließ.« Der große Mann stemmte sich mit der Schulter gegen den Schimmel und bekam zum Dank den Schweif ins Gesicht. »Störrischer als ein Esel«, schimpfte der Farmer. Unbeeindruckt suchte das Pony mit seiner beweglichen Oberlippe nach den besten Halmen und ließ sie im Maul verschwinden. »Du solltest vorne ziehen, Agnes, und ich schiebe von hinten.«

Agnes tat ihr Bestes, aber das Pony schien mit der Erde besser verwurzelt zu sein als eine alte Eiche. Nun versuchte es das Mädchen mit gutem Zureden: »Ich verstehe ja, dass du Hunger hast, aber wenn du brav mitkommst, bekommst du nachher ganz viel Heu.«

Das Pony rieb kurz seinen Kopf an ihrem Arm und fraß sofort weiter, ganz so, als wollte es sagen: »Danke für das Angebot, aber ich bin eher dafür, gleich zu essen.«

Eine Weile standen die beiden mehr oder weniger hilflos da und beobachteten, wie das Pony Heubüschel um Heubüschel verschlang. Dann beschloss Bran, das Beste aus der Sache zu machen.

»Lassen wir es einfach stehen. Ich setz dich hier auf seinen Rücken. Wenn es frisst, kann es wenigstens nicht bocken.«

Der Vorschlag kam überraschend. Das Herz klopfte dem Mädchen bis zum Hals. Unsicher wanderte sein Blick zwischen Bran und dem Pony hin und her. Es zögerte. Eingehend betrachtete es das Pony. Das lange, seidige Winterfell war an vielen Stellen mit Mist verklebt.

»Was ist los? Verlässt dich jetzt der Mut?«

Agnes schüttelte den Kopf. »Nein, aber müssen wir es nicht erst bürsten?«

Bran zuckte die Schultern. »Ich fürchte, wir haben höchstens eine Schafschere.«

»Wir könnten es mit Binsen abreiben. Das würde ihm bestimmt gefallen. Ich hole welche.« Agnes rannte los und fand das Gesuchte neben dem Stall. Erst langsam, dann in immer kräftigeren Kreisbewegungen rieb sie das Pony damit ab. Zuerst schaute sich das kauende Tier erstaunt um, dann jedoch beschloss es, die Sache zu genießen und schnaubte zufrieden.

»Du magst das, nicht wahr?«, sagte Agnes und arbeitete konzentriert weiter. »Würdest du mich jetzt auf dir reiten lassen?«

Das Pony nickte. »Es hat ja gesagt«, rief das Mädchen glücklich. Seine Augen leuchteten zu dem Farmer hinüber.

»Nun, dann wollen wir mal loslegen« meinte der lächelnd. Behutsam hob er das Kind hoch und ließ es auf den Rücken des Ponys gleiten.

Agnes spürte das glatte Fell und die beeindruckenden Muskeln darunter. Auf einem Pferd zu sitzen fühlte sich ganz anders an, als sie erwartet hatte. Sie krallte ihre Hände in die Mähne, die den einzigen Halt auf dem Pferdekörper zu bieten schien. Der Kopf des Ponys fuhr in die Höhe, und es stieß ein lautes Wiehern aus. Agnes wagte kaum zu atmen. Würde das Pony sie doch abwerfen? Die mächtigen Rückenmuskeln wurden hart, und der schwere Hals krampfte sich zusammen. Unwillig schüttelte das Tier seinen Kopf. Agnes merkte, wie sie durchgerüttelt wurde und ins Rutschen kam. Sie sah sich um und hoffte, wenigstens im weichen Heu zu landen, sollte sie abgeworfen werden. Doch dann fühlte sie Brans starke Hände, die sie wieder in die richtige Position in der Mitte des Pferdes rückten.

»Brav, ich bin es doch nur«, sagte das Mädchen mit zittriger Stimme. Es löste eine Hand aus der Mähne und begann den Schimmel am Hals zu streicheln. Unablässig redete Agnes auf ihn ein, und ihre Stimme tat seine Wirkung. Das Pony entspannte sich, drehte den Kopf und beschnupperte ihren Fuß. Erst jetzt schien es zu bemerken, dass es Agnes war, die auf ihm saß. Ein paarmal schnaubte das Tier, dann senkte es erneut den Kopf und widmete sich seiner Mahlzeit.

»Gut gemacht«, lobte Bran. »Ich denke, das reicht für den Augenblick. Bringen wir diesen Vielfraß in seinen Stall zurück, bevor er unseren gesamten Wintervorrat vertilgt hat. Heute Nachmittag versuchen wir es gleich noch einmal.«

Agnes rutschte vom Rücken des Ponys, wobei es direkt vor seinen Hufen im Heu landete. Sie grinste. »Hoppla, jetzt bin ich doch noch heruntergefallen.«

Das Pony blickte sie kurz verwundert an und untersuchte sie mit den Nüstern. Das Mädchen kicherte und bekam prompt einen Sprühregen ins Gesicht geschnaubt.

»He, he!«, schimpfte Agnes. »Das ist wohl deine Art zu sagen, was du von meinen Reitkünsten hältst?«

Ein Stupser gegen ihre Schulter war die Antwort. Spielerisch schubste das Mädchen den zierlichen weißen Kopf zur Seite. Das Pony stampfte mit dem Huf auf und schüttelte die wallende Mähne, aus der Heu auf das Mädchen herabrieselte.

»Ich glaube eher, es findet, du sollst endlich von seinem Essen runtergehen«, sagte Bran.

Agnes antwortete, indem sie einen ganzen Arm voll Heu durch die Lüfte wirbelte. Das Pony zog erneut die Oberlippe hoch und zeigte seine großen gelben Zähne.

Bran schüttelte den Kopf. »Ich hab ja schon einiges gesehen in meinem Leben, aber ein Pony wie dieses noch nie. Euch beide könnte man glatt zu den Gauklern schicken.«

»Da war ich schon mal«, rutschte es Agnes heraus.

»Ehrlich?«, erkundigte sich Bran mit einer Stimme, die deutlich machte, dass er Agnes keinen Glauben schenkte.

»Ich kann richtig gut seiltanzen. Soll ich es dir mal zeigen?« Sie sprang auf die Füße, machte einen eleganten Knicks und tat dann so, als befände sie sich auf einem Drahtseil. Dann führte sie ihre einstudierte Nummer auf. Sie hüpfte durch einen imaginären Reifen und winkte mit den Armen. Brans Augen wurden immer größer.

»Jetzt verstehe ich. Du gehörst zu einer Schaustellertruppe, die hier durchkam, aber warum sind sie ohne dich weitergefahren?«

Agnes überlegte. Jetzt war der Zeitpunkt gekommen, die Wahrheit zu sagen, aber irgendwie fehlte ihr immer noch der Mut. Also tanzte sie einfach weiter. Wild wirbelte sie im Kreis und machte ganz verrückte Sprünge.

»Wohin sind deine Leute gefahren?«

»Nach Sommerset, ins Winterquartier.« Agnes ließ sich ins Heu plumpsen. Das Pony machte einen erschrockenen Satz zur Seite, kam dann jedoch wieder heran und untersuchte sie mit den weichen Nüstern.

»Vielleicht werden sie dich im Frühjahr wieder abholen«, überlegte Bran und sah besorgt drein.

»Das glaub ich kaum«, antwortete sie.

»Aber das sind doch deine Eltern, oder?«

»Nein, sie haben mir nur geholfen. Ich hab keine Eltern mehr.«

Jetzt war es heraus. Agnes schluckte. Dann aber sprudelten die Worte wie von selbst aus ihr hervor. Sie redete und redete, bis alles gesagt war, auch die Sache mit ihrem Bruder, und dass Mr. Chimneys ihn von Mrs. Bones gekauft hatte. Als sie geendet hatte, starrte Bran lange stumm zu Boden. Agnes fürchtete schon, dass ihre Offenherzigkeit ein Fehler gewesen sein könnte, da schniefte er leise.

»Das ist die traurigste Geschichte, die ich seit Langem gehört habe. Wie kann man Kindern nur so etwas antun?«

Agnes nahm den Kopf des Ponys in beide Hände und streichelte ihn hingebungsvoll. Sie schloss die Augen. Jetzt musste sie es Bran sagen: »Ich möchte so gerne hierbleiben, bei euch und bei den Schafen.«

Der große Mann ließ sich langsam nieder. Seite an Seite hockten sie im Heu, während das Pony von einem zum anderen schaute.

»Wenn ihr einverstanden seid, natürlich nur«, ergänzte Agnes zögernd.

Der Farmer nickte, schien aber mit seinen Gedanken ganz woanders zu sein. »Und du hast keine Idee, wo dein Bruder jetzt sein könnte?«

»Nur eine Vermutung. Ich habe Mrs. Bones dort gesehen. Bestimmt hat sie ihn erwischt und wieder mitgenommen.«

Traurig musterte sie ihre neuen Schuhe und musste daran denken, dass Peters Schuhe in diesem Jahr viel zu klein geworden waren und dass er sich ständig die Fersen wund gerieben hatte. Tränen quollen aus ihren Augen. Der große Mann legte seinen Arm um sie und zog sie an sich. Das Mädchen schluchzte noch mehr. Sie wollte keine Heulsuse sein, aber sie konnte einfach nichts dagegen tun. Eine Weile sagte keiner ein Wort. Das Pony stand direkt vor ihnen und betrachtete sie aus seinen großen schwarzen Augen, ganz so als würde es auf eine Entscheidung warten.

»Ich muss nächste Woche in die große Stadt«, sagte Bran schließlich. »Es ist Weihnachtsmarkt. Wir könnten nach ihm suchen, nach deinem Bruder mein ich.«

Voller Hoffnung blinzelte Agnes ihn an. »Und wenn wir ihn finden?«

»Nehmen wir ihn mit.«

»Das würdest du wirklich tun?«

Der große Mann nickte ernst.

»Und er dürfte auch hierbleiben?«

Der Farmer nahm ihre Hand. »Was lohnt all die Arbeit, wenn nach uns das Moor hierher zurückkehrt und sich zurücknimmt, was niemandem mehr gehört? Und was nutzt uns all unser Wissen, wenn wir es an niemanden weitergeben können? Ich sehne mich nicht weniger nach Kindern als Rowena, aber eigene sind uns nicht bestimmt. Doch wenn ich eine Tochter haben dürfte, dann wünschte ich, sie wäre wie du.«

Agnes drückte sich noch fester an ihn. Es war, als ob eine riesige Last von ihr abfiel. Sie dachte an ihren Stern. Jetzt würde alles gut werden.

Kapitel 9

Rowenas rotes Haar flatterte wie eine Fahne im Nordwind. Auf ihren Lippen zeichnete sich ein Lächeln ab, doch in ihren grünen Augen schimmerte es ängstlich. Bran hatte ihr Agnes' Geschichte erzählt, und sie war derart empört gewesen, dass sie Agnes immer wieder fragen musste, ob sich auch wirklich alles genau so zugetragen hatte. Agnes war klar, dass sie am liebsten mit nach London gekommen wäre, um dieser bösen Hexe einmal ordentlich die Leviten zu lesen, aber jemand musste die Tiere versorgen. Es blieb ihr also nichts anderes übrig, als die beiden ziehen zu lassen und zu hoffen, dass sie erfolgreich sein würden.

Nun überprüfte die Farmerin ein weiteres Mal den Knoten des Wolltuchs, in das sie Agnes eingewickelt hatte. Die rothaarige Frau deutete auf die Fäustlinge, die sie eilig für das Mädchen gestrickt hatte. »Dass du mir bloß die Handschuhe anbehältst«, mahnte sie. »Du darfst nicht auskühlen, sonst wirst du mir am Ende wieder krank. Du achtest doch darauf, Bran?«

Der Riese zurrte die Riemen des Traggeschirrs an. Das Pony stampfte unwirsch mit dem Vorderhuf auf. Es war ihm deutlich anzusehen, was es davon hielt, als Packtier missbraucht zu werden. Nur die süßen Äpfel, die Agnes ihm vorher gegeben hatte, hatten es überhaupt ermöglicht, dass das

Pony jetzt dastand, wo es stand. Während der letzten Tage hatten sie eifrig mit ihm geübt. Mittlerweile duldete es nicht nur Agnes auf seinem Rücken, sondern auch das Tragegestell, das nun unter den zahlreichen Waren – Schaffelle, Wollvliese und Filzpantoffeln – kaum mehr zu erkennen war. Die warmen Pantinen kamen gerade in London wieder in Mode. Es war Agnes' Idee gewesen, sich an ihrer Herstellung zu versuchen. Bran hatte den Filz gewirkt, Rowena die Schuhe zusammengenäht, und Agnes hatte sie mit bunt gefärbten Wollfäden bestickt und mit glänzenden Steinchen beklebt, die man hier überall fand. Herausgekommen waren praktische und dabei hübsch anzusehende Hausschuhe, die als Weihnachtsgeschenk bestimmt großen Anklang finden würden.

»Jetzt müssen wir aber wirklich los«, brummelte Bran. »Wer weiß, wie lange das gute Wetter hält.« Er drückte Agnes den Führstrick des Ponys in die Hand, denn ihr folgte das Pferdchen stets bereitwillig.

Agnes schlang ein letztes Mal die Arme um Rowena und schaute zu ihr hoch. »Ich komme wieder«, versprach sie.

Die rothaarige Frau nickte. »Ist gut, mein Mädchen. Und bring Peter mit. Ich erwarte euch sehnsüchtig.«

»Wir werden ihn bestimmt finden«, sagte Bran und streckte die Hand nach Agnes aus. Sie griff danach und winkte ein letztes Mal zurück. Dann zogen sie los.

Die Schneefälle der letzten Tage hatten ein weißes Laken über die Landschaft ausgebreitet. Im Schein der aufgehenden Sonne glitzerte es, als ob sich Millionen von funkelnden Sternen auf Bäume und Sträucher gelegt hätten. Der Schnee knirschte unter ihren Füßen. Agnes war es schleierhaft, woher Bran die richtige Richtung wusste. Für sie sah alles gleich aus, und ein Weg war beim besten Willen nicht mehr zu erkennen. Dennoch zögerte er kein einziges Mal. Das Pony schnaubte und stieß Agnes übermütig an.

»Ich bin dir wohl zu langsam?«, fragte Agnes.

Das Pony schüttelte seine Mähne und blinzelte vergnügt.

»Du würdest jetzt wohl am liebsten über die Wiesen galoppieren?«

»Davor bewahre uns der Himmel«, mischte sich Bran ein. »Es würde all unsere Sachen mit sich nehmen und vermutlich über das halbe Moor verteilen.«

»So etwas würdest du niemals tun, nicht wahr?« Agnes klopfte dem Schimmel den Hals. Das Tier schien enttäuscht den Kopf zu senken und stampfte ergeben weiter durch den Schnee.

Gegen Abend kam die große Stadt in Sicht. Die beiden beeilten sich, um noch vor Einbruch der Dunkelheit das Stadttor zu passieren, wo man sie ohne weitere Probleme einfach durchwinkte. Das Pony schnaubte ängstlich angesichts der zahlreichen Gespanne, die rücksichtslos an ihnen vorüberrauschten, sowie der vielen Menschen in den engen Straßen. Es drängte sich dicht an Agnes, die ihm liebevoll über die Stirn strich.

»Wohin gehen wir?«, wollte das Mädchen wissen.

»Es gibt gleich gegenüber des Wollmarktes eine günstige Herberge«, erklärte der Farmer. »Dort kehren alle Schaffarmer der Gegend ein.«

Bran wies mit der Hand auf ein schiefes Gebäude, über dessen Tür ein verrostetes Schild in der Form eines liegenden Lammes baumelte. Auch ansonsten machte das Haus einen wenig vertrauenserweckenden Eindruck. Der Putz bröckelte, sodass die blanken Lehmziegel hervortraten, und die Fenster waren mit Brettern vernagelt. Lautes Grölen und der Geruch nach Ale drangen aus der geschlossenen Tür auf die Straße. Jemand malträtierte die Fidel so gotterbärmlich, dass es Agnes in den Ohren schmerzte.

Brans Augen dagegen begannen zu leuchten. »Klingt fast so, als ob da drin schon ordentlich Stimmung ist. Jetzt, meine Kleine, wirst du die besten Kerle der Gegend kennenlernen. Sie mögen verwegen aussehen, aber für jeden einzelnen würde ich meine Hand ins Feuer legen.«

Agnes nickte wenig überzeugt, denn so wie es sich anhörte, ging da drin gerade ein Stuhl zu Bruch.

»Wir stellen das Pony in den Stall und packen unsere Sachen ins Stroh. Anschließend stürzen wir uns ins Getümmel.« Er rieb sich begeistert die Hände.

»Werden wir denn nicht in einer Kammer schlafen?«

Sie erntete ein Kopfschütteln. »Das macht keiner. Erstens können wir's uns nicht leisten, und zweitens gibt es in London zu viel Gesindel. Es wäre nicht gut, unsere Sachen aus den Augen zu lassen. Wir nächtigen im Stall, denn dort hält immer einer von uns Farmern Wache.«

Agnes nickte und spähte in das Gebäude. Es war bereits zum Bersten voll. Jedermann schien sich hier nach Belieben breitzumachen. Der Schlafplatz wurde markiert, indem man eine Decke auf den Boden legte und sein Zeug daneben packte. Mittlerweile war das allerdings gar nicht mehr so einfach, denn in dem engen Verschlag befanden sich nicht nur die Sachen der Farmer. Dort war auch ein Pferch, in dem sich eine ganze Menge blökender Schafe aneinanderdrängte.

Bran manövrierte das Pony in die Scheune, hob sorgfältig ihre Waren aus dem Tragegestell und versuchte den Schimmel dann irgendwie noch mit in den Pferch zu stopfen. Das Pony schien von dieser Idee überhaupt nichts zu halten. Es stemmte sich unter Aufbietung all seiner Kräfte gegen Bran, nicht willens, auch nur einen Huf in dieses Gedränge zu setzen.

»Es hätte sowieso nicht mehr hineingepasst«, gab der Farmer schließlich auf und band den Schimmel kurzerhand an einem Holzbalken fest.

Agnes war über diese Entscheidung nicht weniger erleichtert als das Pony. Sie begann ihm mit einem Wolltuch den Rücken zu massieren, während sich Bran nach einem Eimer Wasser umsah. Endlich waren ihre Sachen verstaut und das Pony versorgt.

»Jetzt aber los«, spornte der Farmer sie an. »Mein Gaumen lechzt nach einem Ale, und du hast bestimmt Hunger.«

»Wann suchen wir nach Peter?«, fragte Agnes vorsichtig.

»Morgen. Wenn der Markt gut gelaufen ist.«

Agnes konnte ihre Enttäuschung nicht verbergen.

»Geduld ist nicht deine Stärke, was?«

Das Mädchen schüttelte den Kopf.

Bran legte einen Arm um sie. »Ich werde ganz bestimmt zu dieser Mrs. Bones gehen, das ist versprochen, aber sieh mal, wenn dein Bruder wirklich dort ist, wird sie ihn nicht freiwillig rausrücken. Sie wird Geld verlangen, und im Moment haben wir nicht viel.«

Daran hatte Agnes gar nicht gedacht. Sie war immer davon ausgegangen, dass sie Peter heimlich befreien würden. »Aber so verliert ihr vielleicht eure gesamten Einnahmen. Ist denn dann noch genug Geld übrig, um über den Winter zu kommen?«

Ernst sah sie der Farmer an. »Darüber mach dir mal keine Gedanken, Kleines. So, und jetzt wollen wir es uns gutgehen lassen.«

Entschlossen schob er sie Richtung Tür und legte seine Hand auf den nur noch an einer Schraube hängenden Griff. Quietschend schwang die Tür auf. Der Geruch nach Stew, Ale und Schweiß schlug ihnen entgegen. Männer in grob gewebten Hemden und gestrickten Pullovern bildeten Mützen schwingend und schubsend einen Kreis. Niemand nahm von den Neuankömmlingen Notiz. Ohne überhaupt hinzuschauen grölte jemand: »Tür zu, es zieht!«

Agnes betrachtete die krumm gearbeiteten Rücken und die schiefen Beine, die in gestrickten Wollsocken mit lustigen Mustern steckten, während das Geschrei weiter anschwoll und die Männer heftig zu gestikulieren begannen. Im Hintergrund glaubte Agnes aufgeregtes Gackern zu vernehmen.

»Los doch, gib's ihm!«, brüllte ein Mann mit langen, verfilzten Haaren.

»Nicht aufgeben!«, schrie jemand anderes. »Vorwärts!«

Es folgte Jubel auf der einen, leises Fluchen auf der anderen Seite. Ein goldfarbener Hahn wurde unter Triumphgeschrei in die Höhe gehoben, damit ihn jeder bewundern konnte, ein anderer verschwand unbeachtet in einem Sack. Geldscheine wechselten die Besitzer, und die Menge verstreute sich. Nun wurde man auch auf Bran und Agnes aufmerksam. Der Wirt, ein pummeliger Kerl mit rotem Gesicht und einer Nase, die von reichlich Alkoholgenuss zeugte, wackelte auf sie zu. Bran wurde von ihm herzlich umarmt, was irgendwie merkwürdig aussah, denn der Wirt reichte dem Riesen nicht einmal bis zur Schulter.

»Hast das Beste versäumt«, meinte der Wirt mit krächzender Stimme. »Das war ein feiner Kampf eben. Hätte dir gefallen.«

Bran nickte. »Bestimmt hätte er das.«

»Wo bist du so lang gewesen? Wir dachten schon, du hast dich auf dem Weg hierher verirrt. Passiert einem Fremden wie dir ja schnell mal.«

»Das sagt einer, der die Nase noch nie aus London herausgestreckt hat«, erwiderte Bran und erntete Zustimmung und schallendes Gelächter von den anderen, »und der

Schafsmist nicht von einem Maulwurfshaufen unterscheiden kann.«

»Kann ich wohl: Ist genau wie bei Bier und dem gelben Zeug, was bei jedem unten rauskommt. Sieht auch gleich aus, aber das eine stinkt, das andere nicht.«

Die Männer schlugen sich auf die Schenkel und jemand rief: »Schenk ein, Wirt. Unsere Krüge sind leer.«

Der rundliche Mann winkte eifrig seiner Schankmagd. Dann fiel im Agnes auf. Munter kniff er sie in die Wange. »Was hast du uns denn da für ein niedliches Täubchen mitgebracht, Bran?«

»Das ist Agnes. Sie gehört zu mir.«

Anerkennend hob der Wirt die Augenbrauen. »Aha. Und wo kommst du her, kleines Fräulein?«

»Aus Bristol«, antwortete Bran, bevor Agnes auch nur den Mund aufmachen konnte. »Sie ist die Tochter meines jüngsten Bruders. Die hatten eine ganz schlechte Ernte. Zu viel Regen, Fäule im Getreide. Kriegen die Kinder über den Winter nicht satt. Also hat er sie zu uns gebracht.«

Die Männer nickten. Sie wussten wohl, was Missernten für die Bauern bedeuteten. Der Wirt tätschelte dem Mädchen den Kopf, als wäre sie ein verwaistes Lamm.

»Missernten und strenge Winter – eine Katastrophe kommt selten allein«, sagte jemand hinter Agnes.

»Siehst ja wirklich verhungert aus, Mädchen«, bestätigte der Wirt und drückte ihr eine Schüssel Hühnerbrühe in die Hand. »Na, Rowena wird dich schon aufpäppeln. Und jetzt willst du dir wohl London anschauen? So eine große Stadt hast du bestimmt noch nie zu Gesicht bekommen.«

Agnes nickte einfach stumm und hoffte, dass die Farmer endlich ein anderes Thema fanden. Ihr Blick fiel auf den Mann, der noch immer seinen Hahn im Arm hielt. »Das ist aber ein schönes Tier«, lobte sie.

Die Augen des Besitzers begannen augenblicklich zu leuchten. »Ein richtiger Champion ist das. Hat mir schon viel Geld eingebracht. Er gewinnt jeden Kampf.«

»Dann kannst du ja jetzt mal eine Runde springen lassen!«, riefen die anderen. Der Wirt nickte.

»Na ja, sei's drum«, gab der Hahnbesitzer nach und erntete freundschaftliches Schulterklopfen.

Die Reihen der Männer schlossen sich wieder, und plötzlich stand Agnes ganz verloren da, denn Bran war von den anderen mitgezogen worden. Zuerst blickte er sich kurz um, als er aber sah, wie Agnes den wässrigen Eintopf löffelte, steckte er seinen Kopf wieder mit den anderen zusammen und lauschte den neuesten Geschichten von den Farmen.

Agnes schlürfte ihre Suppe. Nachdem sie fertig war, stellte sie den leeren Teller zur Seite und wusste nicht, was sie tun sollte. Nachdem das Mädchen eine Weile dagestanden und abgewartet hatte, ob jemand Notiz von ihm nehmen würde, schlich es sich aus der Gaststube und wanderte zum Stall. Das Pony wieherte leise, als es Agnes bemerkte.

»Na, ist das hier auch nicht so ganz dein Fall?«, erkundigte sich das Mädchen. Sie bekam ein Schnauben als Antwort. Agnes sah, dass der Wassereimer umgestoßen war und ergriff ihn, um ihm am Brunnen aufzufüllen. Die Nacht war eiskalt, und neben einem halben Mond funkelten unzählige Sterne. Das Mädchen lauschte. Die nächtlichen Geräusche drangen gut vernehmbar von der Straße herüber. Früher war es Agnes nie aufgefallen, wie laut es in der Stadt war. Dieses Häusermeer war wie ein riesiges Wesen, das niemals zur Ruhe kam. Immer gab es irgendwo ein Geräusch – und wenn es nur wie jetzt der Nachtwächter war, der die achte Abendstunde ankündigte. Langsam entfernte sich der Singsang wieder, und Agnes dachte an das Pony. Bestimmt wartete es schon auf seine Erfrischung. Keuchend schleppte sie den gefüllten Eimer zurück zum Stall. Dort hielt sie dem Schimmel das Wasser vor die Nüstern. Er trank in tiefen, langsamen Schlucken, während er unruhig von einer Stelle auf die andere trat.

»Du vermisst das Moor, nicht wahr? Mir geht es nicht anders. Ich würde am liebsten so schnell es geht zurück, aber wir müssen erst Peter befreien. Vielleicht sollte ich die Zeit nutzen, um zum Heim zu laufen und zu schauen, ob er dort ist. Ich finde den Weg, denn ich kenn ihn ganz genau.«

Das Pony sah sie aus seinen großen, dunklen Augen an, während ihm Wasser aus dem Maul tropfte und am Boden eine Pfütze bildete.

»Vielleicht gelingt es mir sogar, ihn zu befreien. Dann müssten Bran und Rowena nicht ihr ganzes Geld der gierigen Mrs. Bones geben.«

Sie bekam ein Kopfschütteln zur Antwort. »Du traust es mir wohl nicht zu? Aber ich habe das schon einmal geschafft. Zugegeben, mit Walters Hilfe.«

Das Pony scharrte unruhig mit den Füßen.

»Was ich bräuchte, wär nur ein bisschen Glück.«

Sie bekam ein Schnauben zur Antwort.

»Keine Angst, mir passiert nichts.«

Entschlossen wandte sich Agnes dem Ausgang zu, woraufhin das Pony wieherte und an seinem Strick riss.

»Ich würd dich ja mitnehmen, aber du bist zu groß und auch viel zu laut«, sagte Agnes. Sie zögerte einen Augenblick, doch dann schritt sie durch die Tür, ohne sich noch einmal umzudrehen.

Agnes huschte über den Marktplatz, um dann den kleinen Gässchen Richtung Themse zu folgen. Bald erreichte sie das vertraute Hafenviertel. Hier standen die Häuser sehr dicht und sperrten das Mondlicht aus. Auch die Straßenbeleuchtung spendete nur spärliches Licht. Agnes war dankbar für die nächtlichen Schatten der Häuser, denn sie ließen ihre Gestalt mit der Dunkelheit nahezu verschmelzen. Trotzdem spähte sie ängstlich in jede Richtung, nutzte jede Deckung und machte einen Bogen um die Straßen, in denen die leichten Mädchen ihre Dienste anboten.

Sie hatte die Gasse, in der Mrs. Bones' Heim lag, schon fast erreicht, als die Tür eines Wohnhauses auf der gegenüberliegenden Straßenseite mit solcher Wucht aufschlug, dass der Putz von der Mauer rieselte. Eine lange, hagere Gestalt mit hohem Hut trat heraus, sah sich kurz um, räusperte sich und spie einen langen Speichelfaden vor sich auf den Boden. Agnes hielt sich die Hand vor den Mund, um nicht erschrocken aufzuschreien. Ihr Herz schien kurz stehenzubleiben, um dann umso heftiger zu pochen. Sie drückte sich so dicht an die Mauer, wie sie nur konnte. Glücklicherweise musterte der Mann seine Umgebung nur flüchtig. Dann trat er auf die Straße und wandte sich zielstrebig genau in die Richtung, in der Mrs. Bones' Heim lag. Agnes schluckte. Das machte ihr einen dicken Strich durch die Rechnung. Noch hatte er sie nicht entdeckt, doch wenn sie hinter ihm herlief, würde sich das bestimmt ändern. Ihr Mund schien plötzlich wie ausgedörrt zu sein. Sie hätte eine Menge für einen Schluck Wasser gegeben. Als die hohe Gestalt hinter der Hausecke verschwunden war, versagten Agnes' Knie. Langsam sackte sie zu Boden und schlug sich die Hand vor den Mund. Das hätte übel ausgehen können. Um ein Haar wäre sie Mr. Chimneys direkt in die Arme gelaufen.

Es dauerte eine Weile, bis ihr Verstand wieder zu arbeiten begann und sie sich fragte, was den gruseligen Kerl mitten in der Nacht in diese Gegend verschlug? Und warum ging er offenbar schnurstracks zu Mrs. Bones? Ein schlimmer Verdacht regte sich in Agnes. Sofort war sie wieder auf den Füßen und flitzte los. Sie umrundete zwei Matrosen, die lachend die Arme nach ihr ausstreckten und ihr »Na, Süße, wohin des Weges?« nachriefen.

Schlitternd kam sie an der nächsten Ecke zum Stehen. Vorsichtig beugte sie den Kopf nach vorne und spähte zu dem finsteren Gebäude mit dem eisernen Tor, in dem sie die schlimmsten Monate ihres Lebens verbracht hatte. Sie war gerade rechtzeitig gekommen, um zu beobachten, wie Mr. Chimneys von der alten Hexe katzbuckelnd begrüßt wurde. Das wiederum konnte nur eines bedeuten: Sie wollte ins Geschäft mit ihm kommen. Das Mädchen ballte die Fäuste und sah sich dann noch einmal um. Niemand zu sehen. Agnes hastete zum Tor und drückte dagegen. Quietschend schwang es auf. Gut so!, dachte sie. Du hast es mir offen gelassen, hässliche Kröte.

Ab jetzt kannte sie jeden Schritt. Der mit Unrat bedeckte Boden war mittlerweile steinhart gefroren. Auch in London hatte der Winter nun endgültig Einzug gehalten. Unbemerkt gelangte Agnes zur Haustür. Sie verharrte regungslos und lauschte. Gedämpfte Stimmen drangen nach draußen, aber es war nicht zu verstehen, was gesprochen wurde. Agnes legte das Ohr ans Holz. So ging es besser. Sie erkannte Mrs. Bones' schnarrendes Gezeter und die energische Stimme des Kaminkehrers. Er klang laut, ärgerlich, aber was gesprochen wurde, war noch immer nicht auszumachen. Das Mädchen nahm seinen ganzen Mut zusammen, hob die Hand und berührte den Türknopf. Seine Kehle war wie zugeschnürt, und es schluckte ein paarmal. Die Stimmen klangen plötzlich sehr nah. Wenn jetzt Mr. Chimneys nach draußen trat, würde er unweigerlich über Agnes stolpern. Sie wollte sich schon zurückziehen, als ihr leiser werdende Schritte verrieten, dass sie sich entfernten. Ganz langsam bewegte Agnes den Knauf. Er widersetzte sich kurz, doch dann klickte es, und das Schloss sprang auf. Der vertraute Geruch nach Kohlsuppe strömte ihr entgegen. Agnes öffnete die Tür einen schmalen Spalt breit und lugte hindurch. Der Gang lag im Licht der flackernden Kerzen. Niemand zu sehen, doch vom hinteren Teil des Hauses, da wo sich das Kellerloch befand, hallten unverkennbar Stimmen.

Jetzt oder nie!, dachte das Mädchen und streifte die Holzschuhe ab. Die würden auf den Dielen viel zu viel Lärm machen. Dann huschte es hinein und zog die Tür wieder zu. Auf Zehenspitzen trippelte Agnes weiter bis zu der Tür, die zum Vorratsraum führte, in dem das Kellerloch war. Jetzt war deutlich zu hören, worüber Mrs. Bones und Mr. Chimneys stritten. Der Kaminkehrer war erbost, sogar wütend.

»Das ist ja wohl die Höhe«, beschwerte er sich. »Zehrgeld für das Bürschlein kassieren und sich davon selber fett fressen. Sie es dir mal an. Nichts weiter als ein Häufchen Elend. Wer soll mir den noch abnehmen? Ich hab auch keine Lust, einen halb verhungerten Bengel aufzupäppeln.«

»Ach, der stellt sich bloß an«, antwortete Mrs. Bones. »Tut nur so, als sei er krank. Ein Fußtritt und er besinnt sich eines Besseren.«

Agnes hörte ein leises Wimmern. Sie wäre am liebsten sofort hingestürmt und hätte die fiese alte Hexe mit ihren Fäusten bearbeitet. Doch das war viel zu gefährlich. Zudem schien sich Mr. Chimneys sowieso nicht auf den Handel einlassen zu wollen.

»Frau, halt mich nicht zum Narren! Du wirst mir mein Geld zurückgeben, bis auf den letzten Penny.«

Mrs. Bones' Wutschrei klang viel zu nah. Agnes stellten sich sämtliche Haare auf. Panisch flüchtete sie zurück zum Ausgang. Die Hand schon an der Tür, blieb sie stehen. Sie versuchte sich zu beruhigen, aber ihre Finger krampften sich um den Knauf, und ihre Beine zitterten. Alles in ihr verlangte danach wegzulaufen, zurück zu Bran und den Schaffarmern. Dort wäre sie in Sicherheit. Aber was, wenn das Kind im Kellerloch ihr Bruder war? Sie musste Gewissheit bekommen. Entschlossen ließ Agnes den Griff los und atmete zweimal tief ein und aus. Plötzlich kratzte es an der Tür, hinter der sich die beiden Erwachsenen immer noch stritten. Agnes' Gedanken rasten. Hier vorne gab es kein Versteck, außer, ja außer, sie schlüpfte in Mrs. Bones' Kammer. Es blieb keine Zeit, weiter darüber nachzudenken. Das Mädchen stolperte vorwärts, öffnete die Tür und verschwand in dem Raum.

»Aber ich hab's nicht mehr«, krächzte die Heimleiterin.

»Dann beschaff es!«, blaffte Mr. Chimneys. »Ist mir egal, wie du es anstellst. Rück dein Erspartes heraus, oder verkauf deinen dämlichen Hut. Morgen bin ich wieder da, und dann will ich mein Geld zurück.«

»Wie wär's, wenn Ihr Euch einfach einen anderen Jungen aussucht, Sir?«

»Den da drin wollt ich haben, weil er schmächtig genug ist, in die Schornsteine zu klettern. Doch jetzt ist er so mager, dass ihm die Kraft dazu fehlen wird. Deine anderen Burschen sind zu groß dafür, das weißt du ganz genau. Also versuch nicht, mich hinzuhalten.«

Agnes biss sich auf die Lippen. Also doch. Sie hatte richtig vermutet: Es war Peter, von dem die beiden sprachen. Er saß dort drüben im Kellerverlies.

»Ihr habt sie ja noch gar nicht alle gesehen«, wimmerte Mrs. Bones nun und bettelte weiter: »Zudem habe ich gestern zwei neue Kinder bekommen. Seht sie Euch doch wenigstens einmal an.«

Agnes schickte ein Stoßgebet in den Himmel. Wenn die beiden tatsächlich im Schlafraum verschwanden, dann könnte sie in den Vorratsraum huschen und Peter herausholen. Allerdings war die Zeit knapp, und anschließend würden sie die Beine in die Hand nehmen müssen, damit sie nicht erwischt wurden.

»Ich schlag dir die Zähne aus, altes Miststück, wenn du mich zum Narren hältst«, antwortete Mr. Chimneys.

»Gewiss nicht«, sagte die Heimleiterin.

Agnes konnte sich gut vorstellen, wie sie nun katzbuckelnd nach dem Schlüssel fingerte. Tatsächlich hörte man ein leises Klirren und dann das Quietschen der Tür zum Schlafsaal der Jungen. Noch einmal atmete das Mädchen tief durch und wartete auf das Zuschlagen der Tür, aber es kam nicht. Agnes trat dennoch auf den Flur. Ungesehen erreichte sie die Tür zum Vorratsraum und drückte sie auf. Mitten auf dem Boden lag eine reglose Gestalt im Dunkeln.

»Oh mein Gott«, flüsterte Agnes und hastete zu dem Kind.

Die blonden Locken hingen dem Jungen strähnig ins eingefallene Gesicht. Er hielt die Augen geschlossen. Agnes griff nach den kleinen Händen. Sie waren eiskalt. Peter regte sich nicht.

»Peter, bitte, mach die Augen auf«, hauchte das Mädchen. »Ich bin's, Agnes. Ich komm dich holen.«

Da rührte sich der Kleine. »Mama«, sagte er mit brüchiger Stimme.

Agnes legte ihm den Zeigefinger an die Lippen. »Leise, leise.« Sie schob stützend ihren Arm um seinen mageren Körper. »Steh auf.«

Peter unternahm einen Versuch, aber kaum stand er auf seinen dürren Beinen, knickten sie auch schon wieder unter ihm weg.

»Ich nehme dich Huckepack«, schlug Agnes vor. »Du musst dich nur festhalten.«

Mühsam quälte sich der Junge auf ihren Rücken. Es

dauerte eine Ewigkeit. Die Zeit lief ihnen davon. Endlich schmiegte sich ihr Bruder an sie und schlang seine Arme um ihren Hals. Sie packte seine Beine und machte die ersten zaghaften Schritte. Es war zu schaffen. Peters Gewicht war nicht der Rede wert. Aber würde sie an der offenen Tür vorbeikommen und das Tor erreichen?

»Nun, die taugen alle nichts, höchstens der könnte eventuell gehen«, hörte sie Mr. Chimneys' dunkle Stimme.

»Hab ich's nicht gesagt?«, zwitscherte Mrs. Bones entzückt. »Ihr könnt mir schon glauben. Ich weiß, wonach Ihr sucht, Sir.«

Jetzt oder nie. Agnes trat auf den Flur.

»Aber den Kleinen nehme ich trotzdem mit. Ohne Bezahlung, als Schadensersatz sozusagen. Vielleicht wird er ja wieder.«

»Ganz wie Ihr wollt. Mr. Chimneys, er gehört Euch.«

Der kurze Flur schien sich endlos hinzuziehen. Agnes erkannte Mrs. Bones' Gestalt an der Tür zum Schlafsaal. Sie war dabei sich umzudrehen und würde ihnen im nächsten Moment den Weg versperren, da heulte plötzlich ein Kind los: »Nein, ich will nicht. Ich will hierbleiben!«

Mrs. Bones' Schlafrock verschwand wieder im Schlafsaal. »Wirst du wohl, du ungezogener Fratz!«

Agnes dachte einen winzigen Moment daran, wie schlimm es war, dass nun ein anderer Junge Peters Platz einnehmen würde, dann jedoch sauste sie einfach weiter, vorbei an Mrs. Bones und schnurstracks zur Tür. Im Augenwinkel nahm sie noch wahr, dass die Heimleiterin sie schließlich doch noch bemerkt hatte, da war sie bereits draußen und schlüpfte in ihre Schuhe. So schnell sie ihre Beine trugen, schlitterte sie über den vereisten Hof, hinaus aus dem Tor. In diesem Moment hörte sie die Heimleiterin kreischen: »Halt, hiergeblieben, du kleine Kröte!«

Agnes rannte weiter, das Gässchen entlang bis zur Ecke.

»Aufhalten!« brüllte Mrs. Bones.

Die zwei Matrosen drehten sich um und breiteten ihre Arme aus. Agnes schlug einen Haken. Hände streiften sie. Ein Ruck an ihrer Kleidung. Sie kam nicht mehr weiter.

»Hiergeblieben, du hurtiges Häschen. Mama ruft dich.«

Mrs. Bones' Triumphschrei zerriss die Luft.

»Lasst es ja nicht los, das kleine Luder!«

Die Vorstellung, der alten Hexe wieder in die Finger zu geraten, fuhr wie ein Messerstich in Agnes' Herz. Kurz entschlossen biss sie in den Arm an ihrer Schulter. Der Matrose schrie auf und ließ von ihr ab. Das Mädchen duckte sich und sprang davon. Gerade rechtzeitig, denn Mrs. Bones war ihr erschreckend nah gekommen. Ihr Keuchen im Rücken, rannte Agnes, was die Beine hergaben, aber sie merkte, wie ihr langsam die Luft wegblieb. Peters kleine Ärmchen umklammerten ihren Hals und drückten ihr die Luft ab. Bis zur Herberge würde sie es nicht schaffen. Was sie brauchte, war ein Versteck, aber erst einmal musste sie einen kleinen Vorsprung gewinnen. Sie schlug einen Haken nach dem nächsten, stolperte zwischen riesigen Stoffballen, schlitterte unter Ladekränen durch. Dann wandte sie sich von der Themse ab in den Stadtbezirk, in dem sie früher zuhause gewesen war. Hier kannte sie jedes Schlupfloch.

Peter, halt durch!, betete sie in Gedanken. Schon zweimal waren seine Hände abgerutsch,t und beinahe wären sie dadurch zu Fall gekommen. Im letzten Moment hatte er sich gefangen, aber es hatte sie jedes Mal den kleinen Vorsprung gekostet, den sie gewonnen hatte. Sie hätte ihm gerne Mut zugesprochen, denn der Kleine zitterte vor Angst, aber sie brauchte jeden Atemzug für sich selbst. Endlich schien ihr Ziel zum Greifen nah. Der Weg machte eine Biegung, und genau hier gab es einen winzigen Durchgang – gerade mal groß genug für ein Kind. Er führte zu den Hinterhöfen der Häuser, welche mit Brettern vor den Blicken der Passanten abgeschirmt waren. Schon immer waren einige locker gewesen und boten den Kindern ein Schlupfloch, durch das man ungesehen hinein- und hinausgelangen konnte. Agnes betete innbrünstig, dass das immer noch so war und die Bewohner die losen Latten nicht etwa repariert hatten. Sie flog schier um die Ecke und musste für einen Moment aus Mrs. Bones' Blickfeld sein. Die Stelle, nach der sie suchte, war ganz in der Nähe. Agnes ertastete die schiefen Bretter in der Dunkelheit und rüttelte daran. Sie gaben nach und schwangen zur Seite.

»Runter und hier hinein!«, sagte Agnes hastig. Ihr Bruder verstand augenblicklich. Der Kleine rutschte von ihrem Rücken und fiel halb zu Boden. Wie ein zittriges Kätzchen schlüpfte er durch den schmalen Spalt. Nun war auch Agnes durch. Während sie die Latten in ihre alte Stellung zurückbrachte, versicherte sich das Mädchen, dass Mrs. Bones nicht bemerkt haben konnte, wohin die Kinder verschwunden waren. Genau in diesem Moment tauchte ein gelber Hut hinter der Weggabelung auf. Unschlüssig wackelte er ein wenig hin und her, um sich dann in den engen Durchgang zu zwängen. Agnes zog Peter auf die Füße und schleppte ihn zu einem klapprigen Gänsestall, der leer war. Die Eigentümer des Hauses waren vermutlich ebenfalls den Pocken zum Opfer gefallen. Erschöpft glitten die Kinder zu Boden. Peter sank gegen die Brust seiner Schwester, und sie schlang die Arme um ihn.

Agnes' Lippen bebten, während sie Mrs. Bones hinter dem Zaun keifen hörte: »Ich finde dich, du kleine Ratte! Und dann ersäuf ich dich, und wenn es das Letzte ist, was ich tue!«

Die Heimleiterin schimpfte, was das Zeug hielt, und das

in einer Lautstärke, die Tote aufgeweckt hätte. Dann wurde es einem der Anwohner zu viel. »Ruhe jetzt! Unverschämtheit!«, ertönte eine verschlafene Stimme, gefolgt vom Geräusch eines Nachttopfes, der auf die Gasse ausgeleert wurde.

Mrs. Bones antwortete mit einem unflätigen Fluch. Dann war alles still. Agnes atmete erleichtert auf und merkte erst jetzt, wie fest sie ihren Bruder umklammert hatte. Sie lockerte den Griff, aber loslassen wollte sie ihn nicht. Das wollte sie nie wieder tun. Sie schlang ihr Tuch um ihn, streichelte über seine verfilzten Locken und schaukelte ihn sanft in ihren Armen.

Kapitel 10

»Wo um Himmels willen kommst du her?«

Der Vorwurf in Brans Stimme war unüberhörbar. Der Farmer hatte ganz offensichtlich den halben Stadtteil nach Agnes abgesucht, was ihm bestimmt nicht leichtgefallen war, denn sein Atem verriet, dass er dem Ale ordentlich zugesprochen hatte.

»Du kannst doch nicht immer einfach weggehen, ohne ein Wort zu sagen, Agnes. Dir kann wer weiß was passieren. Du bist doch noch ein Kind!«

Seine Augen funkelten wütend. Das Mädchen schob einfach Peter nach vorne. Der Mund des Farmers klappte auf und dann wieder zu. Sehr langsam ging er in die Hocke und betrachtete den Jungen, wobei sein Zorn genauso schnell verflog, wie er gekommen war.

»Ist er das?«, wandte er sich an Agnes. »Mein Gott, der wiegt ja kaum noch mehr als ein neugeborenes Lamm. Wo hast du ihn gefunden?«

Das Mädchen fasste die Ereignisse zusammen und erzählte auch, dass Mr. Chimneys im Begriff gestanden hatte, ihren Bruder mitzunehmen.

»Wir müssen ihn verstecken«, sagte Bran. »So wie ich es sehe, ist die Sache noch nicht ausgestanden. Die verrückte Alte wird morgen jeden Stein nach euch umdrehen. Und es ist ihr schon einmal gelungen, euch aufzuspüren.«

Agnes nickte. Sie sah es genauso: Mrs. Bones würde Himmel und Hölle in Bewegung setzen, Peter zurückzubekommen. Schließlich hatte Mr. Chimneys auf den Kleinen bestanden.

Bran zog nachdenklich die Augenbrauen zusammen, dann flüsterte er: »In der Herberge ist kein Platz mehr, und die Schaffarmer tratschen zu viel. Wenn ich plötzlich neben meiner ›Nichte‹ noch einen ›Neffen‹ anschleppe, merkt jeder, dass an der Geschichte etwas faul ist. Was also tun?«

»Ich könnte Peter in unserem Elternhaus unterbringen«, schlug Agnes vor, »das steht immer noch leer.«

Bran winkte ab. »Da sucht sie doch als allererstes. Nein, es müsste ein Ort sein, den man mit euch nicht so leicht in Verbindung bringt.«

»Zurück zum Gänsestall vielleicht?«

Sie erntete ein Kopfschütteln. »Auch zu gefährlich. Sie wird in jedem Fall die Gasse von den anderen Kindern durchsuchen lassen.«

Agnes nickte. Das war sicher richtig. »Kennst du denn niemanden?«

Der Riese schüttelte bedauernd den Kopf. »Ich komme lediglich zum Markt nach London, und diese Herberge ist der einzige Ort, zu dem ich gehe.«

Ratlos ließ das Mädchen den Kopf hängen. Sie grübelte und grübelte, bis ihr plötzlich ein Einfall kam.

Bran sah sie erstaunt an, nickte dann jedoch. »Das könnte gehen«, stimmte er zu, klemmte sich Peter kurzerhand unter den Arm und streckte Agnes die Hand entgegen. »Worauf wartest du? Komm schon. Zeig mir den Weg.«

Ihre Holzpantinen klatschten laut auf dem hartgefrorenen Boden. Agnes zuckte jedes Mal zusammen, wenn sich ihnen jemand in ungewöhnlich schnellem Tempo näherte. Sie hatte das Tuch tief übers Gesicht gezogen und hielt sich dicht neben Bran, dem die Menschen schon alleine wegen seiner Körpergröße auswichen. Niemand fragte, wohin sie zu so später Stunde unterwegs waren. Nicht einmal der Nachtwächter, der mit eingezogenem Kopf eine nächste Runde machte. Sie hatten den Stadtkern hinter sich gelassen und trafen nur noch selten auf nächtliche Müßiggänger. Mittlerweile war es weit nach Mitternacht, und selbst in einer Stadt wie London schien – zumindest in den besseren Vierteln – der Puls um diese Zeit langsamer zu schlagen.

Die drei erreichten die kleine Kirche ohne Zwischenfall. Agnes deutete zu einem windschiefen Häuschen, in das sie einmal den alten Kirchendiener hatte hineinhumpeln sehen. »Hier muss es sein.«

»Dann werden wir schauen, ob jemand zuhause ist.« Entschlossen ging der Farmer auf das Häuschen zu, als er ein Zupfen an seinem Ärmel bemerkte.

»Warte«, flüsterte Agnes, »ich glaube, es wäre besser, wenn ich an der Türe stehe. Mich kennt der alte John.«

»Hm, du hast recht. Versuch dein Glück. Ich warte hier.«

Agnes sauste an ihm vorbei und begann, einen altersschwachen Fensterladen mit ihren Fingerknöcheln zu bearbeiten. Es dauerte eine Ewigkeit, bis sich ein grauer Kopf mit einer langen Schlafmütze aus dem Haus herausschob und sie verwundert anblinzelte. Agnes zog sich das Tuch vom Haar. Johns Augen leuchteten auf.

»Was machst du denn da mitten in der Nacht?«

»Wir brauchen deine Hilfe!«, antwortete Agnes.

»Wie? Was ist denn los? Und wo ist dein Bruder?«

Das Mädchen deutete auf Bran, der den Kleinen in seinen starken Armen hielt. »Bitte lass uns rein«, drängte das Mädchen und sah den alten Mann bettelnd an. Der aber äugte misstrauisch zu dem großen Mann hinüber.

»Wer ist denn das?«, wollte John wissen.

»Ein Farmer, der uns geholfen hat. Bitte, Peter geht's nicht gut. Er muss ins Warme.«

Langsam strich sich John über den grauen Bart. »Na gut, aber bleiben könnt ihr hier nicht. Ich will keinen Ärger.«

»Danke, danke!«, rief Agnes erleichtert und winkte Bran. Der tappte zu ihnen herüber.

»Abend«, brummelte er. »Und schönen Dank auch.«

»Jaja, ist schon gut. Jetzt ins Haus, bevor man euch noch sieht, und Kopf einziehen. Bin nicht für so große Gäste eingerichtet.«

Bran ging voran und wäre trotz der Warnung beinahe mit dem Kopf gegen einen Sack Wurzeln gestoßen, der von der Decke baumelte.

»Hängt da oben wegen der Mäuse«, erklärte John unaufgefordert, drückte die Tür zu und schob den Riegel vor. In der Hütte war es nur wenig wärmer als draußen. Bran sah sich nach Brennbarem um, entdeckte ein paar dürre Äste sowie trockenes Moos und warf sie in die kümmerliche Glut eines offenen Kamins.

»Nicht!«, rief der alte Mann erschrocken. »Das ist alles, was ich habe, und Brennholz ist in diesen Tagen so teuer.«

Bran blähte die Backen und pustete ungerührt einen gewaltigen Sturm in die Glut. Augenblicklich fing das Moos Feuer und begann qualmend zu brennen. »Ich bringe dir morgen einen Arm voll Brennmaterial vorbei«, versprach der Riese und trug Peter zum Feuer. Der Bub war vor Erschöpfung eingeschlafen und wachte nicht einmal jetzt auf.

John zog seinen Schlafrock fester um sich, ließ sich ächzend auf dem einzigen Hocker des winzigen Raums nieder, der sowohl zum Schlafen als auch zum Kochen genutzt wurde, und betrachtete den Kleinen. »Dein Bruder sieht aber gar nicht gut aus. Der muss ja seit Tagen nichts mehr zu essen bekommen haben. Seid ihr etwa weggelaufen?«

Einen Moment überlegte Agnes, ob sie John vertrauen konnte. Andererseits – welche Wahl hatte sie schon? Zudem war der alte Mann stets freundlich zu ihnen gewesen. »Mrs. Bones hat Peter eingesperrt, weil er mit dem Kaminkehrer gehen soll. Aber dort wird er sterben.«

»Ihr seid also aus dem Heim abgehauen«, seufzte John. »Das ist leider keine Lösung. Überleg doch mal. Du kannst nicht auf der Straße leben und alleine für euch sorgen. Dein Bruder ist ja jetzt schon halb verhungert.«

»Das war Mrs. Bones. Sie hat ihm nichts zu essen gegeben.«

Ungläubig schüttelte der alte Mann den Kopf. »Und jetzt? Was soll nun werden? Ich kann euch nicht bei mir aufnehmen. Ich hab ja selbst nichts.« Er wies mit der Hand auf die spärliche Einrichtung, die aus kaum mehr als einem Strohsack als Lager, einem Dreifuß mit einem Kessel und dem Hocker bestand, auf dem er gerade saß.

»Nur für einen Tag«, antwortete Bran an Agnes' Stelle. »Morgen Abend, gleich nachdem der Markt beendet ist, nehm ich Peter wieder mit. So lange muss er allerdings vor den Augen der Heimleiterin verborgen bleiben, und auch sonst sollte ihn besser niemand zu Gesicht bekommen.«

Schweigend stierte John in das nun hell lodernde Feuer. Man sah ihm deutlich an, dass er sich in seiner Haut unwohl fühlte.

»Es soll dein Schaden nicht sein, alter Mann«, sagte Bran. »Wie wär's mit einem Schaffell? Das könntest du in dein Bett legen, um deine alten Knochen zu wärmen.«

»Klingt gut, aber sag mir erst, was du mit den Kindern vorhast.«

»Sie gehen mit mir auf meine Farm. Da können sie bleiben. Es wird ihnen gut ergehen. Wir haben viel Platz.«

»Und warum kannst du sie nicht gleich mitnehmen und mit ihnen verschwinden? Wär das nicht sicherer, als einen ganzen weiteren Tag in der Stadt zu bleiben?«

Johns Misstrauen hing wie ein unangenehmer Geruch im Raum. Agnes war nur nicht klar, ob er sich Sorgen um die Kinder machte oder einfach fürchtete, in Schwierigkeiten zu geraten, wenn er einem Ausreißer Unterschlupf gewährte.

»In der Herberge könnte man Fragen stellen, wenn ich dort plötzlich mit einem fremden Kind auftauche«, antwortete Bran.

John musterte ihn durchdringend. Dann nickte er. »Gut, aber nur bis morgen Abend. Wenn ihr ihn dann nicht abholt, bring ich ihn zurück.«

Agnes schenkte ihm ein dankbares Lächeln. »Ich wusste, dass du ein gutes Herz hast.«

Bran fasste unter seinen Mantel und brachte einen Laib Brot zum Vorschein. »Damit ihr nicht hungern müsst. Den hat meine Frau gebacken.«

Johns Augen glänzten, als er nach dem Essen griff. Er schnupperte an dem Brot und leckte sich mit der Zungenspitze über die Lippen. »Muss eine gute Bäckerin sein.«

»Das kann man wohl sagen.«

»Dann hast du Glück. Meine Judy ist schon lange von mir gegangen. Das Leben birgt keine Freude mehr ohne sie.«

»Kann ich mir gut vorstellen.«

»An Weihnachten ist's besonders schlimm. Dann muss ich immer daran denken, wie es früher war.« John schniefte verlegen. Seine beiden Gäste schwiegen, um ihm Zeit zu lassen, sich wieder zu fassen. »Wir hatten ja nie viel, aber wenigstens uns beide«, fuhr John fort. Dann straffte er die Schultern und sah seinem Besuch fest in die Augen. »So ist das eben, wenn man alt wird und seine Zeit zu Ende absitzen muss.«

Vorsichtig fasste Agnes nach seiner Hand. Sie fühlte sich rau an wie zerschlissenes Leder, und sie war eiskalt. »Wir werden's dir nie vergessen, dass du uns geholfen hast. Das verspreche ich.«

Johns Blick wurde sanft, als er ihre Finger tätschelte. »Das weiß ich, Mädchen. Vielleicht wird's ein Quäntchen wiegen, wenn's zur großen Abrechnung kommt, dass ich euch nicht die Tür gewiesen hab, wie man's einst mit der Heiligen Maria tat. Ich werd für den Buben tun, was ich kann. Ob's reichen wird, weiß ich nicht.«

Agnes befühlte ihren Rocksaum, in dem noch immer die paar Münzen versteckt waren, die sie damals bei den Gauklern verdient hatte. Sie fingerte das Geld heraus und drückte es dem Kirchendiener in die Hand.

Der schaute erstaunt auf das Geld. »Das kann ich nicht annehmen, nicht von einem Kind.« Er versuchte, ihr die Geldstücke zurückzugeben.

Agnes zog rasch die Hand weg. »Nimm es als Zehrgeld. Besorg morgen ein wenig Hühnerfleisch, um für euch beide Suppe zu kochen.«

Unwillkürlich schmatzten die Lippen des alten Mannes. Trotzdem schien es ihm zu widerstreben, Geld von jemandem zu nehmen, der selbst nichts hatte.

»Peter hat morgen einen anstrengenden Tag vor sich, deshalb braucht er etwas Kräftiges.«

»Na ja, wenn du wirklich darauf bestehst, dann will ich dir den Gefallen tun. Doch nun solltet ihr besser gehen, bevor die halbe Nachbarschaft von eurem Besuch Wind bekommt. Hier haben die Haustüren Augen, und ich bekomme nicht mehr viel Besuch – schon gar nicht zu solch später Stunde.«

Bran nickte zustimmend. Agnes legte ihr Wolltuch um Peter, der im Halbschlaf wimmerte. Ein letztes Mal fuhr sie ihm übers Haar, dann verließ sie gemeinsam mit dem Farmer das Haus.

Obwohl Agnes totmüde war, wollte der Schlaf in dieser Nacht nicht kommen. Unruhig wälzte sie sich auf ihrer Decke hin und her. Mrs. Bones' Gekeife und Mrs. Chimneys' brennende Augen ließen sie nicht los. Gegen Morgen fiel sie endlich in einen von Albträumen geplagten Schlaf, aus dem sie hochfuhr, kaum, dass der erste Hahnenschrei erklungen war. Geradezu dankbar, endlich aufstehen zu können, klopfte sie sich das Stroh aus der Kleidung. Auch die anderen streckten sich gähnend. Der eine oder andere fasste sich stöhnend an den Kopf, weil ihm nach reichlichem Ale-Genuss der Schädel brummte. Die Zecher blickten übellaunig drein, schimpften und brummten, während sie sich die Buckelkörbe umschnallten. Andere kramten nach ihren mitgebrachten Vorräten – meistens Brot und hartgekochte Eier – und stärkten sich, bevor sie sich aufmachten, ihre Ware zum Marktplatz hinüberzuschaffen. Auch Bran stöhnte und griff sich an den Kopf, als er die Augen aufschlug, obwohl er im Vergleich zu den anderen wirklich nüchtern gewirkt hatte. So ein Riesenkerl vertrug eben etwas mehr als die ansässigen Wurzelbeißer.

»Mann, hab ich Schädelbrummen«, gestand er Agnes. »Jetzt wäre mir ein ordentliches Frühstück mit Speck und Eiern recht, aber ich fürchte, heute gibt's nur eine Schüssel Porridge.«

»Rowena hat mir Kräuter mitgegeben und gesagt, ich soll dir einen Tee daraus kochen.«

Der Riese schüttelte angewidert den Kopf und streckte abwehrend die Hände von sich. »Bloß nicht. Den kenn ich. Bitter wie Galle ist der. Einfach ekelhaft.«

»Sie hat auch gesagt, dass du ihn nicht mögen wirst. Ich soll aber darauf bestehen, dass du ihn trinkst, weil dich die Wollhändler über den Tisch ziehen, wenn du keinen klaren Kopf hast.«

Bran kratzte sich am Bart und musterte verlegen seine Zehen. »Das hat sie gesagt?«, flüsterte er hinter vorgehaltener Hand.

Das Mädchen nickte ernst.

»Na, die traut sich was. Ich werd ihn trotzdem nicht trinken.«

»Wär aber besser. Was ist denn ein Schluck bitterer Tee gegen den ganzen Tag Kopfschmerzen?«

»Du hast ja keine Ahnung …«, brummte Bran. »Ich versuch's mal mit einem Eimer kaltem Wasser. Das sollte auch helfen. Fütterst du solange das Pony? Wir sehen uns dann gleich in der Wirtsstube beim Frühstück.

Agnes krabbelte auf die Füße.

»Und Agnes …«, hielt Bran sie zurück.

Das Mädchen wandte sich ihm noch einmal zu. »Ja?«

»Nicht wieder weglaufen, ja?«

Jetzt war sie an der Reihe, verlegen zu werden. »Ganz bestimmt nicht«, versprach sie, drehte sich um und begann die letzten Hälmchen Heu und Stroh zusammenzusuchen. Der Schimmel machte sich sofort darüber her und hob nur einmal kurz den Kopf, um ihn an ihrer Schulter zu reiben und sie fragend anzuschauen.

»Es ist alles gut gegangen«, vertraute ihm das Mädchen an. »Du hast dir ganz umsonst Sorgen gemacht.«

Das Pony schnaubte kurz und fraß dann weiter.

»Ein feines Pferdchen hast du da«, erklang eine Stimme hinter ihr. »Wo hast du's denn her?«

Agnes drehte sich um und sah einen der Farmer vom vergangenen Abend. Sie wollte schon den Mund öffnen und ihm sagen, dass sie das Pferd gefunden hatte, da fiel ihr ein, dass die Männer ja annahmen, sie wäre Brans Nichte. Jetzt war sie in einer Zwickmühle. Sie wollte nicht lügen, aber die Wahrheit konnte sie auch nicht sagen. Ihre Hand streichelte über den dicken Hals des Ponys und spielte mit dem wuscheligen Fell. »Es kam zu mir, als ich es am nötigsten brauchte, und seitdem sind wir zusammen.«

»Man merkt, dass ihr euch mögt.«

Der Mann schmunzelte, und Agnes erkannte, dass er sie nicht hatte aushorchen, sondern einfach nur freundlich sein wollen.

»Ich bin übrigens euer Nachbar, Tony«, erklärte er. »Und gleichzeitig bin ich auch Brans Schwager, also meine Frau ist die Schwester von seiner.«

Agnes nickte interessiert.

»Ich habe eine Tochter in deinem Alter, Giny. Du kannst uns gerne mal besuchen kommen.«

»Danke, das tu ich bestimmt.«

»Prima.« Er schaute das Mädchen erwartungsvoll an, als es jedoch schwieg, schlug er vor: »Dann gehen wir mal in die Gaststube rüber. Wird Zeit, dass wir was zwischen die Zähne bekommen. Mir knurrt der Magen, und es wird ein langer Tag werden. Hoffentlich laufen die Geschäfte gut.«

»Bestimmt«, antwortete Agnes artig. Sie wünschte sich nichts sehnlicher, als dass sie möglichst schnell all ihre Sachen verkaufen würden, damit sie Peter holen und ihn aus der Stadt bringen konnten. Auf den Märkten trieben sich häufig Mrs. Bones' Kinder herum, und wenn die sie entdeckten, würde es nicht lange dauern, bis die Heimleiterin auftauchte und Ärger machte.

Insofern hätte Brans sie gar nicht erst ermahnen müssen, möglichst dicht bei ihm zu bleiben und sich im Hintergrund zu halten. Nur ein einziges Mal wagte sie sich aus der Deckung, nämlich als sie an einem kleinen Verschlag mit einem Wurf schwarz-weißer Welpen vorbeikamen. Die kleinen Plüschbälle konnten keine zwölf Wochen alt sein. Sie drängten sich fiepend und jaulend an das Gatter. Agnes zupfte Bran vorsichtig am Ärmel. Seufzend gab er nach und begleitete sein Ziehkind zu den Hundebabys.

»Die sind aber süß«, schwärmte Agnes. Sie streckte die Hand zu den jungen Hunden aus, woraufhin ein schlappohriger kleiner Bursche herbeisprang und sie leckte.

Bran trat ebenfalls näher und betrachtete die Tiere. Der Besitzer, ein alter Farmer mit schiefem Gesicht und graubraunem Haar, witterte wohl ein Geschäft und trat breit grinsend an ihre Seite.

»Das sind Hütehunde. Genau das Richtige für einen Schaffarmer. Die halten die Herde zusammen und finden jedes verirrte Lamm. So ein Hund erspart dir eine Menge Arbeit, Farmer.«

»Dann müssten wir uns nicht mehr die Hacken nach der Braunen ablaufen«, sagte Agnes.

Der Züchter nickte, doch Bran schüttelte den Kopf. »Ich weiß nichts über Hütehunde, Agnes, und du auch nicht.«

»Es ist überhaupt kein Problem, so ein Tier abzurichten. Denen steckt die Arbeit mit den Schafen im Blut. Könnt mir ruhig glauben«, sagte der Züchter.

»Aber wenn nicht, frisst es uns die Haare vom Kopf, ohne für uns von Nutzen zu sein.«

»Dann könnte es immer noch auf den Hof aufpassen«, schlug Agnes vor.

Bran wand sich. Es war ihm deutlich anzusehen, dass er Agnes' Vorschlag für eine Schnapsidee hielt, er sie aber nicht enttäuschen wollte.

»Lass uns später darüber reden«, meinte er. »Jetzt müssen

wir uns erst einmal um unseren Stand kümmern. Sehen wir mal, wie die Geschäfte laufen.«

Langsam zog Agnes die Hand zurück und nickte. Der Hundezüchter wirkte enttäuscht und rief ihnen nach: »Wartet nicht zu lange. Am Ende sind die besten Welpen weg.«

Bran reagierte nicht. Er hatte seinen Standplatz entdeckt und schritt aus. Die Ware war rasch ausgebreitet. Die großen Bündel mit Wolle kamen auf ein geöltes Leintuch, die Filzpantoffeln auf ein hübsches Deckchen, auf dem sie besonders gut zur Geltung kamen. Es dauerte nicht lange, und die ersten Käufer blieben stehen. Kaum aber hatten sie die ersten Pantoffeln verkauft, drängten sich all die um ihren Stand, denen noch das passende Geschenk für die Lieben zu Hause fehlte. Ruckzuck waren alle Schuhe verkauft.

»Davon hättet ihr ruhig noch mehr mitbringen können«, meinte eine Frau enttäuscht, als sie hörte, dass kein einziges Paar der hübsch bestickten Pantoffeln mehr da war. Auch Bran machte ein zufriedenes Gesicht. Kurz vor Mittag hatte ihn der Händler aufgesucht, der ihm üblicherweise seine Wolle abkaufte. Er hatte dem Farmer einen guten Preis für die Vliese geboten und versprochen, sie spätestens zur dritten Nachmittagsstunde abzuholen.

Auch Brans Nachbarn freuten sich über gute Geschäfte. Tony, der seinen Stand gleich daneben hatte, rief ihnen freudestrahlend zu: »Ich glaub, deine Nichte bringt uns Glück.«

Bran strich Agnes über das blonde Haar und strahlte stolz. Auch Agnes lächelte. Sie glaubte nicht daran, dass die Farmer ihr gutes Geschäft ihrer Anwesenheit verdankten. Vielmehr lag der letzte Pockenfall lange genug zurück, dass die Menschen guter Stimmung waren und sich wieder auf die Straße trauten, um genüsslich einzukaufen. Kein Wunder, dass die Geschäfte florierten.

»Ich finde, wir sollten ihr zumindest eine Bratwurst

spendieren«, fuhr Tony fort. »Schau, ich mach den Anfang, und die anderen legen bestimmt auch etwas dazu.« Brans Schwager öffnete die Tasche.

Es war kaum mehr als ein Schatten, doch Agnes reagierte prompt. Zu oft schon hatte sie gesehen, wie Mrs. Bones' kleine Diebe solche Situationen abwarteten, um sich eine Börse zu schnappen. Genau das passierte jetzt. Tonys Ledersäckchen wurde ihm blitzschnell aus der Hand gerissen, sodass dieser ihm nur vollkommen verdutzt und mit offenem Mund nachschaute. Agnes jedoch sprang kurzerhand nach vorne und grätschte dem Dieb zwischen die Beine. Der stolperte, schwankte und flog mit einem Aufschrei in ein Paket mit Wolle. Wie eine Katze rollte er sich ab, kam wieder auf die Füße und schaute, wer ihm dazwischengefunkt hatte. Diesen Augenblick nutzte Agnes und schnappte sich die Börse nun selbst. Sie erntete einen giftigen Blick. Kurz blitzten die Augen des Jungen auf, der tatsächlich einer von Mrs. Bones' Waisen war. Kein Zweifel: Er hatte sie erkannt.

»Das wirst du büßen!«, zischte er und war auch schon davon.

Agnes drückte die Börse an ihre Brust. Ängstlich schaute sie zu Bran, der sie an sich zog.

»Hast du das gesehen?«, fand Tony endlich die Sprache wieder. »Da hätte mir dieses Bürschchen doch um ein Haar den Lohn von einem Jahr Arbeit abspenstig gemacht. Das wären schöne Weihnachten geworden.« Er musste sich erst einmal setzen. Ängstlich drückte er sein Geld an sich, das ihm Bran in den Schoß legte. »Danke. Wenn Agnes nicht gewesen wäre, hätten wir den Rest des Winters Hunger gelitten.« Er musterte das Mädchen, als hätte er es vorher gar nicht richtig betrachten können. »Komm her, du Heldin, jetzt hast du dir deine Bratwurst aber wirklich verdient.«

Mit diesen Worten drückte er ihr eine Kupfermünze in

die Hand. Die anderen Farmer kamen dazu, nickten und klopften abwechselnd Tony, Bran und Agnes auf die Schultern. Wer es sich leisten konnte, legte noch etwas drauf.

»Danke«, stotterte Agnes, »aber das ist ja viel zu viel.«

Jemand nahm ihr das Geld aus der offenen Hand, lief los und kam mit einem ganzen Teller Würste wieder, die sie bis auf die letzte ganz alleine aufessen musste. Dabei war ihr ganz und gar nicht nach Essen. Sie wollte weg, und das so schnell wie möglich. Sie zupfte an Brans Ärmel, bis der sich zu ihr herunterbeugte.

»Wir sollten gehen«, hauchte sie in sein Ohr, während sie ihm eine Wurst zusteckte.

Der Riese runzelte die Stirn. »Gerade jetzt, wo es gemütlich wird? Ist irgendetwas nicht in Ordnung?«

»Der Junge hat mich erkannt«, hauchte sie mit zittriger Stimme.

»Ganz sicher?«, erkundigte sich Bran und schaute sich misstrauisch um.

Das Mädchen nickte. »Kein Zweifel. Er wird schnurstracks zurücklaufen und Mrs. Bones berichten, dass er mich gefunden hat.«

»Und dann wird diese saubere Heimleiterin hier aufkreuzen und Ärger machen.«

Bran verstand. »Eigentlich sollte ich Rowena noch zwei Scheffel Getreide mitbringen, aber das muss ich dann eben ein andermal erledigen. Wir packen zusammen.«

Verwundert beobachteten die anderen, wie Bran seinen Platz räumte, obwohl er noch zwei ganze Stunden hätte verkaufen können.

»Ich hab für heute genug«, verkündete er. »Es ist ohnehin nicht mehr viel übrig. Vielleicht schaff ich's so, zum Abendessen daheim zu sein.«

»Wenn ich ehrlich bin, geht's mir genauso«, schloss Tony

an und packte ebenfalls zusammen. »Lass uns zusammen gehen. Mir ist zu viel Gesindel unterwegs, das einen armen Farmer um seinen verdienten Lohn betrügen will.«

Bran nickte, obwohl ihm Agnes ansah, dass es ihm nicht recht war. Denn so würde er mitbekommen, dass sein Schwager noch ein zweites Kind mit nach Hause nahm.

Kapitel 11

Tony redete ununterbrochen, während sie gemeinsam zur Herberge zurückkehrten, den Wirt entlohnten und ihre Bündel schnürten. Bran und Agnes nickten abwechselnd, ohne wirklich zuzuhören. Das Schafgatter war nun leer. Nur schwarze Köttel und der Geruch nach Talg deuteten noch darauf hin, dass hier bis vor Kurzem Tiere gehaust hatten. Das Pony stand brav an seinem Platz.

»Was für ein Glück, dass ihr es habt, da kann Agnes jetzt reiten und wir kommen schneller vorwärts«, meinte Tony gerade. »Also dann los. Ich bin fertig.«

Bran hob die Hand. »Ich muss noch etwas erledigen, aber wenn du schon aufbrechen willst, geh voran. Wir holen dich dann unterwegs ein.«

Energisch schüttelte sein Nachbar den Kopf. »Auf gar keinen Fall mach ich mich alleine auf den Weg. Was, wenn ich noch einmal überfallen werde. Bei euch sind ich und mein Geld sicher. Du hast einen Glücksbringer dabei, und wenn das nicht genug ist, verscheuchst du die Wegelagerer allein mit deinem wilden Aussehen.«

Bran seufzte. »Dann würde ich Agnes gerne so lange bei dir …«

Er wurde durch ein Poltern am Tor unterbrochen. Endlich gab das marode Stück nach. Ein knallgelber Hut schob sich ins Innere. Agnes wich erschrocken zurück und verbarg sich hinter Bran, doch das sollte ihr nicht helfen.

Mrs. Bones kam mit wütenden Schritten auf sie zu, spreizte die Klauen und packte das Mädchen am Arm. »Hab ich dich, kleine Kröte!«

Agnes schrie und versuchte zu kratzen. Prompt erntete sie eine Ohrfeige, woraufhin Brans Kopf purpurrot wurde. Sein Brustkorb hob sich, und er brüllte, dass das Pony einen entsetzten Satz machte: »Sofort loslassen!«

Die zwei Federn auf dem Hut bogen sich im Sturm seines Atems. Erschrocken gehorchte die Heimleiterin tatsächlich und wich einen Schritt zurück, wobei sie gegen das Pony prallte. Der Schimmel legte die Ohren so flach an, dass sie scheinbar ganz verschwanden, und bleckte die Zähne. Mrs. Bones taumelte erneut zur Seite, stieß gegen eine Mistgabel und verlor mit ihren Armen wedelnd gänzlich das Gleichgewicht. Ihr fetter Hintern plumpste direkt in einen großen Haufen Schafmist.

»Agnes, du kommst sofort her!«, keifte sie.

Ängstlich schaute das Mädchen zu Bran, doch der schob sie einfach hinter seinen mächtigen Körper und schnaufte erbost. »Lassen Sie dieses Mädchen gefälligst in Ruhe!«

»Das bestimmst nicht du, dreckiger Farmer. Es gehört mir, mir ganz allein.«

Sie tastete in ihren Rocktaschen nach einem Stück Pergament, faltete es auseinander und schwenkte es wie eine Trophäe. »Hier steht's geschrieben. Lies, falls du das überhaupt kannst.«

In diesem Moment riss sich das Pony vom Strick los und galoppierte auf Mrs. Bones zu. Seine großen Zähne schnappten zu, doch statt des fetten Arms erwischte es das Schriftstück.

»Nein!«, kreischte die Frau, doch da hielt sie bereits nur

noch Fetzen in der Hand. Der Rest befand sich im Maul des Schimmels. Wutentbrannt sprang Mrs. Bones auf und zerrte an dem Papierfetzen, der zwischen den Zähnen des Tieres hervorragte. Der Schimmel schüttelte erbost den Kopf und drehte ihr sein Hinterteil zu. Während er ihr den weißen Schweif drohend um die Ohren peitschte, zerfloss das Pergament langsam im Pferdespeichel.

»Mir scheint, euer Beweis hat sich gerade in Wohlgefallen aufgelöst, Madam«, kommentierte Bran mit breitem Grinsen, »und was das Kind angeht, so kann es Euch gar nicht gehören. Agnes ist die Nichte meines Bruders.«

»Das ist eine dreiste Lüge. Jeder hier kennt sie und weiß, dass sie einer meiner Zöglinge ist.«

»So handelt es sich um eine Verwechslung!«, mischte sich plötzlich Tony ein. »Dieses hier kann's nicht sein. Das Mädchen ist seine Nichte, wie jedermann bei uns im Dorfe weiß. Zudem ist sie der Mutter wie aus dem Gesicht geschnitten.«

Bran schaute seinen Schwager dankbar an. Zu ganzer Größe aufgerichtet grollte er: »Da hört Ihr es, Madam, wenn Ihr also jetzt die Liebenswürdigkeit hättet zu verschwinden?«

»Pack, Gesindel!«, schimpfte Mrs. Bones und stopfte die Reste ihres Schriftstücks zurück in ihre Tasche. Dann rückte sie den gelben Hut zurecht und zischte: »Haltet natürlich zusammen, aber ich komme wieder und bringe die Gendarmen mit. Wollen doch mal sehen, wer hier recht behält. Und den Jungen, den hole ich mir auch wieder.«

»Welchen Jungen?«, erkundigte sich Bran, so als wüsste er nicht, wovon sie sprach.

»Na, ihren Bruder, den sie heute Nacht entführt hat.«

»Hier ist niemand außer uns, nicht wahr, Tony?«

»Also jedenfalls nicht, dass ich wüsste«, bestätigte der.

Bran blinzelte die Heimleiterin mit einer Aufrichtigkeit

an, die ihre Selbstsicherheit offensichtlich ein wenig ins Wanken brachte.

»Ihr könnt Euch gerne selbst überzeugen«, bot er an und machte eine großzügige Armbewegung. »Schaut Euch um. Dann merkt Ihr selbst, dass es sich um einen Irrtum handelt.«

Das ließ sich Mrs. Bones nicht zweimal sagen. Mit wehenden Rockschößen durchstöberte sie den gesamten Schuppen, schaute in jeden noch so kleinen Winkel und wurde immer wütender.

»Er muss hier sein«, prustete sie immer wieder. »Irgendwo hat sie ihn versteckt.«

Bran tat, als würde ihn das Ganze nichts weiter angehen. Er fing das Pony wieder ein, was nicht einfach war, denn es trabte mit hoch erhobenem Kopf in dem engen Stall herum, schnaubte wie ein zorniger Drache und trat mit den Vorderhufen aus, sobald der Farmer es zu greifen suchte. Erst als es Agnes' Hand an seiner Mähne spürte, konnte ihm Bran das Packgeschirr auflegen.

»Nun, gute Frau, wie ich sehe, seid Ihr nicht fündig geworden. Insofern lebt wohl. Wir müssen nun aufbrechen.«

Sie funkelte ihn von unten herauf an und zischte: »Im Moment magst du am längeren Hebel sitzen, aber das letzte Wort ist noch nicht gesprochen. Wir sehen uns wieder!« Mit dieser Drohung verschwand sie aus der Scheune.

Agnes sank in die Binsen. Sie zitterte am ganzen Körper, und ihre Nase blutete noch immer von der Ohrfeige.

Tony blickte die beiden wissend an. »Hm, deine Nichte also.«

Brans Kiefer knirschten. »Zum Glück kennst du sie ja schon von klein auf«, sagte er durch die zusammengepressten Zähne.

»Ja, zum Glück. Und jetzt? So wie ich die Sache sehe, lauert die Alte draußen und wartete darauf, dass du den Jungen holst. Du hast ihn doch irgendwo anders versteckt, oder nicht? Dann ist's jedenfalls vorbei mit der Lügerei.«

»Da könntest du recht haben«, gab sich Bran geschlagen.

»Mensch, Bran, auf was hast du dich denn da eingelassen?«

»Es ist alles meine Schuld«, ging Agnes dazwischen. »Ich bin aus dem Heim weggelaufen, weil es da einfach schrecklich ist, und Peter, den wollte sie den Kaminkehrern verkaufen. Dabei ist er noch ganz klein. Er hätte das keine zwei Monate durchgestanden.«

»Hm, ich hab schon davon gehört«, brummelte Brans Schwager. »Die kommen zu den Farmern, wenn nach Missernten Hunger in den Hütten einzieht. Sie sagen, nach zehn Jahren sind die Buben ausgelöst und reich, aber bisher ist noch nie einer wieder zurückgekommen.«

»Ich konnte doch nicht zulassen, dass so einer meinen Bruder mitnimmt!«, sagte Agnes zerknirscht. Dass ihre Tarnung so schnell auffliegen würde, hatte sie nicht erwartet. Tony zog sein Taschentuch aus seiner Hosentasche und begann, Agnes das Blut abzutupfen.

»Nein, Kleines«, murmelte er dabei. »Das konntest du natürlich nicht. Und wo befindet er sich im Augenblick, dein Bruder?«

»Bei einem Freund.«

Bran nickte. »Was sollen wir denn jetzt tun? Wir müssen den Jungen spätestens heute Abend abholen.«

»Ich habe das Gefühl, du sitzt ganz schön in der Patsche, Schwager.« Tony kraulte sich nachdenklich den Bart. »Ich hätte da vielleicht eine Idee, doch wie auch immer – es wäre besser, wenn jeder für sich die Heimreise antritt.«

Kurze Zeit später umarmten sich die beiden Männer.

Tony warf Agnes ein letztes Lächeln zu und winkte den beiden. »Lebt wohl. Und viel Glück.«

Agnes stand in der offenen Tür und schaute ihm lange Zeit nach. Sie sah, wie sich seine kleine, hagere Gestalt in die Menge der letzten Marktbesucher mischte. Irgendwann hatte sie ihn aus den Augen verloren. Bekümmert drehte sie sich zu Bran um. Der Riese trat zu ihr und legte seinen mächtigen Arm auf ihre Schulter. Behutsam schob er sie wieder in die Scheune zurück.

»Wir sollten das Pony fertig satteln, unsere Angelegenheiten regeln und dann so schnell es geht, London den Rücken zuwenden«, drängte er. »Ich möchte nicht mehr hier sein, falls diese Mrs. Bones mit einem Polizisten anrückt.«

»Zuzutrauen wäre es ihr«, stellte Agnes fest.

Sie trat zu dem Pony und presste ihren Kopf an seine Stirn. Das Tier blies ihr seinen warmen Atem entgegen und zuckte nicht einmal, als Bran die Gurte stramm zog.

Als er fertig war, streckte er seine Hand aus und sagte: »Wird schon alles gut gehen.«

»Hoffentlich. Ich wünschte, wir wären bereits zu Hause.«

Mit diesen Worten verließen sie die Scheune. Sie hatten den Marktplatz noch nicht hinter sich gelassen, als Agnes ein Mädchen wiedererkannte, das bettelnd am Brunnen hockte. Als es die beiden entdeckte, erhob es sich prompt und folgte ihnen. Agnes stieß Bran an und wies mit den Augen zu dem Kind. Der Riese nickte. Sie mischten sich unters Volk, aber ein Mann seiner Größe und ein schneeweißes Pony waren nicht so leicht zu verbergen. Also taten sie so, als würden sie noch ein wenig einkaufen. Sie erstanden hier zwei Scheffel Getreide und dort ein Windlicht. Sie ließen ein paar Münzen für Salz am Gewürzstand und erstanden eine neue Haspel für das Spinnrad. Doch so sehr sie sich auch anstrengten, das Mädchen klebte ihnen an den Fersen. Agnes wurde immer nervöser. Wenn es so weiterging, würden sie die alte Kirche niemals ungesehen erreichen.

»Wir sollten zum Hafen gehen«, schlug das Mädchen vor. »In den Gassen können wir sie vielleicht abschütteln.«

Bran nickte und überließ Agnes die Führung. Sobald sie aus dem Gedränge des Marktes herauskamen, zeigte sich, dass sie im Vorteil waren. Bran konnte mit seinen langen Beinen rasch ausschreiten. Er setzte Agnes auf den Rücken des Ponys und marschierte zügig los. Straße um Straße, Weggabelung um Weggabelung ließen sie hinter sich. Anfangs versuchte ihre Verfolgerin Schritt zu halten, dann jedoch wurde der Abstand größer. Sie war ausgehungert, da konnte man einen solchen Marathon unmöglich längere Zeit durchhalten. Eine Stunde später hatten sie sie abgehängt. Agnes tat es trotzdem leid. Das Kind würde gewiss Prügel beziehen.

»Ich hoffe, du kennst dich noch aus, Agnes«, keuchte Bran, dem der Schweiß den Rücken herunterlief.

»Kein Problem. Wir sind gar nicht weit weg.«

»Na dann los!«

Schnaufend setzen sie sich wieder in Bewegung, und langsam keimte in Agnes die Hoffnung auf, ihr Plan könnte glücken.

Es wurde bereits wieder dämmrig, als Agnes und Bran das Stadttor erreichten. Auf dem Weg hierher hatten sie sich nervös umgesehen, aber keine Verfolger entdecken können. Agnes saß noch immer auf dem Pony, hielt jetzt jedoch einen großen Jutesack vor sich fest umklammert.

»Nicht mehr lange und wir haben es geschafft«, ermutigte sie der Farmer, aber es half nichts. Agnes zitterte trotzdem am ganzen Körper, und die Bratwürste fuhren in ihrem Magen

Karussell. Ihre Unruhe schien das Pony anzustecken. Es scharrte nervös mit dem Vorderhuf, als sie sich in die Reihe der Wartenden stellten. Bran packte den Schimmel fester am Zaum. Unwirsch schlug er mit dem Kopf und versuchte sogar, in die Hand des Farmers zu beißen. Agnes wurde ordentlich durchgeschüttelt und rutschte auf dem unbequemen Packgestell hin und her. Ganz vorne am Tor entdeckte sie Tony, der schwer an seinem Buckelkorb schleppte, doch es blieb keine Zeit weiter darüber nachzudenken, denn nun drehte sich das Pony auch noch um die eigene Achse.

»Ho, ho«, brauste der sonst so geduldige Farmer auf. »Wir können kein Spektakel gebrauchen.«

»Das will ich auch meinen!«, herrschte ein Torwächter. »Halte dieses wilde Tier fest, bevor es noch die Leute umrennt.«

Eine riesige Lanze vor sich hertragend kam er näher und musterte Agnes.

»Ist das deine Tochter?«, wollte er plötzlich wissen.

»Meine Nichte«, erklärte Bran, dem die Lüge mittlerweile aalglatt über die Lippen kam. »Das Kind meines Bruders.«

»Sieht dir aber überhaupt nicht ähnlich«, stellte der Wachmann fest.

»Weil es gelogen ist«, kreischte eine nur allzu vertraute Stimme. »Das ist es, Sir. Das ist das Mädchen, von dem ich gesprochen habe.«

Agnes zuckte zusammen, als ein gelber Hut neben dem Wachmann auftauchte.

Jetzt war alles verloren. Gleich würde man sie vom Rücken des Ponys zerren. Sie würde die Farm im Moor nie wiedersehen. Schon packte Mrs. Bones sie am Arm.

»Gib's zu«, zischte sie. »Gestehe, dass du eins von meinen Waisenkindern bist.«

Das Pony keilte aus und stieg auf die Hinterhufe. Die Umstehenden wichen erschrocken zurück. Bran konnte im letzten Moment verhindern, dass sich das Tier losriss und davonstürmte. Agnes klammerte sich mit ihrer freien Hand am Gestänge des Packgestells fest.

»Finger weg von Agnes!«, brüllte der Farmer lauter, als er eigentlich wollte.

»Ihr müsst einschreiten, Sir«, keifte die Heimleiterin. »Es ist mein gutes Recht, das Kind zurückzufordern.«

»Ruhe jetzt!«, herrschte nun der Wachmann, und für einen Moment stand sogar das Pony still. In dem Sack begann es zu wimmern.

»Was ist da drin?«, fragte der Gardist mit unbarmherziger Stimme. Agnes drückte den Sack nur noch fester an sich. Bran schaute erschrocken drein.

»Was da drin ist, will ich wissen!«, wiederholte der Wachmann nur noch schärfer.

»Ich kann es Euch sagen«, ereiferte sich Mrs. Bones. »Ihr kleiner Bruder. Und der gehört auch mir.«

»Besser gesagt, mir«, kam es jetzt von rechts, »denn ich habe für ihn bezahlt.« Ein schwarzer Mantel tauchte wie aus dem Nichts auf.

Mrs. Bones wurde blass. »Ja, natürlich Mr. Chimneys, selbstverständlich gehört er Euch«, stammelte sie.

»Also, wer nun welches Recht an welchem Kind hat, das klärt ihr besser unter Euch ab, aber sollte sich tatsächlich ein kleiner Junge in diesem Sack befinden, Farmer, dann steck ich dich höchstpersönlich in den Tower.«

Abwehrend hielt Bran die Hände von sich. »Lebend bringt mich niemand in dieses Loch. Da sterbe ich lieber.«

»Den Wunsch kann ich dir erfüllen, Mann!«, donnerte der Wachmann, senkte die Lanzenspitze gegen Brans Bauch und winkte seinen Männern. Im nächsten Moment waren sie umstellt. Das Pony stieg erneut und versuchte mit den Vorderhufen zu schlagen. Bran hängte sich mit aller Kraft in den Halfter, damit das Tier nicht in die Lanzenspitzen sprang und sich verletzte.

»Nehmt dem Mädchen den Sack ab und schaut hinein.«

Agnes spürte, wie eine der Stadtwachen versuchte, ihr das Gesagte zu entreißen, und umklammerte ihn nur noch fester. Einen Augenblick rangen sie, dann jedoch entglitt ihr der Stoff. Ein herzzerreißendes Geheul ertönte, sodass die Umherstehenden empört zu raunen begannen.

»Her damit!«, triumphierte die Alte und streckte ihre Klauen danach aus.

»Nein!«, rief Agnes. Tränen rannen ihr übers Gesicht.

Bran klammerte sich an das Pony. Er schien in den letzten Minuten geschrumpft zu sein.

Der Sack war noch nicht richtig am Boden, als Mrs. Bones auch schon ungeduldig an der Verschnürung riss.

Plötzlich hielt Mr. Chimneys ein Messer in der Hand.

»Ja, her damit«, triumphierte Mrs. Bones. »Stecht einfach hinein und schneidet den Stoff auf.«

»Tut ihm nichts, bitte!«, flehte Agnes, während das Heulen noch lauter wurde.

Ein Ratsch und der Sack war entzwei. Mrs. Bones' Hand fuhrwerkte hinein, dann jedoch zog sie sie mit einem lauten Schmerzensschrei zurück. Fast verwundert starrte die Alte auf ihren Daumen, von dem Blut rann.

»Er hat mich gebissen«, keuchte sie erstaunt. »Warte, das wirst du mir büßen.« Sie hob die Faust, bereit, sie auf das zappelnde Bündel niedersausen zu lassen.

»Tut doch was!«, kreischte Agnes, sprang vom Pony und klammerte sich an die Uniform des Wachmanns. »Sie bringt ihn um!«

Endlich ging der Gardist dazwischen. »Schluss jetzt! Tretet zur Seite, und du nimm deine dreckigen Finger von mir.« Angeekelt stierte er Agnes an, der Tränen und Rotz das Gesicht verschmierten. »Ich werde selbst in Augenschein nehmen, was sich dort drin verbirgt.« Mit der Spitze seiner Lanze schob er den Stoff beiseite. Zuerst kam ein Ohr zum Vorschein, dann ein Gesicht mit zwei großen, runden Augen, die verschreckt in die Menge blinzelten. Ohs und Ahs wurden laut.

Nun war Agnes nicht mehr zu halten. Sie schlang ihre Arme um das verschreckte Wesen zu ihren Füßen, hob es hoch und drückte es an sich, während sich die Lanzenspitzen senkten. Dankbar fuhr eine feuchte Zunge über das Gesicht des Mädchens. Die Umherstehenden begannen zu lachen.

»Also, das sieht mir nicht nach einem kleinen Jungen aus«, stellte der Wachmann fest und musterte Mrs. Bones finster. Die hielt sich noch immer die blutende Hand, brachte aber keinen Ton hervor.

»Das ist ein Hund«, knurrte Mr. Chimneys leise. »Wo aber ist der Junge?« Seine schwarzen Augen funkelten bedrohlich.

»Ich, ich weiß es nicht«, hauchte Mrs. Bones totenblass. »Er muss doch da drin sein.« Sie schüttelte fast hysterisch das in Fetzen hängende Tuch, aber nichts mehr kam zum Vorschein.

»Du willst mich betrügen, Frau! Dafür hol dich der Teufel!«

»Nein, bestimmt nicht. Ich bin doch selbst überlistet worden.« Mrs. Bones' Stimme war kaum mehr als ein verzweifeltes Fiepen.

»Komm Agnes, wir gehen«, sagte Bran leise. Der Farmer straffte die Schultern, und die Menschen wichen vor ihm zurück. Der Mann der Stadtwache nickte lediglich und sagte: »Das ist wohl eine Sache zwischen diesen beiden.«

*K*apitel 12

Agnes wagte nicht zurückzublicken, obwohl die große Stadt längst nicht mehr auszumachen war. Die Nacht brach rasch herein. Ein erster Stern stieg über ihnen am Himmel auf. Das Mädchen deutete mit dem Finger darauf.

Bran nickte. »Der Abendstern. In den Winternächten kann man ihn besonders gut erkennen.«

»Peter und ich haben oft zu ihm aufgeschaut und uns gewünscht, dass wir ein neues Zuhause finden. Zusammen.«

Der Farmer nickte bedrückt und stampfte weiter durch den knirschenden Schnee. Agnes zog sich ein riesiges Wolltuch über den Kopf und hüllte darin auch den kleinen Hund ein, der sich fest an sie kuschelte. Die Nacht würde bitterkalt werden, und sie waren noch lange nicht am Ziel.

Bran hatte sie erneut auf den Rücken des Ponys gesetzt, und so kamen sie rasch voran. Je weiter sie sich entfernten, umso mehr Sterne funkelten am Himmel. Agnes konnte sich kaum sattsehen. Es sah aus, als würden sie einen Wettstreit austragen, wer von ihnen am hellsten strahlen konnte. Trotzdem war ihr das Herz schwer, denn eines war klar: Der Weg nach London war ihr seit heute versperrt. Solange Mrs. Bones lebte und Mr. Chimneys die Straßen durchstreifte, würde sie dort ihres Lebens nicht mehr sicher sein. Erinnerungsfetzen gingen ihr durch den Kopf, ihr Elternhaus, die kleine Kirche mit dem alten John, und nicht zuletzt das Heim am Hafen. All das würde sie vermutlich nie wiedersehen. Das Pony schien ihre Wehmut zu spüren, denn es schritt artig neben Bran her. Wegelagerer und andere Unholde schienen sich in dieser Nacht in ihre Unterschlüpfe zurückgezogen zu haben, jedenfalls passierten Bran und Agnes unbehelligt die menschenleere Straße. Sie wanderten die ganze Nacht.

Als sich der Morgen mit einem purpurfarbenen Streifen am Horizont ankündigte, erreichten sie eine Hütte, die Brans Domizil in Bauart und Größe wie ein Ei dem anderen glich. Sie duckte sich eng in eine Senke, besaß einen hölzernen Anbau und war genau wie seine umkränzt von zahlreichen sorgsam aufgeschichteten Bruchsteinmauern. Der Farmer wies mit dem Kinn darauf. Sein dunkler Bart hatte sich eisgrau gefärbt. An seiner Nasenspitze schimmerte ein glitzernder Tropfen.

»Dort drüben ist Tonys Farm.«

Heimelig wirkender Feuerschein drang durch die Ritzen der Haustür. Bran atmete tief durch. »Jetzt freue ich mich auf ein warmes Eierbier. Das vertreibt die Kälte aus den Gliedern.«

»Und ich auf einen heißen Tee«, sagte Agnes. Sie klopfte dem Pony den Hals. »Und du hast bestimmt nichts gegen ein Büschel Heu.« Der kleine Hund begann wieder zu winseln. »Du hast wohl auch Hunger?« Agnes streichelte das winzige Köpfchen mit den Schlappohren.

»Das ist vielleicht eine Heulsuse«, spottete Bran. »Der wird bestimmt nie ein richtiger Wachhund.«

»Ist er doch schon, oder hast du nicht gesehen, wie er Mrs. Bones in den Daumen gebissen hat? Das war außerordentlich mutig. Ich hätte mich das nie getraut.«

»Dabei wärst du auf diese Art wenigstens an ein fettes

Stück Fleisch gekommen«, scherzte der Farmer, während er mit der flachen Hand gegen die Tür der Hütte polterte.

»Ich will sie nie, nie wiedersehen«, wünschte sich Agnes mit einem Blick zu ihrem Stern.

»Wirst du auch nicht. Dafür sorge ich schon.«

Drinnen klapperten Holzpantinen. Der Riegel wurde beiseitegeschoben, und die Tür öffnete sich knarrend. Eine Frau, deren Haare nicht weniger rot waren als die Rowenas und deren Lachen dieselbe Herzlichkeit beinhaltete, äugte heraus.

»Da seid ihr ja endlich!«, flüsterte sie. »Wir haben uns schon Sorgen gemacht. Bringt das Pony in den Stall. Und veranstaltet um Himmels willen keinen solchen Radau! Man hört euch ja bis nach London. Ich bin übrigens Beth.«

Agnes kam gar nicht dazu, etwas zu ihrer Entschuldigung zu antworten, sondern wurde sofort Richtung Stall geschoben.

»Dort könnt ihr den Schimmel anbinden. Heu und Wasser stehen schon bereit, und dann kommt leise rein. Wenn mir auch nur ein Kind wach wird, Gnade euch Gott.«

Bran zuckte mit den Schultern. Widerspruchslos taten die beiden, wie ihnen geheißen worden war, und schlichen anschließend auf Zehenspitzen in die Hütte. Die Wärme eines Herdfeuers, das die ganze Nacht geschürt worden sein musste, schlug ihnen entgegen. Der Geruch von köstlichem Hammelauflauf mit Bohnen ließ ihnen das Wasser im Mund zusammenlaufen. Agnes schnupperte, während ihre Augen durch den Raum huschten. Rote Wuschelköpfe wohin man nur schaute. Hier schien jeder Winkel von einem schlafenden Kind besetzt zu sein. Manchmal lugten sogar zwei rundliche Köpfe mit dicken Pausbacken unter der Decke hervor.

»Dass mir der aber nicht hier reinmacht«, riss Beth das Mädchen aus seinen Gedanken und deutete auf den Welpen. Dann aber schob sie das Mädchen weiter ins Innere der Hütte. »Ich weiß schon, wonach du Ausschau hältst. Tony hat mir alles erzählt.« Fürsorglich legte sie dem Mädchen den Arm um die Schultern. »Bran, was stehst du da wie ein Standbild. Nimm ihr schon diesen winselnden Flohsack ab.«

»Sei bitte vorsichtig«, flüsterte Agnes.

Gehorsam griff der Farmer nach dem Hund.

Tonys Frau legte ihre Hände auf Agnes Schultern und schob sie weiter. »Na komm, Mädchen. Tony findest du dort, wo's am lautesten schnarcht.«

Sie wies mit dem Kinn in eine Ecke. Der schmächtige Mann hatte sich die Decke bis zur Nasenspitze hochgezogen und barg darunter ganz offensichtlich ein Kind, das sich fest in seinen Arm geschmiegt hatte. Agnes trat näher und beugte sich herab. Kurz schloss sie die Augen, dann lupfte sie die Decke. Eine goldene Locke schimmerte im flackernden Licht des Herdfeuers. Sehr vorsichtig schob Agnes die Decke noch weiter zur Seite. Das glücklichste Lächeln ihres Lebens überkam sie. Sie hatten es tatsächlich geschafft! Das Gesicht ihres Bruders wirkte so friedlich wie damals in der Wiege. Nur mühsam konnte sich das Mädchen zurückhalten, ihm nicht das blonde Haar zur Seite zu streichen und die rundliche Stirn zu küssen, nur um sich zu vergewissern, dass dies kein Trugbild war. Sie wandte sich zu Bran um und flüsterte: »Wir haben es geschafft.«

»Ja, das haben wir, dank Tonys Hilfe.«

Er sah zu der Frau mit den roten Haaren, deren Augen vergnügt blitzten.

»Der meinte, es sei ein Kinderspiel gewesen«, winkte seine Schwägerin ab. »Nachdem alle Augen bei dem Aufruhr waren, die ihr zwei veranstaltet habt, konnte er einfach aus dem Tor herausspazieren. Kein Mensch schaute ihm auch nur nach.«

Agnes hing gebannt an ihren Lippen. Sie hatten den Plan zu dritt ausgeheckt. Während Agnes und Bran Mrs. Bones Spion quer durch London gehetzt hatten, war Tony zu der kleinen Kirche gegangen und hatte Peter abgeholt. Der alte John hatte ihn zuerst gar nicht ins Haus lassen wollen. Erst als er eine von Agnes' Locken vorgewiesen hatte, glaubte er dem Farmer, dass er wirklich von Agnes geschickt worden war. Der Kirchendiener half dann noch, den Kleinen in Tonys Buckelkorb zwischen alten Tüchern und ein paar Vorräten zu verstecken. Agnes und Bran hatten schon vermutet, dass Mrs. Bones sich nicht auf die Aufmerksamkeit des Mädchens verlassen würde. Sie hatten damit gerechnet, dass die alte Hexe am Tor warten würde und hatten lange darüber diskutiert, wie man ihre Aufmerksamkeit von Tony ablenken könnte. Zuletzt war Agnes der Einfall mit dem Hündchen gekommen.

»Dass es so gut klappen würde, hatten wir allerdings nicht zu hoffen gewagt«, gestand Bran.

»Ja, da hat euch die Gier dieser Frau in die Hände gespielt«, bestätigte Beth. »Hätte auch ganz anders ausgehen können. Zum Glück ist alles gut gegangen.«

Sie schaute einen Moment zu ihrem schlafenden Mann. Stolz schimmerte in ihren Augen. »Er ist dann unverzüglich heimgelaufen. Kam ungefähr um Mitternacht. Ich hab dem Kleinen gleich Tee gekocht und ihm den Bauch mit Eintopf gefüllt. Der hat das Essen in sich hineingeschlungen, als hätte er seit Monaten nichts mehr zwischen die Zähne bekommen, das arme Würmchen.«

»So ist es auch«, bestätigte Agnes traurig. »Danke.«

»Das ist schon gut. Weißt du, Kleines, Row ist meine Schwester, und es war schlimm zuzusehen, wie sie immer trauriger wurde, weil sie sich doch so sehnlich ein Kind gewünscht hat. Ich bin froh, dass sie jetzt ein so mutiges Mädchen bei sich haben kann. Meine Güte, ich rede und rede, dabei hängt euch bestimmt der Magen in den Kniekehlen. Und todmüde seid ihr sicher auch.«

Mit wehender Schürze eilte sie zu ihrem Herd, angelte sich eine Kelle, füllte die am Tisch stehenden Blechnäpfe bis zum Rand und winkte ihren Gästen.

Bran grinste. Sein riesiger Schädel glühte rot. »Ich glaube, sie ist uns böse, wenn wir uns jetzt nicht sofort an den Tisch setzen.«

»Das will ich wohl meinen!«, rief Rows Schwester lachend, dämpfte aber sofort die Lautstärke, als sich eines der Kinder zu regen begann. »Und auch, wenn's euch nicht schmeckt.«

Dem Duft nach bestand da aber keine Gefahr. Agnes' Magen knurrte unüberhörbar. Die Hausherrin sah mit größter Zufriedenheit Bissen um Bissen in den Mündern der beiden verschwinden. Kaum waren die Schüsseln leer gegessen, hatte sie sie auch schon wieder gefüllt. Agnes aß, bis sie das Gefühl hatte, platzen zu müssen, wenn sie auch nur einen einzigen weiteren Löffel zu sich nahm. Unvermittelt wurden ihr die Lider schwer. Ihr Kopf sank vornüber, und die Stimmen der Erwachsenen rückten in weite Ferne. Sie fühlte nur noch, wie Bran sie aufhob und in eine Decke wickelte, dann war sie eingeschlafen.

Die Sonne strahlte bereits hell am Himmel, als sie erneut aufbrachen. Tony hatte seinen Schwager überredet, zum Frühstück zu bleiben, und natürlich musste er einen Blick auf die Schafe werfen. Vorher hatte Tony noch einmal in den schillerndsten Farben erzählt, wie er Peter beim alten John abgeholt, in die Sachen eines Schafhirten gesteckt und anschließend in seinem Buckelkorb versteckt hatte. Am Tor war ihm dann doch mulmig geworden, als er Mrs. Bones mit der Stadtwache reden sah. Er hatte sich den breitkrempigen Schäferhut tief ins Gesicht gezogen und war einfach weitermarschiert. Kurz bevor er die Wächter hatte passieren müssen, hatte es den Tumult um Agnes und Bran gegeben. Ab hier musste Bran ausführlich sein Abenteuer erzählen. Er erntete schallendes Gelächter, als er Mrs. Bones' verblüfftes Gesicht nachmachte, als der Wachmann den kleinen Hund statt Peter aus dem Sack schälte.

»Wo ist er überhaupt?«, erkundigte sich Bran.

Agnes deutete zu ihrem Bruder, der dem Welpen ein Schüsselchen Schafsmilch vor die Schnauze hielt. Dem kleinen Hund geriet die warme Milch in die Nase, sodass er niesen musste, was Peter zum Kichern brachte.

»Jetzt sollten wir uns aber wirklich auf den Weg machen«, sagte Bran und wischte sich die letzten Brocken Spiegelei von den Lippen. »Row macht sich bestimmt schon Sorgen.«

»Die weiß doch, dass ihr auf dem Rückweg bei uns Rast macht«, antwortete Beth. »Bleib doch noch ein bisschen. Dann könnten die Kinder miteinander spielen.«

»Nein, es wird wirklich Zeit. Wir haben noch ein ordentliches Stück Weg vor uns, und jetzt, wo das Pony die beiden Kinder tragen muss, bleibt es an mir, unsere Einkäufe zu schleppen.«

»Alter Lastenesel!«, spottete Tony und schlug seinem Schwager kräftig auf den Rücken. Dann wurde er nachdenklich. »Das ist wirklich ein seltsames Tier, dieser Schimmel. Wie er sich am Stadttor gebärdet hat, konnte man glatt den Eindruck gewinnen, er wollte Agnes beschützen.«

»Ja, die beiden sind wie Pech und Schwefel«, antwortete Bran. »Das Mädchen kann alles mit ihm machen. Ich dagegen muss schon dankbar sein, wenn es sich von mir auf die Weide führen lässt.«

»Na ja, jetzt zieht eben Leben auf eure Farm ein: ein Pony, ein Hund und zwei Kinder. Wer hätte das gedacht?«

Bran sah liebevoll zu den beiden Geschwistern hinüber. Agnes strahlte und legte den Arm um ihren Bruder, der sie ansah, als könnte er ihr Glück immer noch nicht fassen. »Wem sagst du das, Tony, aber es ist gut so, glaube ich. Jedenfalls bin ich nicht bereit, die Rasselbande wieder herzugeben. In diesem Sinne. Wir müssen wirklich los.«

Es wurde ein herzlicher Abschied. Agnes musste fest versprechen, bald wiederzukommen und dann ein wenig länger zu bleiben. Ganz zum Schluss drückte Beth ihr noch ein Päckchen in die Hand. »Fröhliche Weihnachten«, flüsterte die rothaarige Frau in Agnes' Ohr.

Agnes zuckte zusammen. Das Christfest. Bei der ganzen Aufregung hatte sie gar nicht mehr daran gedacht. Aber tatsächlich waren es nur noch zwei Tage bis Heiligabend – und sie besaß gar kein Geschenk für Row und Bran. Sie hatte etwas auf dem Markt besorgen wollen, aber bei all der Aufregung nicht mehr daran gedacht. Und auch Tony und Beth sollten eigentlich etwas bekommen. Plötzlich hatte Agnes es sehr eilig, zur Farm zurückzukehren. Ein letztes Mal umarmte sie die beiden Schafzüchter. »Danke«, sagte sie zu Tony, »für alles«.

»Nicht der Rede wert«, erwiderte der kleine Mann und winkte ab. »Als Familie halten wir zusammen. So war es immer, und so wird's auch immer bleiben.«

Mit einer Kraft, die man ihm gar nicht zugetraut hätte, schwang er erst das Mädchen, dann den Jungen auf den Rücken des Ponys, das schon ungeduldig mit den Hufen scharrte. Die beiden Kinder winkten, bis sie außer Sichtweite der Farm waren. Dann schauten sie nach vorne – in die Zukunft.

Ein feiner Rauchfaden kringelte sich aus dem Kamin der kleinen Farm. Die Schafe tummelten sich als weiße und braune Tupfen auf den schneebedeckten Weiden. Über den Reisenden kreiste eine Schar Krähen, die sie mit lautem Geschrei ankündigte. Rowena spähte aus der Tür und eilte ihnen mit wehendem Haar entgegen.

»Dass ihr wieder da seid!«, jauchzte sie fröhlich und drückte einen nach dem anderen so fest, dass ihnen beinahe die Luft wegblieb. Lediglich bei Peter war sie etwas vorsichtiger. Der Junge wirkte zerbrechlich wie ein Grashalm.

»Wie geht es der Braunen und ihrem Lämmchen?«, wollte Peter gleich wissen. Seine Schwester hatte ihm unterwegs von ihrem Abenteuer im Moor berichtet und auch sonst haarklein beschrieben, was ihn in seinem neuen Leben erwarten würde.

»Die sind mir heute morgen glatt ausgebüxt und haben die Hütte durchstöbert, während ich draußen war«, berichtete Row, als sei es das Natürlichste der Welt.

»Man kann dieses Tier einfach nicht aus den Augen lassen«, seufzte Bran, »aber jetzt haben wir ja jemand, der ein wachsames Auge auf unsere Ausreißerin werfen kann.« Er deutete auf den Welpen.

»Ein Hütehund, wie praktisch«, lobte Rowena. »Hat er denn schon einen Namen?«

Die drei schüttelten den Kopf.

»Na, dann wird es aber Zeit. Man muss den Hund doch rufen können.«

»Wie wäre es mit Chip?«, schlug Peter vor.

»Es ist ein Weibchen«, sagte Bran, »genau wie das Pony.«

Erst jetzt fiel Agnes auf, dass sie für den Schimmel ebenfalls noch keinen Namen hatte. Sie grübelte, aber es war ihr, als besäße er bereits einen.

»Dann Gipsy«, plapperte Peter. Der kleine Hund leckte dem Jungen übers Gesicht.

Rowena nickte. »Ich glaube, ihr gefällt der Name.« Mit geschickten Händen nahm sie Bran die Hälfte des Gepäcks ab.

Agnes stupste das Pony sanft mit den Fersen an, woraufhin es sich in Bewegung setzte. Während das Pony den schmalen Weg zur Hütte galoppierte, stob der Schnee unter seinen Hufen. Als die wuschelige Mähne den Kindern ins Gesicht wehte, mussten sie beide lachen.

So könnte es für immer bleiben!, dachte das Mädchen und jauchzte vor Vergnügen.

Kapitel 13

Es wurde das schönste Weihnachtsfest, das Agnes seit dem Tod ihrer Eltern hatte. Jeder schenkte jedem etwas. Nur Peter nicht, denn der glaubte immer noch hartnäckig an den Weihnachtsmann und war felsenfest davon überzeugt, dass dieser des Nachts durch den Kamin geklettert war und die wunderschönen neuen Holzschuhe und die kunstvoll gestrickten Wollsocken gebracht hatte. Die Erwachsenen ließen ihm seinen Glauben. Agnes rollte zwar mit den Augen, bedankte sich aber doch hinter vorgehaltener Hand bei ihren neuen Stiefeltern für ein heimeliges Wolltuch und wunderschön gestrickte Socken aus Schafwolle.

»Nie wieder kalte Füße«, seufzte sie hingerissen und zog sie sich gleich an.

Aber auch Bran, Rowena und Tony waren nicht leer ausgegangen. Agnes hatte bei einem ihrer Erkundungsritte mit dem Pony einen Weidenbaum entdeckt und heimlich drei Körbchen aus den Zweigen geflochten. Gefüllt mit den getrockneten Früchten eines wilden Apfelbaums war es ein hübsches Geschenk für ihre neue Familie geworden. Rowena hatten sogar die Tränen in den Augen gestanden. Sie hatte das Mädchen ganz fest an sich gedrückt, ohne etwas zu sagen. Zur Feier des Tages gab es Agnes' Lieblingsgericht – Pfannkuchen mit Honig. Mittlerweile konnte sie die Dinger fast genauso gut fangen wie Rowena. Trotzdem machte ihr die Arbeit mit den Schafen mehr Spaß, als sich um den Haushalt zu kümmern. Ab jetzt war Agnes morgens die Erste im Stall, schleppte unermüdlich Heu und Wasser, während sie sich bemühte, die Tiere voneinander zu unterscheiden und die persönlichen Eigenheiten kennenzulernen. Danach schwang sie sich auf das Pony und kontrollierte die Bruchsteinmauern. Wenn sie reparaturbedürftig erschienen, sagte sie Bran sofort Bescheid. Seither blieben die Schafe wo sie sein sollten, nämlich dicht bei der Farm.

Peter dagegen waren die Mutterschafe unheimlich, die nun der Reihe nach lammten und deshalb zunehmend angriffslustiger wurden. Er half zwar mit, wenn man ihn darum bat, klammerte sich jedoch ängstlich an seine Schwester und blieb hinter dem Zaun. Sein liebster Spielkamerad war Gipsy, die schwarz-weiße Hündin. Ihr zuliebe schloss er sich Agnes' Ausflügen ins Ödland an. Gipsy war kaum zu halten, wenn sie merkte, dass Agnes das Pony fertig machte, um auszureiten. Leider trugen sie ihre kleinen Welpenbeinchen noch nicht weit, sodass sie schon nach kurzer Zeit auf den Arm oder aufs Pferd genommen werden musste. Wenn Gipsy aber gut drauf war, hüpfte sie wie ein aufgescheuchtes Kaninchen und versuchte die kleinen Schneebälle zu fangen, die die Kinder ihr zuwarfen.

Diesmal waren sie besonders weit geritten, da es einer jener wärmeren Wintertage war, in denen die Sonne den Schnee von den Kronen der Birken zu lecken begann.

Agnes streckte die Hand in Richtung Hecke aus und erzählte wieder einmal von ihrer Flucht vor Bran. »Dort drüben war es. Da habe ich mich damals versteckt.«

Peter blinzelte in die Sonne. »Ich kann nichts erkennen außer Dornengestrüpp.«

Agnes rutschte vom Pony. Peter tat es ihr gleich, und Gipsy quietschte aufgeregt in seinem Arm.

»Halt still«, sagte der Junge. »Du darfst ja gleich runter.«

Er setzte Gipsy vorsichtig in den Schnee. Die Oberfläche war nass und pappig. Man merkte deutlich, dass es zu tauen begann. Lange würde sich die weiße Pracht nicht mehr halten. Gipsy schien das nichts auszumachen. Kläffend begann der kleine Hund um sie herumzutollen, in der Hoffnung, dass man nun Schneebälle warf.

Agnes hielt sich die Ohren zu, und das Pony schnaubte ungehalten. »Sie muss aber bald mal lernen, sich besser zu benehmen«, sagte Agnes. »Der Lärm ist ja ohrenbetäubend.«

»Pass du lieber auf, dass das Pony nicht auf sie tritt«, erwiderte ihr Bruder und rannte lachend hinter dem kleinen Hund her, der gerade dabei war, Richtung Hecke zu verschwinden. »Hierher, Gipsy, ich werf dir auch ein Stöckchen!« Der kleine Hund schien es aber viel lustiger zu finden, mit Peter Fangen zu spielen. Er umkreiste den Jungen zweimal in einem Abstand, dass man ihn nicht zu fassen bekam, und schlüpfte dann in genau jenen Gang, den auch Agnes damals benutzt hatte. Das Gekläffe verlor sich im Gebüsch und verwandelte sich plötzlich in erschrockenes Jaulen.

»Da ist was passiert«, sagte Agnes. »Hoffentlich hat sie sich nicht im Gestrüpp verfangen, wie damals das Lämmchen.

Peter schaute bekümmert drein. »Was machen wir jetzt bloß?«

»Wird uns nichts anderes übrig bleiben, als nachzusehen, was passiert ist. Am besten wird sein, ich krabble durch den Gang und schau, wo sie steckt. Du reitest inzwischen um die Büsche rum. Aber pass auf, und bleib immer auf dem Pony. Dort hinten fangen gleich die Sümpfe an.«

Peter schaute verängstigt drein.

»Dann lass es uns lieber umgekehrt machen«, schlug er vor. »Ich krieche durch die Büsche, und du reitest. Du kommst mit dem Pony sowieso besser klar. Mich wirft es am Ende ab.«

Agnes überlegte kurz. Sie kannte den Tunnel. Eigentlich konnte da drin dem Kleinen nicht viel passieren, und verirren konnte er sich auch nicht, weil der zweite Gang als Sackgasse endete. Sie stimmte zu.

»Ich hol euch dann am anderen Ende ab. Bleib aber ganz bestimmt dort stehen, egal ob du Gipsy gefunden hast oder nicht. Das Moor ist gefährlich.«

Peter blinzelte treuselig: »Hand aufs Herz.«

Seine Schwester blieb, bis er sich auf die Knie niedergelassen hatte und hinter den Büschen verschwunden war. Dann schwang sie sich erneut auf das Pony und spornte es an. Kurz musterte sie den Himmel. Dunkle Wolken schoben sich vor die Wintersonne. Hoffentlich schafften sie es nach Hause, bevor es zu regnen anfing. Sie mussten ein ganzes Stück reiten, bis sie das Ende des Gebüsches erreichten. Kleinwüchsige Birken und dunkelgrüne Seggen mit drehrunden Halmen zeigten, dass hier der Untergrund feucht wurde. Auch das Pony schien jetzt besser aufzupassen, wohin es trat. Mehrmals zog es den Huf wieder zurück, weil es merkte, wie der Boden nachgab. Es schnaubte unruhig und schaute sich fragend zu Agnes um. Die tätschelte dem Tier den Hals und beschloss, auf dem Rückweg andersherum zu reiten. Wenn es auch länger war, der Weg würde sie nicht so dicht ans Moor heranführen. In der Ferne hörte sie Gipsy erst laut heulen und dann aufgebracht bellen. So wie es sich anhörte, hatte der Hund Wild aufgespürt.

»Von wegen Hütehund!«, schimpfte Agnes leise. »Der wittert ein Kaninchen auf hundert Meilen!«

Plötzlich hörte sie einen Hilferuf. Das Herz blieb ihr stehen, denn es war unverkennbar die Stimme ihres Bruders. War er am Ende gegen alle Versprechen Gipsy nachgerannt und steckte nun in einem Sumpfloch fest? Panik befiel sie. Hätte sie den Kleinen bloß nicht allein gehen lassen. Sie wusste zwar aus eigener Erfahrung, dass es eine Weile dauerte, bis man im Moor versank, aber auch, wie schwierig es war, sich aus der Umklammerung des Moors zu befreien. Gott sei Dank hatte sie das Pony dabei. Es war stark genug, den Jungen aus dem Loch herauszuziehen, wenn es nötig wurde.

Sie stieß dem Pony die Fersen in die Flanken. »Los, schneller.«

Der Schimmel gab sein Bestes, aber der halbgefrorene Boden war tückisch und brach unvermutet ein. Die Hecke tat eine weitere Biegung. Als erstes entdeckte Agnes den Hund. Er stand winselnd neben einem Baum und schien tatsächlich an irgendetwas festzuhängen. Aber wo war Peter? Ein erstickter Laut rechts neben ihr ließ Agnes' Kopf herumfahren. Das Pony stemmte im selben Moment die Beine in den Boden und schnaubte empört.

»Na, suchst du den da?«, krächzte Mrs. Bones und schüttelte einen verschnürten Jutesack, in dem etwas wild strampelte. Agnes' Herz krampfte sich zusammen. Das konnte doch nicht wahr sein. Sie musste sich täuschen. Wie hatte die alte Hexe sie bloß gefunden? Agnes schob die Fragen zur Seite. Jetzt musste sie erst einmal Peter befreien. Sie versuchte ihre Stimme ruhig zu halten und rief:

»Lass ihn sofort frei!«

»Ach ja, und wenn nicht?« Mrs. Bones' Augen funkelten böse, und ihr Mund verzog sich zu einem spöttischen Grinsen. »Willst du etwa deine Pflegeeltern zu Hilfe rufen? Nur zu! Schrei, schrei so laut du kannst.«

Agnes schluckte. Die Alte hatte recht: Bran und Row waren zu weit weg. Niemand würde sie hören.

»Soll ich es etwa für dich tun?«, krächzte Mrs. Bones weiter. Sie formte mit ihren Händen eine Art Trichter vor dem Mund und rief: »Papi, Mami, Hilfe, Hilfe!« Sie tat so, als ob sie lauschen würde. »Kommt keiner. So ein Pech. Schlechte Stiefeltern sind das. Passen nicht auf ihre Kinder auf. Kein Wunder, dass sie im Moor umkommen.«

Während sie sprach, hob sie den Sack mit Peter hoch über den Kopf und näherte sich dem Moor. Eine dünne Eisschicht lag über dem Wasser und täuschte festen Grund vor, aber Agnes wusste, das Eis würde nicht tragen. Es würde zersplittern, sobald Peters Gewicht darauf lastete. Mrs. Bones hatte vor, den Kleinen zu ersäufen!

Erschrocken sprang Agnes von dem Pony und rannte auf Mrs. Bones zu. »Nein, ich tu alles, was du willst: Ich werd nie wieder weglaufen, versprochen, aber lass Peter.«

»Ach, auf einmal? Aber jetzt ist es zu spät. Ich kann dich nicht mehr brauchen und deinen Bruder genauso wenig. Ich will euch miese kleine Kröten nur noch bestrafen, weil ihr an allem schuld seid. Ihr wisst ja gar nicht, was ihr angerichtet habt. Mr. Chimneys, diese Ausgeburt der Hölle, hat dafür gesorgt, dass ich kein Dach mehr überm Kopf habe. Alles ist weg: das Haus, die Waisen und auch mein schönes Geld! Aber das wirst du mir büßen, kleines Miststück. Los, spring ihm hinterher, deinem Bruder, und dann verreckt alle beide!«

Sie packte den Sack mit beiden Händen und holte Schwung, um Peter möglichst weit in das Sumpfloch hineinzuwerfen. Agnes schrie auf und klammerte sich an den fetten Arm von Mrs. Bones. Wie eine Klette hing das Mädchen an der Heimleiterin, bis ihr der Sack aus den Händen rutschte und zu Boden fiel. Peters Angstschrei durchschnitt das

Moor. Die Krähen stoben wütend in die Höhe und veranstalteten ein ohrenbetäubendes Gekrächze. Mrs. Bones versuchte sich aus Agnes' Umklammerung zu befreien, indem sie heftig auf das Mädchen einschlug, das aber nicht losließ. Da packte die alte Hexe Agnes' Ohr und verdrehte es. Ein Feuerstoß aus Schmerz durchzuckte das Mädchen. Es wehrte sich mit einem kräftigen Biss in den Unterarm. Die alte Frau jaulte auf und ließ Agnes tatsächlich los, jedoch nicht ohne ihr einen mächtigen Stoß gegen das linke Auge zu versetzen. Das Mädchen ging zu Boden und verlor kurz das Bewusstsein. Ein schmerzhafter Tritt gegen die Rippen brachte es wieder in die Wirklichkeit zurück. Für einen Moment bekam Agnes keine Luft mehr. Mrs. Bones nutzte das, um sich erneut dem Sack mit Peter zuzuwenden, doch was sie dort sah, ließ ihr das Blut in den Adern gefrieren: Das Pony hatte sich mit rollenden Augen und flach angelegten Ohren vor Peter gestellt und stieß ein Fauchen aus, das eher zu einem Drachen als zu einem Pferd passte. Erschrocken wich Mrs. Bones einen Schritt zurück. Agnes schirmte sich die Augen mit der Hand ab, während sie beobachtete, wie das Pony die Frau Schritt für Schritt vor sich her trieb. Der Anblick war wahrhaft furchterregend. Immer wieder stieg der Schimmel auf die Hinterhand und wirbelte die harten Hufe durch die Luft, während seine Zähne nach Mrs. Bones schnappten. Die wedelte hilflos mit den Armen und keuchte. »Scht, scht, weg mit dir, du Mistvieh.«

Doch das Pony ließ nicht von ihr ab. Mrs. Bones sah sich um. Nur noch wenige Schritte trennten sie vom Moor. Mit flackernden Augen suchte die Alte nach einem Ausweg, doch der lag nur darin, sich aufs Moor und die dünne Eisschicht zu wagen. In letzter Verzweiflung schlug sie mit den Fäusten nach dem Pony, was sie besser nicht getan hätte. Die langen Zähne gruben sich in ihre Schulter und verharrten dort einen Augenblick. Mrs. Bones schrie auf, wandte sich um und tat ein paar vorsichtige Schritte aufs Moor hinaus. Für kurze Zeit sah es fast so aus, als würde das Eis halten. Doch dann zeigten sich erste Risse. Mrs. Bones' Augen weiteten sich. Hektisch versuchte sie, sich in Sicherheit zu bringen. Doch im nächsten Moment tat sich ein Loch auf, in das die garstige Alte kopfüber hineinstolperte, sodass nur noch ihre Beine zu sehen waren. Eine Weile strampelte Mrs. Bones noch, dann jedoch hatte sie das Moor verschlungen.

Agnes musste den Blick abwenden. Sie wischte das Blut weg, das aus der breiten Platzwunde über ihrer Augenbraue zu Boden tropfte, und beobachtete das Pony. Es stand regungslos da und starrte auf den dunklen Fleck, wo Mrs. Bones verschwunden war.

»Du hast sie ins Moor getrieben«, sagte Agnes fassungslos. Das Pony wieherte triumphierend. Ein Schauer lief dem Mädchen über den Rücken. Dann drang Peters Schluchzen an ihr Ohr. Sehr langsam kroch sie zu ihm hinüber, knüpfte mit zitternden Händen den Knoten auf und befreite den nach Luft japsenden Jungen.

»Was ist passiert, wo ist sie?«, erkundigte er sich mit bebender Stimme, während er sich ängstlich umblickte.

Agnes deutete mit dem Kinn auf die Stelle, an der das Eis gebrochen war.

»Tot?«

Seine Schwester nickte.

»Dann kommt sie nie wieder?« Die Erleichterung war ihm deutlich anzumerken. »Sie hat mich überrumpelt«, erklärte er, während ihm die Tränen herunterliefen. Seine Schwester schlang die Arme um ihn und strich ihm beruhigend übers Haar. »Einfach von hinten den Sack über den Kopf gestülpt. Gerade als ich Gipsy losbinden wollte. Es war eine Falle. Ich konnte nichts dafür.«

»Natürlich nicht«, versuchte Agnes ihn zu beruhigen. In diesem Moment stieg etwas aus dem Sumpfloch heraus. Peter wurde stocksteif. Auch Agnes erstarrte, als ganz langsam eine Feder sichtbar wurde, dann ein Hut, nicht mehr gelb, sondern braun, wie Torf.

»Sie kommt zurück«, wimmerte Peter. »Schau nur. Sie steigt wieder aus dem Moor, um uns mit sich hineinzuziehen.«

Das Pony schnaubte und stampfte mit dem Vorderhuf auf, als wollte es ein für alle Mal klarmachen, dass Mrs. Bones hier nichts mehr zu suchen hatte. Dann drehte es sich langsam um und kam zu den beiden Kindern. Agnes zog sich an der langen weißen Mähne hoch und schlang die Arme um den muskulösen Hals.

»Du hast uns gerettet«, flüsterte sie mit tränenerstickter Stimme, »und ich weiß immer noch nicht deinen Namen.«

Das Pony senkte den Kopf und pflückte mit den Lippen ein verblichenes Wollgras, von dessen weißem Fruchtstand das Tauwasser tropfte. Im gleichen Moment glaubte Agnes eine leise Stimme flüstern zu hören. »Bloddwen.«

»Die weiße Blume«, sagte Agnes.

Das Pony betrachtete sie mit seinen dunklen Augen und nickte. Dann wieherte es so laut, dass man es bis ans andere Ufer des Moores hören musste.

»Ich glaube, ich möchte jetzt ganz schnell nach Hause«, sagte Peter leise.

»Dann binde Gipsy los, ich habe noch etwas zu tun.«

Während der Kleine zu seinem Hund rannte, der ihn laut winselnd begrüßte, hob Agnes einen langen Ast auf. Mit zusammengebissenen Zähnen angelte sie damit nach dem Hut. Er war pitschnass, und die gelbe Feder hing traurig zur Seite.

»Was willst du denn damit?«, wollte Peter wissen.

»Den heb ich auf, als Warnung für jeden, der versucht, uns von hier wegzuholen«, antwortete Agnes. »Ich werde diese Farm erst verlassen, wenn ich alt, grau und gestorben bin.«

Epilog

»Vivian, Mutter, wo bleibt ihr denn so lange? Das Essen ist fertig.«

Die Stimme ihrer Mutter riss Vivian in die Wirklichkeit zurück. Sie räkelte sich und krabbelte aus dem Arm ihrer Großmutter. In diesem Augenblick tauchte Dianes Kopf in der Tür auf.

»Meine Güte, seid ihr immer noch hier?«, erkundigte sie sich.

»Grandma hat mir eine wahnsinnig gute Geschichte erzählt«, berichtete das Mädchen, sprang auf und klopfte sich das Stroh vom Pullover.

»Da kam ein Pony vor, so weiß wie dieses hier, aber das war kein richtiges Pferd, sondern … Ja, was eigentlich, Grandma?«

»Nun, ich weiß es selbst nicht«, schmunzelte die alte Frau und erhob sich ebenfalls, wobei sie allerdings ihren Gehstock zu Hilfe nehmen musste.

»Aber was aus ihm geworden ist, das musst du mir noch sagen«, bettelte das Mädchen.

»Na ja, ich weiß es nicht genau.«

»Ist es denn nicht bei dem Mädchen geblieben?«

Traurig schüttelte ihre Großmutter den Kopf. »Leider nein. In der letzten Raunacht, also kurz bevor das neue Jahr beginnt, da stiegen die Nebel wieder aus dem Moor hoch und quollen bis zur Farm herüber. Man hatte das Pony inzwischen draußen auf den Weiden unterbringen müssen, weil die Schafe mit ihren Lämmern den Stall benötigten. Das schien dem Pony gut zu gefallen, aber nach der Nebelnacht war es verschwunden.«

»Aber man hat doch nach ihm gesucht, oder?«

Die alte Frau nickte. »Selbstverständlich. Die Farmer durchkämmten jeden Winkel des Moores, aber der Schimmel war wie vom Erdboden verschluckt. Das einzige, worauf Agnes stieß, war das verlorene Medaillon, du weißt schon, das mit dem springenden Pferd.«

Die Hand der alten Frau berührte unwillkürlich den Anhänger, den sie am Hals trug, und zum ersten Mal fiel Vivian auf, dass es die angedeutete Form eines Pferdes besaß.

»So, jetzt aber genug von den alten Geschichten«, mahnte ihre Mutter. »Das Essen verbrennt mir noch auf dem Feuer.«

»Blieb es denn für immer verschwunden?«, drängte das Mädchen unbeirrt.

Ihre Großmutter zuckte die Schultern. »Nun, man hört hin und wieder von einem weißen Pony, das plötzlich auftaucht, wenn eine unschuldige Seele in Not ist.«

»Jetzt reicht es aber mit diesen Geistergeschichten. Schließlich ist Weihnachten.« Entschlossen packte Diane die Hand ihrer Tochter und zog sie zurück zum Haus.

»Und da geschieht so manches Wunder«, flüsterte die Alte, ohne dass es noch jemand gehört hatte. Dann streckte sie den Rücken und zwang ihre alten Knochen in die Höhe. Ihr letzter Blick fiel auf das weiße Fohlen, das ihr scheinbar verschwörerisch zublinzelte. Sehr sorgfältig schob sie den Riegel vor die Stalltür.

»Dass du mir ja hier drin bleibst«, mahnte sie und ging auf ihren Stock gestützt zum Haus. Sie hängte ihren Mantel an den dafür vorgesehenen Nagel rechts neben der Tür und sog genüsslich den Duft von Hammelstew ein.

»Vielleicht sollte ich uns zur Nachspeise ein paar Pfannkuchen zubereiten?«, schlug sie vor.

»Lass mal, Mutter«, wehrte ihre Tochter ab. »Setz dich lieber und ruh dich aus. Überhaupt ist es an der Zeit, dass du nun endlich zu uns nach London ziehst. Hier draußen allein, das ist doch nichts mehr für dich. Wir haben dein Zimmer schon hergerichtet. Du hast sogar einen eigenen Kamin, damit dir immer warm ist, und Onkel Peter würde dich auch öfter besuchen kommen.«

Die alte Frau lächelte. Ihr Blick schweifte zu einem alten und sehr vergilbt wirkenden Hut mit einer traurig herabhängenden Feder.

»Lass mal gut sein, Diane«, wehrte sie sanft ab. »Mein Platz ist hier.«

Ein Hund ist ein Herz auf vier Pfoten
Irisches Sprichwort

Mirjam Müntefering
WEIHNACHTEN
MIT BOLLE
Roman
176 Seiten
mit zahlreichen
Abbildungen
ISBN 978-3-431-03868-2

Das ist doch hundsgemein! Eine klirrend kalte Nacht im Winter, ein Parkplatz mitten im Nirgendwo, und Bolle wurde einfach vergessen! Aber zum Glück gibt es ja auch noch nette Menschen wie Hannes, der Bolle bei sich aufnimmt. Der Beginn eines großen Abenteuers und einer tiefen Freundschaft und des schönsten Weihnachtswunders, das man sich wünschen kann ...

Eine herzerwärmende Geschichte über die ganz besondere Beziehung zwischen Hund und Mensch

Lübbe Ehrenwirth